JN005842

ヴィル
リンに助けられた鬼竜《ドラグール》の冒険者。
【暴食の卓】のリーダー。
リン
間違えて召喚されてしまった日本人。
アウトドア向きのスキルで
異世界グルメ旅を満喫中。

エド
攻撃担当の魔導錬金術師。
アリアの旦那。
セノン
回復担当のエルフの神官。
外見とは裏腹に、
両手に骨付き肉を持って
豪快に喰らう。
アリア
食べるのが大好きな
蜘蛛人の冒険者。エドの妻。

セノンの故郷、エルフの里へ！
郷土料理は
なかなかのくせもの……!?
…
捨てられ聖女の
異世界ごはん旅6
隠れスキルで
キャンピングカーを
召喚しました

捨てられ聖女の異世界ごはん旅 6

隠れスキルでキャンピングカーを召喚しました

著 米織

ill. 仁藤あかね

suterare seijo no isekai gohantabi

口絵・本文イラスト
仁藤あかね

装丁
木村デザイン・ラボ

CONTENTS

プロローグ

水平線に、ゆっくりと太陽が沈んでいく。青からオレンジに変わっていく空のグラデーションが、なんとも目に染みるなぁ……。

「あーあ……。これから街まで戻んなきゃ、かぁ……」

「ん……もう、うごきたく、ない……」

「………わかります……」

砂浜に座ったエドさんの肩に、アリアさんが頭を乗せて……ぴったりと寄り添って入日を眺めてる。リア充そのものという雰囲気漂う二人から漏れた呟《つぶや》きに、そばでぐったりしてた私の口から思わず本音が漏れた。

いや、別に邪魔をしたいわけじゃないよ？　ただ単に、エドさんとアリアさんのイチャつき力が強くて、そばに私たちがいようがお構いなしにイチャついてるだけって話。

「なんというか、動く気力が失われてしまいますね」

いつでもどこでも仲良しなお二人のそばに腰を下ろしたセノンさんが、苦笑交じりに零《こぼ》す声も聞こえてくる。

気持ちは、めちゃくちゃよくわかる。こうして浜辺でボーッとしていると、目を覚ます前まで海の女神・リューシア様を助けるために海底神殿で探索してたのがウソみたいだ。信じてもらえるかどうかはわからないけど、私たち、ついさっきまでルリスズメダイみたいな青い魚の双子ちゃんたちの案内の下、廃墟《はいきょ》みたいな神殿を進み、バカでかいカニの魔物と戦ったりしたんだよ。

最終的に、女神様が世界に加護を与える儀式――直接立ち会えたわけではないけれど――を垣間見る機会にまで恵まれてさぁ。

「いやぁ……我ながら、凄《すご》い経験をしたもんだわ」

なんだか凄いことがありすぎて、ちょっとキャパシティをオーバーしちゃったみたいだ。すっかり気が抜けちゃって、ただただボーッと寄せては返す波を見つめる。

……いや、わかるよ？「仕事が終わったらさっさと報告しに行け！」とか、「この世界的にチートな移動手段持ってんだから、街に帰るのだって楽勝だろ？」っていう声が聞こえてくるのも。でもさあ！一仕事終わった後に浜辺に転がって、膝《ひざ》に乗せたごまみそ撫《な》でてたらさあ！このままこうしていたいなぁ……って思っちゃってもしかたないじゃん!?

そりゃ、野営車両《モーターハウス》があるから、ここから徒歩で街まで戻るよりは圧倒的に楽だけどさ？ちょっと疲れた……って思っちゃうのも事実なんだよぉ！！！

膝の上でぐにゃりと蕩《とろ》けつつゴロゴロと喉《のど》を鳴らす流体を捏《こ》ね回していると、隣からザリッと砂を踏む音が聞こえてきた。

「…………気持ちはよくわかるがな。報告は明日にするとしても、このままだと街の大門が閉まる。……リン、頼めるか？」

「ああ～。門限のこと、すっかり忘れてました。暗くなったら、魔物とかも出そうですもんねぇ。そうとなれば、早いとこ出発しなくちゃですね！」

砂を払いつつ、申し訳なさそうな顔でこっちを見るヴィルさんの言葉に、弛《たる》んでた気持ちが緊張感を取り戻す。

そうだ。すっかり忘れてたけど、この世界……というか、エルラージュの街って、リアル門限があるんだった！　防衛の観点からか、日が暮れてから一定の時間が経《た》つと、街の出入り口である大門をガッチリ閉めちゃうんだよね。日があるうちに戻らないと、締め出し喰《く》らっちゃうじゃん！

『えぇぇ～～……なんで起きるの～～？　朕のこと、ナデナデするのが、きょうのおしもとでしょぉ？』

「本日の営業は終了しました～！　他の人にサービス残業頼んでおくから、ちょっといい子にしててね？」

不満そうな顔したごまみそが、「もっと撫でれ」というように前脚で私の手を押さえる。そりゃ、私としても撫でてはあげたいけど、大門が閉まる前に帰らなきゃいけないんだよね。

蕩けきった生温かな流体を傍らのヴィルさんに手渡して、砂浜の一角に野営車両《モーターハウス》を呼び出した。てっきりすぐ目の前に出てくれるかと思ったんだけど、車体が現れたのは砂浜の少し先……地盤がしっかりと固くなっているところだった。

あ～……なるほど。確かに、砂地だとタイヤが空回りしてスタックしちゃう可能性があるもんね！

まさか、そういったリスクヘッジまで自動でしてくれるってこと!?

「うわ……野営車両《モーターハウス》さん優秀すぎる……！」

使えば使うほど、スキルの凄いところが見つかるんだけど！　すっごく今さらだけど、改めてスキルの凄さを実感しちゃったよ……。

私のスキル、持ち主以上に優秀なのでは？？？？

「うぅん……海の中にいたのに、汚れも傷も何一つついてないとは……！」

加護があったとはいえ、海水の……塩水の中であんな大冒険を繰り広げたっていうのに、夕日を受けて輝く車体には傷一つないとかさあ！

普通は、傷なり汚れなりついていてもおかしくないよねぇ？

まさか、自動クリーニング機能とか、自動修復機能までついてる、とか…………ないよね？？？

「あぁぁぁあぁ……ダルいけど、やっぱり戻んなきゃダメかぁ」

「んんん……うごきたく、ないぃ……」

「……気持ちはわかりますが、行かなければ仕方ないでしょうね……」

みんな、グズりながらだったり渋々ながらも、重そうな体にムチ打ってのろのろと砂浜を歩きだした。今にも「うう」だの「ああ」だの……呻《うめ》き声が聞こえてきそうだ。

元居た世界のゾンビ映画で、これに似た光景を見たことあるような気がするわぁ……。

「ああ、でも……リンがいなければ、疲れた身体《からだ》を引きずって街まで戻る必要があったわけですしねぇ」

「ん……リンも疲れてるのに……ありがと……」

「そうだよねぇ……リンちゃんがいなかったら、絶対途中で夜営になってたよぉ……」

「ああ。リンがいるから俺たちは楽に移動ができる……。本当にありがとうな」

うう……死屍《しし》累々という様相を呈しながらも、文句一つ言わず野営車両《モーターハウス》に乗り込むみんなの心遣いが身に染みる……！

なんか元気出てきた！〝なんで朕のことナデナデしないのー⁉〟って、恨めしそうに見てくるおみその視線なんて気になんないわ！

おかげで、運転する元気と気力がムクムクと湧き上がってきましたとも！

大事なメンバーを守るために、安全運転で参りますよ〜〜〜！

「大丈夫です！　車で行けばそんな大した距離じゃないですし、早く帰って、今日はゆっくり休みましょう！」

戻ってきた勢いに任せて運転席に乗り込んで、意気揚々とエンジンをかける。軽快な音と共に、車体全体を軽い振動が包み込んだ。

野営車両《モーターハウス》のエンジンをかけるたびに思うけど、なんか、こう……上手《うま》く言い表せないけど、未知なるエネルギーが車全体に回ってる感じがして……冒険してる、って感じがするんだよなぁ。

「それじゃ、出発しますよー！」

「ん！　準備、万端！」

本日の助手席には、じゃんけんを勝ち抜いたヴィルさんが乗り込んできた。その膝の上で、さっそくごまみそが香箱を組む。

野営車両《モーターハウス》の居室《キャビン》を振り返ると、みんな席についてシートベルトも嵌《は》めてくれていた。もう何回も乗ってるだけあって、私が口を酸っぱくして言ってきた〝運転中はシートベルトを！〟っていう習慣が身に染み込んでるみたいだ。

異世界で日本の道交法が効力を発揮するとは思ってないけど……万が一のことを考えると、やっぱり気になるんだよぅ！

「それじゃあ……懐かしの拠点に、いざ帰りましょうか！」

みんなの準備ができたことを確認して、アクセルをゆっくりと踏んだ。タイヤが地面を踏む振動が伝わってきて……やっと地上に戻ってきたんだなぁっていうことがしみじみ実感できる。

……や。海の中では、やっぱりなんかふわふわしたような感じがあってさあ。加護があるとはわかってたけど、どこか不安にも似た感情があったことは否めないよね。

いやぁ……地面に足がついてるって安心！

飛ぶように流れていく窓の向こうでは、夕焼け色に染まった海面がキラキラと光っていた。

私たち、さっきまであの海の中にいたんだよなぁ……。なんとも幻想的というか、夢みたいな話だわ。

おんなじ体験をした仲間たちがいなかったら、浜辺で夢でも見てたんじゃないか、って思っちゃうもん。

「ううん……さすがは野営車両《モーターハウス》！　あっという間だなぁ！」

摩訶不思議《まかふしぎ》な体験に思いを馳《は》せつつハンドルを握るうち、海岸線は次第に街道へと変わっていった。徒歩だとそれなりの時間がかかる距離でも、文明の利器ならほんのひとっ飛びだ。

日が落ちきるちょっと前に、私たちは街の大門前に辿《たど》り着《つ》いていた。

街道から少し離れた木立の陰に車を止めて……「ついさっき森の探索から戻ってきましたが、何か？」っていう顔で、帰路に就く冒険者や街へと急ぐ隊商のグループに紛れ込む。

「ん？　あ、アレ⁉　お前ら、生きてたのか！！！」

「ああ。アンタたち、無事に戻ったのか！　ギルドの連中が心配してたみたいだし、顔出してやんなよ！」

大門で私たちの冒険者証を確認した門兵さんが、驚いたような声を上げた。そのついでと言わんばかりに私を含めたメンバーの姿を頭のてっぺんから足の先までジロジロ眺める。

……なんか、見世物になったような感じがして、あんまり気持ちよくはないんだけど……時々漏れ聞こえてくる「幽霊じゃないよな？」とか「生きてたのか！」とか……門兵さんたちの会話の方が気になるんですけど！

……え、私たち、生存を心配されるようなこと、何かあった？

一瞬みんなで顔を見合わせたけど、理由がさっぱりわかんない。幸い、街に入るためのチェックは難なくクリアできたから――というより、「早くギルドに行ってやれ」って追い立てられるように街の中に入れられる感じだった――とりあえずはギルドに行こうということになって……。何歩も歩かないうちに、その足がふと止まる。

街灯に照らされた路地を、街の人たちが家路を急ぐように足早に歩いてる……その中……広場のド真ん中で仁王立ちしてる大小のシルエットは……。

「お、お前ら……！　よくぞ無事で……！！！」

「皆さん、よくお戻りになりました〜〜〜！！！！」

野太い声と、コロコロと鈴を振ったような声が響くのと同時に、影がこちらに向かって突進してきた。

「この声……トーリさんとシーラさん⁉」

街灯に照らされたその姿は、どう見ても間違いようがない。男泣きに泣くトーリさんと、目を潤ませるシーラさんだ。

「あ！　避《よ》けろ、リン！」

思いがけない人たちの登場に目を丸くした私の前に、ヴィルさんが飛び込んでくる。

何事……と思う間もなく、ヴィルさんがぶっとい腕にガシリと巻き付かれた。

「……っ、くっ……トーリ……ちょ、放せ！！！」

「いやもう本当にお前ら、連絡の一つもよこさずに今まで何をしてたんだ！　オレたちがどれだけ心配したと思って……！」

いやぁ……事情を知らない他の人たちの視線の痛いこと！

私たちを見るなり両手を広げて走り寄ってきた二人を、エドさんとアリアさん、セノンさんは華麗なバックステップで躱《かわ》した……までは良かったんだけど……。ヴィルさんが、咄嗟《とっさ》に私を庇《かば》った

せいで逃げ遅れちゃったんだ……。

おかげで、今。私たちの目の前で、ヴィルさんがトーリさんにぎゅうぎゅうに抱きしめられてるんだよねぇ。

なお、私は私でシーラさんに泣きつかれてるので、痛み分けといえば痛み分け………いや、ヴィルさんの方が大変だろうな。大の男が大男に抱き着かれてる絵面もそうだけど、相当強い力で絞められてるっぽくて、本当に息苦しそうだもん。

うう……私を庇ったばっかりに……！　ヴィルさんには本っっ当に申し訳ないことをしてしまった……！

「海の調査を受けるって言った直後から、報告は一切上がってこないし、お前らの目撃情報もなくなるし！」

「任務中に何らかの事故に巻き込まれたんじゃないかと……！！！」

「あ、あぁ〜〜……軽く事前調査してから本調査に入るはずが、いきなり海に連れてかれちゃいましたからねぇ……」

私のお腹《なか》に顔を押し付けて洟《はな》を啜《すす》るシーラさんと、これでもかとヴィルさんを絞めるトーリさんの言葉から察するに、いきなり姿を消した私たちのことを相当心配してくれたみたいだ。

本来の予定だと、軽く下見をした後で、改めてギルドに報告を上げたうえで調査に本腰を入れる予定だったわけだし。

ところが、その計画を実行に移す前にあのシャチに海に引き込まれちゃって……ギルドには何の報連相もできなかったもんなぁ。いや、その点に関しては本当に申し訳ないです。

「こっちは、〝何か連絡はないか〟ってやきもきしてるってのに音沙汰《おとさた》はないし、その上教会の連中が〝自分たちの依頼が原因なんじゃ……〟って、毎日安否を聞きに来るしよぉ！」

涙にくれるトーリさんの泣き言から察するに、どうやら教会側……つまり、ライアーさんたちにも心配かけちゃってたっぽいな、こりゃ……結構な範囲で影響が出てるわぁ。私たちが行方《ゆくえ》知れずになってやきもきしてるところに、ライアーさんを始めとした教会勢にせっつかれちゃったギルドの心労はいかばかりか……。

そう思うと、このトーリさんの行動は、精神が擦り切れるような日々で限界が近かったところに、ひょっこり私たちが帰ってきちゃって、感極まった末の行動……って感じかな？

……まあ、目の前に広がるのは、イカつい壮年男性に抱き着かれたガタイのいい鬼ぃさんっていう……なかなか視覚に優しくない世界なわけなんだけども……。

「お前らがいなくなって二週間だぞ、二週間！　オレたちがどんだけ心配したことか……！」

「に、二週間、だと⁉」

「ほんとうに、本当に心配したんですからぁ〜〜〜！！！」

おいおいと泣きくれるトーリさんの言葉に、未《いま》だギルマスの腕の中に囚《とら》われっぱなしのヴィルさんが目を丸くしてる。私たちも、お互いに顔を見合わせた。

海の中にいたのなんて、体感だと一日か……せいぜい二日くらいのもんだとばっかり思ってたんだけどなぁ。まさか、地上ではそんなに時間が経《た》ってたなんて……！

もしかして、海の底と地上では、時間の流れが違ったってこと⁉　えぇぇぇぇぇ……そんなの浦島太郎じゃん！　玉手箱とか、お土産《みやげ》に渡されなくてよかったぁ！

「あー……心配かけて申し訳ないです。待っててくれてありがとうございます」

「リンさん……！」

「なんていうか、その……正直、私たちとしてはまだ一日か二日くらいしか経ってないと思ってたもので……」

まずは、心の底からの謝意を。そして、私たちの生還を信じてくれていたことへの感謝を込めて頭を下げた。不可抗力とはいえ、こんなことになっちゃったのは事実なんだし……。

言い募る私を見て、シーラさんがようやく顔を上げてくれた。

私を見て……それからみんなの顔を眺めて……ようやく落ち着いたらしいトーリさんも、ぐいっと目元を拭《ぬぐ》ってる。

「あー、うん。いや、無事に帰ってきたなら、それでいいんだ」

照れくさそうに目元を緩めるトーリさんの腕の中では、ヴィルさんがその腕を振りほどこうと未だに藻掻《もが》いてる。あのヴィルさんの力を以《もっ》てしても緩まない拘束とは……トーリさん、結構腕力あるんだなぁ……。

…………いや、冷静に眺めてる場合じゃないか！　そろそろヴィルさんを解放してもらわないことには話が進まないし、ヴィルさんの精神的疲労がとんでもないことになっちゃう！

「あ、あのー……そろそろヴィルさんを放してもらってもいいですか？　このままじゃ報告もできないと思うので……」

「ん、あぁ、そうだな！　スマンスマン！　心配してた分、無事だとわかったらグワーッと込み上げてくるものがあってな！」

「……っ、だからといって、いきなり抱き着いてくるやつがいるか！」

「それだけ真剣に心配してた証拠ってことで、許してくれ！」

私が声をかけると、真っ赤に目を腫らしながらも、トーリさんがようやくヴィルさんを放してくれた。その隙を突いて、ヴィルさんが距離を取る。

逃げるように隣に寄ってきたヴィルさんの背中を労《いたわ》るようにさすっていると、トーリさんが苦笑しながら口を開いた。

「いや……こんなところで立ち話もなんだな……詳しい話は、ギルドに戻ってしようじゃねぇか。情報も報告も、新鮮なうちに聞きたいからなぁ」

ギルドマスター直々に、リーダーの肩に腕を回してガッチリ押さえられたんじゃあ、私たちも逃げようがないよねぇ。

まぁ、もともとギルドには行くつもりではあったし、ちょうどいいといえばちょうどいいのかもしれないけど……。

「リンさんたちが、無事に戻られて本当に良かったですよ！　おかえりなさいです！」

「はい！　無事に戻ってきました」

きゅうっと私の手を握りながら上目遣いに見上げてくるシーラさんの可愛《かわい》さに胸をときめかせつ

つ、賑《にぎ》やかな一行と化した私たちはギルドに向かって足を動かした。

「ギルドマスター！　孤児院の子らが【暴食の卓】を見かけたと言っていたのですが、彼らの行方は……？」

「ありゃ？　ライアーさん？　レントくんたちもいる！」

ギルド長の執務室に入った私たちを待ち構えていたのは、コレまたよく見知った顔ぶれだった。

どこか憔悴《しょうすい》した雰囲気を滲《にじ》ませたライアーさんと、その傍らで団子になってる【幸運の四葉《クローバー》】の子たち。

教会側も私たちのことを心配してくれてたみたいだし、定期的にここに通ってくれたんだろうなぁ。

それで、誰かから私たちが帰ってきたっていう話を聞いて、ギルドに駆けつけてくれたんだろう。

「リンさぁぁぁ…………へぶっっ！」

「無事で何よ…………はぐぅぅぅっ！」

挨拶《あいさつ》もそこそこに私たちに駆け寄ろうとする子どもたちの襟首を、ライアーさんがむんずと掴《つか》む。

「ヴィルさんに、皆さん方も……！　無事に戻られたのですね！」

「あ～……なんだか、色んな方々にご心配をおかけしてしまったようで……」

両手で子どもたちを押さえながら、安堵《あんど》を滲ませた顔でライアーさんが頭を下げた。レントくんたちもそれに気付いたのか、徐々に落ち着いてきたようだ。

執務室の入り口が渋滞していることに気が付いたトーリさんがガリガリと頭を掻く。

「あ～～……どういう経緯があってこうなったのか知りたいところだが、まずは中に入ってくれ。話が進められん」

「ああ、そうだな……コレ以上ここで騒ぐのはマズいか」

さっきの強烈ハグの影響がまだ抜けてないんだろうか。未だ警戒したまま、ヴィルさんがトーリさんの言葉に同意してる。

「あ！　それなら、ちょっとご相談したいこともあるので、また中庭を貸してもらえるとありがたいかなぁ……って思うんです」

「中庭ぁ？　何だ、また美味《うま》いモンでも食わせてくれるのか？」

いつものような笑みを浮かべたトーリさんに、曖昧《あいまい》に頷《うなず》いてみせた。

……いや、うん。神殿で例のアワビが山ほど獲《と》れちゃったじゃん？　黙って市場に流して、業者とか関係者に騒がれるのも面倒だし、こっそり消費しちゃいたいなぁ……って。

ヴィルさんが「いいのか？」って目で見てくるけど、いいんです！　出荷した後に、「どこで獲ったんだ」とか、「どうやって手に入れたんだ」とか根掘り葉掘り聞かれるよりはいいかなぁと思うんですよ。

「……なるほどなぁ……嬢ちゃんたちも何か思惑がありそうだが、それも含めて話してくれるんだろう？」

「はい、その時に！」

ようやくいつもの調子を取り戻したトーリさんに、大きく頷いてみせる。

「よし。それじゃ、シーラ。ここにいる連中を、纏《まと》めて奥の庭に案内してくれ」

「ハイなのですよ！」

「おや。私たちもよろしいのでしょうか？」

「今回の一件は、女神さまが大いに関係してきますので。ご迷惑でなければ、是非！」

ニコニコしながら案内しようとするシーラさんに、ライアーさんが申し訳なさそうに眉《まゆ》を下げる。

遠慮してるんだろうなぁ、と予想はついたんだけど、お土産の海鮮はたんまりあるのでね！　むしろ、消費を手伝ってもらった方がありがたいというか、何というか。

「先生！　おれ、久しぶりにリンさんたちと話したいです！」

「わたしも！　女神さまの話、聞きたい！」

「……っっ、お前たち…………それでは、お言葉に甘えさせていただきます」

私の思惑を知ってか知らずか、レントくんたちが何とも可愛いオネダリで後押しをしてくれて……無事に、ライアーさんたちも報告ご飯会に参加してくれることになりましたとも！

みんな揃《そろ》って、シーラさんの先導でギルドの中庭へと向かうことになりましたとさ、めでたしめでたし。

「さーて。それじゃ、材料を下ろさないとですね！」

ちょっとだけ勝手知ったる中庭の適当な場所に野営車両《モーターハウス》を呼び出して……持ち出すのは例のブツ。私のスキルのことはほとんど知らないであろうレントくんたちをヴィルさんが引きつけてくれている間に、海鮮の山をひたすら車から下ろしていかないと！

「いや、なんつーかよぉ…………生きてる間に、まさかこんな光景を見るたぁ思わなかったぜ」

「わたしも長くギルドにお勤めしてますけど、こんなたくさんのディープブルーアヴァロンを見るのは初めてですぅ……」

「あははは……私たちもびっくりしました、ハイ」

野営車両《モーターハウス》の冷蔵庫から、次から次へと運び出されるアワビモドキを見たトーリさんとシーラさんが目を丸くしてる。

……まぁねぇ。生存戦略《サバイバル》さんによると、このアワビモドキ、高級品らしいからね。

シーラさんもトーリさんも……ライアーさんまでそのことを知ってるみたいだし、広く価値は知られてるんだろう。

そんな高級品がこんだけ出てきたら、まぁ……こういう反応にもなるのかな？

「え、すっご！　めちゃくちゃ大きい！　食べ応えありそう！」

「こんな食べ応えがありそうなの、初めて！」

「……えぇと……なんというか……本当に私たちまで、こんな高級品のご相伴にあずかって良いのでしょうか……？」

一緒に食事をすることを了承したとはいえ、ライアーさん的にはこんな高級食材が出てくるとは思わなかったらしい。価値を知らないらしい子どもたちが海鮮として素直に喜ぶその隣で、恐る恐るという感じで口を開く。

「大歓迎です！　むしろ、参加して頂いた方がありがたいというか、何というか……。今回の仕事の副産物的な感じで、ディープブルーアヴァロンがこれだけ獲れちゃったんですよ」

「なので、贅沢《ぜいたく》な悩みかもしれんが、消費を手伝ってくれると助かる」

「このままだと、オレたちのご飯が全部これになっちゃいそうなんだよねぇ」

「………リンのご飯、何でも美味《おい》しいけど………違う味のものも、食べたいから」

そんなライアーさんの心配を振り払うように、私は諸手《もろて》を上げてＢＢＱへの参加を歓迎した。ヴィルさんを始めとした【暴食の卓】メンバーも、それを後押しするようにライアーさんを説得しにかかる。

実際、アワビモドキの在庫は山ほどあるんだもん。このままじゃ、食卓がアワビモドキに占領されかねないんだよなぁ。

「副産物だぁ？　いったい何があったんだ？」

「ああ。今回行った海の底では、こいつらが厄介者扱いされていてな」

「採取って言うよりは駆除作業、みたいな感じだったよね～」

「ん！　いっぱい獲った！」

腕組みをするギルドマスターの言葉に、ヴィルさんたちが口々に答えるけど……今のみんなの説明で今回の仕事の全貌を把握しろって方が無理だよね。仕事のことじゃなくて、アワビモドキに関することしか話してないし。

多分だけど、まだちょっと海の底にいた時の興奮が冷めきってなくて、冷静に説明できないんだと思う。

「ああ、もう！　それだけじゃさっぱりわからん！　深呼吸でもして、少し落ち着いて説明してくれ！」

それでも、どうにかこうにか話を聞きだそうとするギルドマスターの言葉に、少し落ち着きを取り戻したらしいヴィルさんが改めて今回の事態を話し始めた。

事前調査のつもりで海に行ったら、そのまま海底にご招待されたこと。

そこで、海の女神・リューシア様直々にこの事態の収束を図ってほしいと頼まれたこと。

事態の鎮静化を図るべくダンジョン化した海底神殿に赴き、ボス化したカニを倒したり、女神様の宝玉を取り戻したりしたことｅｔｃ……。

今回の旅の思い出話を聞き流し用ＢＧＭにしたり、時々補足を入れたり……そんなことをしながら、私は私で焚火《たきび》台の準備を進めてるよー。

「相っ変わらず規格外の体験してるな、お前らはよぉ……」

「リューシア様直々の儀式！　ああ、一度でいいから見てみたかった……！」

「ヴィルさんたち、すげー！！！」

思わず、という顔で天を仰ぐトーリさんと、目を輝かせてる【幸運の四葉《クローバー》】のみんな。特に、神官でもあるライアーさんは感極まってるみたいだ。顔にも、「私も体験してみたかった」って書いてあるよ。

まぁ確かに、女神様と直接言葉を交わしたり、まして食卓を囲んだりなんて、人の身には有り余る光栄だったよ、うん。実際に体験した私たちですら「アレは夢だったんじゃ……」って思ってるもん。

胸元で揺れる珊瑚《さんご》玉が、アレが夢じゃなかったことを伝えてくれる。じわりと肌に染みる温かさを感じながら、熱くなった網の上に手際よくアワビモドキを並べていった。

「いや。お前らの話を聞いて、ようやく得心がいったぜ。最近、ようやく海も落ち着いてきたし、魔物騒ぎも落ち着いてきたからな」

「リューシア様のご加護が、あまねく世界に広められたおかげでしょうね」

「まあ、今後どうなるかはわからんが、早急に対応しなきゃならねぇ案件がなくなったのはありがたいこったな」

腕組みをして頷くトーリさんの隣で、ライアーさんが穏やかな笑みを浮かべている。

なんにせよ、街の騒ぎが落ち着いたのは何よりですよ！　冒険者的には討伐対象が全くいないっていうのも困りものだろうけど、討伐騒ぎが頻発するのも、住民的には良くはなさそうだし。

このままバランスを保ったまま落ち着いてくれればいいんだけど……。

「……すっごくいい匂いがするのですぅ……」

「うわぁ！　なんか、すげーお腹《なか》が空《す》く匂いがする！」

「海鮮が焼ける匂いって、ホントたまんないですよねぇ！」

……なんて。そんな話をしているうちに、堪《こら》えきれなかったシーラさんとレントくんがとうとうぽつりと言葉を零《こぼ》した。

そう。今私たちの周囲には、えも言われぬ香ばしい匂いが立ち込めている。さっきから火にかけてるアワビモドキが、いい頃合いに焼き上がってきたからですね！

うっとりとした表情で鼻を動かすシーラさんたちをきっかけに、匂いにつられたのかみんなが焚火台の周りに集まっていた。ジュワジュワと貝汁を滲ませながら焼けていくアワビモドキを見つめ、誰かがごくりと喉《のど》を鳴らす。

「仕事の話も一段落したところで……楽しい海鮮ＢＢＱの始まりですよ～～！　まずはそのままの味を食べてもらって……あとはお好みでバターとお醤油《しょうゆ》垂らしてください！」

高く掲げたトングをカチカチ鳴らすのが、宴《うたげ》の始まりの合図となった。良い焼き具合のモノをまな板に載せて、適当な大きさに切り分けてはお皿に盛っていく。

もちろん、海鮮に対する三種の神器の一角、醤油とバターの用意も万端だ。

「リンさん、リンさん！　コレ、もう食べていいの？」

「いいよぉ！　たくさんあるから、好きなだけ食べてねー！」

「あ、こら！　お前たち！」

アワビモドキの価値を知らないレントくんたちにしてみれば、よく焼けた貝にしか見えないんだろう。ライアーさんの制止より先に、切り分けたアワビモドキにわあっとフォークが殺到する。

うぅん。みんないい顔で食べてくれてるなぁ。

「うん。海底で食べた餡かけも美味かったが、こうして焼いたものはまた違った味わいだな」

「んん〜〜〜！　バターと、オショーユ……美味しい……！」

「……なんか、【暴食の卓《おまえら》】を見てたら気後れしてるのがバカみたいに思えてきたな……」

「私たちも、遠慮なく頂きますね」

最初のうちは高級食材に気後れした様子を見せていたギルド勢＆ライアーさんだったけど、海底神殿での駆除作業のせいか、もうすっかり「高級とは？」状態になったうちの面々の食べっぷりに背中を押されたのか、恐る恐るという体《てい》で手が伸びてきた。

やっぱり、新鮮な海の幸には勝てないよねぇ。

一度食べてからは、みんな夢中でアワビモドキに手を伸ばしてくれている。

おかげで、どんどん在庫が減ってくよー！

その合間に、いつの間にか冷蔵庫に入ってたでっかいロブスターやら、形のいい魚なんかも焼き網に載せてどんどん炙《あぶ》ってく。

「うーん。実にいいナイトＢＢＱだな！」

それからしばらくはお互いの仕事の話をしたり、冒険者としての心構えを教えてもらったりと和気あいあいとした雰囲気のまま時間が過ぎていったんだけど——ふと会話が途切れたタイミングで、トーリさんが口を開いた。

「そういえば、お前らと入れ違いに【蒼穹の雫《そうきゅう　しずく》】の連中が帰ってきたぞ」

「ああ。遠征に行ってたんだったか？」

頃合いに焼けたアワビモドキを頬張りながらトーリさんが言うと、咀嚼《そしゃく》していたアワビを飲み込んだヴィルさんが軽く頷《うなず》いた。

【蒼穹の雫】。確か、この前会った時に話が出てた、ヴィルさんたちと同期の冒険者グループさんだ！

あちこちの街を巡ってるとかなんとかっていう……。【暴食の卓】が苦手とする長期任務や遠征任務を担ってくれてるんだっけ？

「あれ？　僕たちの話をしてました？　ちょうど今朝方戻ってきたところなんですよ」

「うわぁぁぁっっっ！！！！」

聞き慣れない声が背後から突然聞こえてきて、喉の奥から絶叫が迸《ほとばし》った。ビクンと肩を震わせて振り返れば、そこにいたのは見覚えのない男の人。私よりも頭二つ分くらい高い身長。ヴィルさんと同じくらいの年齢かなぁ……？　流れるような銀の髪と、明るい空色の瞳をしたその人の耳は、セノンさんと同じように長く尖《とが》っている。

「ああ、驚かせちゃったかな？　僕らのパーティ名が聞こえたから、つい……。それに、見知った顔の中に、初めて見る顔があったから、思わず声をかけちゃったんだ」

穏やかで落ち着いた口調のその人は、全く邪気の感じられない心からの笑みを浮かべている。それも相まって、どこか浮世離れした空気を感じるなぁ……。

「僕は、今さっきギルドマスターが言っていた【蒼穹の雫】のリーダー、アルトゥールって言うんだ。急に話に割り込んじゃってごめんね？」

「あ……どうも、初めまして。リンと申します」

自己紹介と共に謝られ、私は慌てて姿勢を正すとぺこりと頭を下げた。なんか、見た目からして物語に出てくる王子様みたいなんだもん。そんな人に微笑《ほほえ》みかけられているせいか、なんだかちょっと落ち着かない気分になる。

ちょっと気まずい気分の私を見つめつつも、アルトゥールさんは笑みを崩さない。うぅん、美形の笑顔は迫力があるなぁ……。

「初めて見る顔って……ああ、そうか。嬢ちゃんが来たのは、お前らが遠征任務に行ってる間だったもんなぁ」

「それ以降も、リンさんたちとはすれ違いばかりでしたし……アルトゥールさんが知らないのも、無理はないかもです」

うっかりしてた、と言いたげに頭を掻《か》くトーリさんの横から、口元についたバター醤油をハンカチで拭《ぬぐ》ったシーラさんがひょっこりと顔を出した。

なるほどね。どっちかが街に帰った時にはもう片方は街を出てて、そっちが戻ってきた時にはもう片方が街を出てる……みたいな感じになってたのか。そりゃ顔を知らないはずだよ、うん。タイミングが悪かったんだろうなぁ。

「噂《うわさ》自体は聞いてたんだが、本当に料理人が入ったんだなぁ！」

「しかも、まさか女の子だったなんて！　女子仲間、ゲットだわよー！！！」

初顔合わせの理由に私が納得している間に、ニコニコと穏やかな笑みを浮かべるアルトゥールさ

んの後ろから、新たな顔が続々と現れる。

男の人が一人と、女の人が一人……と、冒険者パーティに似つかわしくない幼い女の子が一人。

きっとこれが【蒼穹の雫】のパーティメンバーなんだろう。

なんというか、こう……纏《まと》う雰囲気がキラキラしくてさあ！　全身から陽キャオーラが溢《あふ》れてるんですけどー！！！

突然現れた別パーティを呆然《ぼうぜん》と見つめる私と、目礼だけで済ませて一心不乱にご飯を頬張るうちのパーティ。

これから、いったいどうなっちゃうのー⁉

「ヴィルたちも、遠征任務に行けるようになったんだねぇ」

「ああ。これからは、俺たちも遠方の任務を受けるつもりだ」

「うんうん。冒険者がカバーできる範囲が広がるのはいいことだよね」

事情を知らない私をよそに、みんなは割と和気あいあいと会話を続けてる。なんというか、同期って聞いてから勝手にライバルっぽい関係を想像してたんだけど、そこまでバチバチにやり合ってるって感じじゃなさそうだなぁ。

「遠征メインで活動をしてる僕たちにも噂が届くくらい、ギルドでは話題になってたみたいだよ」

「『あの、【暴食の卓】が遠征任務に行けるようになった』って、一時期騒ぎになったものね～！」

アルトゥールさんの隣で、戦士の格好をした幼女ちゃんがそれはもうしみじみと頷いてる。

それにしても、わがパーティの出不精ぶり……結構有名だったんだなぁ。

「ヴィルとはおんなじくらいの時期にパーティを結成したから、なんとなく気になっちゃってねぇ」

「あの頃結成したパーティの中で、今も残ってるのは俺とお前たちだけだしな」

アワビの隣で焼いていた魚の串焼きに齧《かじ》り付いてたヴィルさんが、アルトゥールさんの声にしみじみした顔で頷いた。

なるほど。継続して活動してる唯一の同期なのか！　そりゃ、お互いの存在が気になっちゃうよね。

「お前らは、ウチの街の主力なんだからな。大丈夫だとは思うが、あんまり無茶すんなよ」

「ええ、もちろんです、ギルドマスター。ちゃんとわかっています」

「…………善処は、する」

トーリさんの言葉に、二人がそれぞれ返事をする。

……うん。この人たちなら、確かに心配ない気がするなぁ。

「僕たちも話に加わりたかったけど、この後ちょっと用事があってね。残念ながら、今日はこれで失礼するよ」

「今回はしばらくここに留《とど》まる予定だから、どこかで会ったら、その時はよろしくな！」

お誘いしようか迷ったほんの一瞬の隙を突き、爽《さわ》やかな笑顔で【蒼穹の雫】の人たちは場を辞した。武器や防具が鳴る音が次第に遠ざかっていく。

うわぁ、去り際まで爽やかって……何をどうしたらあんな人柄に育つんだろう……。

「…………相変わらずキラキラしいな、あいつら……」

「なんか、すっごいねぇ……世の中の人が想像する〝強い冒険者〟を体現しましたって感じ」

すっかり毒気を抜かれたようなヴィルさんがぽつりと零すと、レントくんが思わずといった様子で感想を漏らした。

「……うん。気持ちはよくわかる。なんというか……眩《まぶ》しいね……。」

「つーか、よくよく考えてみりゃあ、アイツらもそうだが、お前たちもこの前からずっと出ずっぱりだったんだよなぁ」

ソードフィッシュの切り身を金串《かなぐし》に巻きつけて焼いたものを頬張っていたトーリさんが、私たちを見ながらしみじみと呟《つぶや》いた。

「そう言われてみれば……結構短期間であちこち移動したな」

「さっきも言ったが、少しずつ情勢は落ち着いてきてるし……お前らも、ちょっとのんびりしてもいいかもなぁ」

ヴィルさんが感慨深げにため息をついてる。楽しくて忘れてたけど、確かにそうかも。

あっちに行ってはこっちに行き……東奔西走ジェットコースターしてる気がするなぁ。

何日か休んだことはあったけど、荷物の整理とか買い出しとか……〝完全休日！〟っていう感じじゃなかったし……純粋な〝休日〟って、割となかった感じがする……。

……まあ、やることがあった方が余計なこと考えないで済むから、ありがたいっちゃありがたかったんだけど……。

「俺たちはまだいいが、リンが休みらしい休みを取れてないのが気になるな……」

「お気遣いありがとうございます！　こういう生活も楽しいっちゃ楽しいので、私としては全然不満はないです！」

「ダメだよリンちゃん！　仕事を詰め込みすぎたってろくなことないんだからさー！」

「リン……！　休める時に、休まなきゃ、ダメ！」

「そうですよ、リン。適度に休むことが肝要なんです」

ナムサン！　四方八方からの射撃！

思わずたじたじになった私の足元に、ごまみそがぽてぽてと歩いてきて……。

『朕をかあいがるのも、おしもとでしょー？』

「ア、ハイ」

私の足の甲に前脚を乗せて、小首を傾《かし》げながらこっちを見上げるごまみそ。ちくしょう！　あざと可愛《かわい》い！　自分が可愛いことをわかってやってるな、この！！！！

「まあ、そんな嬢ちゃんのためにもな。ちょっと長めの休暇が取れるよう、時間は作ってやるさ！」

ソードフィッシュ串《ぐし》を片手に、トーリさんが豪快に笑う。この面倒見のよさ、というか、人柄のよさというか……そんなところが冒険者たちに好かれてるんじゃないかな？

……まあ……。

「いやあ！　こうも美味《うま》いもんを食ってると、どうしても酒が欲しくなるなー？　一杯だけならノーカンじゃねーかなー？」

「ダメなのですよ！　マスターには、今聞いた報告をまとめるお仕事がまだ残っているのです！」

「頼むシーラ！　そんなこと言わずに！　な？　少しだけ！　一杯だけだからあああ！！！！」

「ぜぇぇぇったいにダメなのですー！！！」

……………こんな気の抜けたところも、人間味があっていい……の、かな？

燃え上がる焚火《たきび》と気炎の渦を感じながら、ギルドでの夜は更けていった。

第一章

「いやぁ……潮風を感じると、エルラージュに戻ってきたなぁ……って感じがします」

「リンにとってはここが初めて訪れた街だろうしな。感慨も深くなるか」

大宴会を済ませて拠点に戻って……泥のように眠った私たちに、トーリさんから改めて「ちょっと休んでよし」という連絡が来た。

……いや、休んでよしというか、任務を回さないでおくぜー、みたいな感じが正しいかも。それからは、毎晩みんなでワイワイ宴会したり、山猫亭を始めとしたご飯屋さんを食べ歩いたり……久しぶりにお休みを満喫させてもらってる。

私も、いつの間にか溜《た》まりに溜まった在庫の整理を兼ねて、オツマミ作りやら新作レシピ開発がはかどりましたとも！

でも、そうやって調子に乗って料理を作りまくっているうちに、いつの間にか野営車両《モーターハウス》内の食料をほとんど食べちゃってさあ……。今日は、ヴィルさんと一緒に買い出しに来てるってワケ！

とはいえ、いつもみたいに旅の準備ってわけじゃないから、保存食じゃなくて近々で消費する用の生鮮食品をメインに買ってる感じかな。

「エルラージュは、魚も野菜も新鮮なのがありがたいですよねぇ。お肉もいろんな種類がありますし」

「家畜の肉もあるが、魔物のドロップ肉や野生肉も取り扱いがあるからな」

『おたたなも！　おにくも！　みんな、おいしい！　朕なー、とりのおにくすきー！』

「やっぱりおみそはお肉が好きかぁ……あ、お肉で思い出した。ヴィルさん！　この前食べたベーコンがめちゃくちゃ美味《おい》しかったので、また買っていきましょう！」

「ああ、あの店のベーコンだな。何でも、漬けておく塩や燻《いぶ》す時のチップに凝ってる……という話を、店主がしていたような気がするな」

「ああ～～！　いいですねぇ！　時間があれば、私もオリジナルのベーコン作ってみたいです！」

塊肉の包みやら鮮魚が入った袋やらを提げたり背負ったりしてくれているヴィルさんの隣で、私も目についた野菜を抱えたり、ごまみその背中に積んだり……。

ウチのパーティ、メンバー全員が食いしん坊というだけあって、エンゲル係数も仕入れの量もエゲつないんだよねぇ。今日はヴィルさんもいるし、ごまみそもついてきてくれたからさ。おみそには大きくなって、荷物運びに一役買ってもらってるよー。

「…………うーん……少し調子に乗りすぎたかな？」

あっちの店で野菜を買い、こっちの店で魚を買い……今は、お店の人がヴィルさんが持ちやすいようお肉を纏めたり、ごまみその背中にハムとソーセージを積んでもらうのを待ってる状態よ。

いっぱい買ってもらったお礼も兼ねて、他のお店の荷物と一緒に纏めてくれるっていうからさぁ。

ついついお言葉に甘えちゃったよ。

ヴィルさんもごまみそも、お店の人と話してて……今持ってる荷物で手一杯と判断された私は、ちょっと手持無沙汰《てもちぶさた》。

手際よく纏められていく荷物を眺めている私の背後から、ぬうっと影が射した。

「久しぶりだな、【暴食】の！」

「え、うわっっ⁉」

慌てて飛び退《との》いた私の視界に映るのは、いと高き所（物理）からこちらを見下ろす金色の瞳。ヴィルさんとタメを張れるくらいの……下手《へた》すれば、こっちのおにーさんの方が高いくらいの長身。ちょっと厳《いか》つい感じの顔はぱっと見は怖いけど、頭の上では三角の耳がピコピコ動いてるのがちょっと可愛くて……って……んん？？？　この人の顔、どこかで見たことがあるような気がするんだよなぁ……？

……………というか、この人……私のこと知ってるっぽくない⁉

高速で直近の記憶を漁《あさ》る私の脳裏に浮かび上がってきたのは、何日か前のギルドでのワンシーン。

〝陽〟の雰囲気を体現したようなキラキラしいあの空間に、確か……。

「あ！　【蒼穹の雫《そうきゅうしずく》】の方、ですよね？　あの、一番後ろにいらした……」

「おぉ。やっと思い出してくれたか！　忘れられたかと思って焦ったぜ！」

「いやぁ、なんというか……リーダーの方の雰囲気にすっかり呑《の》まれてしまっておりまして……本当に申し訳ないです」

ぽんと手を叩《たた》いた私を見て、高らかな笑い声が降ってきた。

いや〜〜、リーダーさんのキラキラ具合に、意識も記憶のリソースも全部が持っていかれちゃってさぁ……。すっかり記憶から弾《はじ》いちゃってたことが申し訳なくて、思わずぺこりと頭を下げる。

そんな私の上から、また弾けるような声が降り注ぐ。

うぅん……リーダーさんもキラキラしてたけど、このお兄さんもかなり明るいなぁ。

「いや、まぁ、なんつーか……アルトゥール《アーィーッ》がいたらそっちに気を取られるよなぁ。そもそも、おれもあの時名乗ってなかったしなぁ」

「そういえば……アルトゥールさんの名前は伺いましたが、皆さん個人のお名前は伺ってなかったですもんね」

「ああ、そうだろ？　それじゃ、改めて。おれは【蒼穹の雫】の拳闘士《グラップラー》・ロルフだ。狼《おおかみ》の獣人だから、匂いを辿ったりするのも得意だぜ！」

千切れそうな勢いで尻尾《しっぽ》を振りながら、お兄さん……ロルフさんがスッと手を差し出してくる。

これはきっと〝握手しよう〟ってことなんだろう。見るからにがっしりしてて、肉厚な手だなぁ。

「ご丁寧にありがとうございます。【暴食の卓】の荷物運び《ポーター》、リンです！」

私も名乗ってその手を握り返すと、もンの凄《すご》い勢いでぶんぶん上下に振りたてられる。見た目を裏切らない力強さというか……イヤ、それにしても強いな？？？？　このままじゃ手が千切れそうなんですけども⁉

すさまじい上下運動に耐えようと私の手に力が籠《こも》ったことに気付いてくれたんだろうか。途端にハッとしたロルフさんがパッと手を放してくれた。

「おっと、悪い！　つい嬉《うれ》しくて、加減するの忘れてたな」

「いえいえ。ちょっとびっくりしただけなんで、大丈夫です」

「いやぁ……なかなか他の料理人に会う機会がないもんでなー。勝手に親近感覚えてたんだ」

心底申し訳なさそうに眉根《まゆね》を寄せたロルフさんが、捨てられた仔犬《こいぬ》のような雰囲気を漂わせて私を見つめる。

うぅん！　悪い人じゃあなさそう、なんだけどなー。興奮すると、つい我を忘れちゃうタイプの人なのかもしれない。

ようやく解放された手は、ちょっぴりジンジンしてるけど……あのジェットコースターシェイクハンドの置き土産《みやげ》って考えたら、このくらいで済んでくれてよかった。

……ん？　ちょっと待って？　今このおにーさん、なんて言ってた？

「料理人に親近感、って……もしかして、ロルフさんも……？」

「ああ！　【蒼穹の雫】で料理人はおれなんだ」

「なるほど！　ロルフさんが私のこと覚えててくださった理由が、なんとなくわかりました」

恐る恐る切り出すと、さっきまでしょげてたロルフさんの三角耳が元気にピンと立ち上がる。どうやら正解だったみたいだ。

ギルドで【蒼穹の雫】の人たちに会った時、確かに一瞬話題には上ったけどさ……探索・戦闘をメインに行うメンバーと比べたら、やっぱり荷物運び兼ご飯番はあんまり目立たない立ち位置だと思うからね。しかも、直接会話したわけじゃないうえに、けっこう短い時間だったじゃん？

その割に、今日声をかけられるくらいに私の顔とか覚えてたんだなーって思ったけど……ロルフさんもご飯係だったとしたら納得だね。同業者っていう括《くく》りがあると、けっこう印象に残るもん。

「なぁなぁ！　早速で悪いんだが、ソッチはいったいどんなメシ作ってるんだ？　ガッツリ肉がメインのやつか？」

「え？　え？」

「ウチは肉が多くてさあ！　おれも肉が好きだし、腕が振るえるから問題はないんだけどよ。探索中は、なぁんか煮るか焼くか炙《あぶ》るかくらいしか調理法がなくてさー」

興奮覚めやらぬ様子のロルフさんが、ハイなテンションを保ったままずずいっと身を乗り出してきた。この世界では料理のレシピって結構貴重なものらしいから、ここぞとばかりに語りたいんだとは思うんだけどさあ。ちょっと圧が強いんじゃあああぁぁぁぁぁぁ！！！

そりゃ、私もそこまで人見知りってわけじゃないけど……初対面の人にこうもグイグイ来られると、さすがに構えちゃうところがあるんですけども～～～？

……とはいえ、ロルフさんの悩みはわからないでもない。調理道具も、時間も、材料も限られている冒険中の食事が、パターン化しがちなのが気になる&それを打破するための目新しい調理法やレシピがあれば……ってことなんだろう。

「うーん……冒険途中のご飯となると、そのあたりの調理法がメインになってくるのは仕方ないと思います。実際、【暴食の卓《ウチ》】もそんなメニューが多くなりがちですし……」

「リンもやっぱりそんなもんか？　同じ飯番同士で話してれば、いいアイディアが出てくるかと思ったんだけど……そう上手《うま》くはいかないかぁ」

「拠点に戻れば、色々と方法はあるんですけどねぇ」

「冒険中はなぁ……どうしてもマンネリ化しがちだよなぁ」

私なりに考えてはみたけれど、そうそう上手い考えは浮かばなかった。それを伝えると、ちょっぴり残念そうにロルフさんが肩を落とす。

……う、うーん……罪悪感で、胸がチクチクするよう！　だって、悩んでるロルフさんには大変申し訳ないんだけど、ロルフさんほどの苦労を私はしてないから……。

なにせ、野営車両《モーターハウス》がある【暴食の卓《ウチ》】は、かなり恵まれてるもん！　野営じゃ手に入りにくい火も水も使い放題だし、オーブンやら炊飯器やらの文明の利器も使えるし……要するに、私の頭の中に入ってる地球産のいろんな料理を、冒険中でも作れちゃうってことだ。

でも、そんなことをロルフさんに言うわけにはいかないし……。でも、できることなら同じご飯番として力にはなりたい！

気が付けば、二人一緒にうんうんと頭を捻《ひね》ってたんだけど……。

「ウチの飯番に迫るのは、そこまでにしてもらおうか」

「ヴィルさん！！！」

「なんだ。ヴィルも来てたのか！」

押し殺したようなヴィルさんの声がしたかと思うと、横から伸びてきた手が私の腕を掴《つか》んでぐいっと引っ張られる。そのまま背中に庇《かば》われて、思わず安堵《あんど》の吐息が漏れた。

同時に、飛び込んできたごまみそが私の前に立ちはだかってフーシャー威嚇しながら背中の毛を逆立てている。何もそんなに警戒しなくても……と思うけど、私の場合、ごまみその前でミール様に掻《か》っ攫《さら》われたという前科がありますのでね。そりゃおみそも警戒するだろうなぁ。

ここまで事態が進んだところで、ようやくロルフさんの勢いも弱まったみたいだ。驚いたように金色の瞳がパチパチ瞬いて、私と、私の前に立ちはだかるヴィルさんとごまみそとを交互に眺める。

「生憎と、ウチの飯番は俺たちの生命線なんでな。何かあってから……では困る」

「へ～～～～」

……なんか生温かい目で見られているような気がしないでもないけど、今はそれどころじゃないんだよぅ！

『もー！　もー！！！　しらないひとについてっちゃだめって、朕いっつもいってるでしょー！！』

「いや、言われてないから！　なんだその誘拐を警戒する親御さんのセリフみたいなのは！」

『くちごたえしない！　朕のことばがせかいのしんりなのー！』

ぶっとくて長い尻尾を不機嫌そうにビタビタ地面に打ち付けている翼山猫《ごまみそ》のご機嫌取る方が今は大事っていうか……。

「あー……なんか興奮しすぎちまったみたいだなー……ガンガン詰めちまって悪かったな」

「いえいえ。ちょっとびっくりはしましたけど、大丈夫です！　好きなことの話に夢中になる気持ちは、よくわかりますから」

「ははは！　そう言ってくれてありがとうな」

現状を把握したらしいロルフさんが、バツが悪そうな顔で頭を下げてくれた。ただ、怖いとか不快とか……そんな感じは一切なかったので、その旨はしっかり言葉にしておいた。そんなに恐縮させたいわけじゃないし、私としては冒険者のご飯番仲間ができて嬉しいくらいだし！

気を取り直したようなロルフさんが、照れたように頬っぺたを掻きながらにへっと笑ってくれた。これで、わだかまりは解けたかなー？

ヴィルさんもそれを察知してくれたようで、鉄壁の守りを――未《いま》だ警戒はしたままだけど――ちょっとだけ緩めてくれる。

「その、なんだ。これに懲りず、献立の話とかできたらいいなー、って。おれは思ってるぜ！」

「それはもう、もちろん！　レシピの交換とかしましょう！」

改めて差し出された手を握ると、今度はちゃんと優しく力加減をしてくれてる。うん。やっぱり根はいい人なんだろうな、ロルフさん。ただ、夢中になるとそれに意識が集中しちゃうタイプなんだろうねぇ。

とはいえ、料理する人仲間ができたことは単純に嬉しいし、純異世界産のレシピを知るいい機会かもしれないし！

だから、その……ヴィルさんも、ごまみそも、そこまで警戒せんでも……と私は思うんだけどな？

そりゃあもう不信感を露《あらわ》にした翼山猫《ウイングリュンクス》やら、厳つい顔がさらに厳つくなってる鬼ぃさんやらに怖気《おじけ》づく様子もなく、爽《さわ》やかな笑みを浮かべたロルフさんは私たちに手を振りながら市場の中心の方へと向かっていった。これから買い物するんだろうなぁ。

雑踏に紛れてく頭一つ分以上大きな背中を見送る私の頭の上から、そりゃあもう不服そうなため息が降ってくる。見上げた先では、ヴィルさんが呆《あき》れと不満と困惑とをないまぜにしたような複雑な表情を浮かべていた。

「なんというか……【蒼穹の雫】のやつらと顔を合わせる機会はそれなりにあったんだが、やつがあんなふうになっているのは初めて見たな」

「多分ですけど、料理に関する話が相当したかったんだと思います。前にギルドでお会いした時に、私がご飯番って知られてましたし……」

「ああ、なるほど………だが、それならそれで、もっとやり方があっただろうに」

「あ〜〜……おんなじ立場の人間を見つけて、嬉しさのあまりに……って感じなんでしょうねぇ」

どこか呑み込めない部分はあるにしろ、ヴィルさんはそれなりに事情を呑み込んでくれたようだった。もともと交流があったおかげで、ロルフさんの人となりを多少なりとも知っていたっていう部分も大きいかもしれない。

ロルフさんが私に話しかけたのは業を同じくする者に対する興味関心からであり、下心はなかったと判断したんだろう。

パーティリーダーからある程度の理解を得た今、問題となるのはまだ事態を呑み込めていないでっかいにゃんこの存在だ。

『んもー！　朕がおめめはなしたすきに、どっかいかないで！』

「ちゃんと待ってましたぁ〜〜！　離れてないです〜〜」

背中に荷物を満載したごまみそが、不服そうに鼻を鳴らしながら大きな頭をゴンと私のお腹《なか》に押し当ててくる。これが〝撫《な》でれ〟っていう合図だとはわかってるけど……今のおみその大きさで頭突きされるとだね……正直、けっこうなダメージなんだよ！

ぐふぅと呻《うめ》いた私に構わずゴリゴリ頭を押し付けてくる翼山猫《ウイングリュンクス》の頭を、小学生ライクな口調と共に押しやってやる。

「もー！　多分これから会う機会も増えるだろうし、そう邪険にしなくてもいいじゃん。美味《おい》しいご飯のヒントとか、新しいレシピとか、色々と教えてもらえるかもしれないよ？」

『朕のごあん、しんせんそざいそのものおあじだから、あたらしいのとかいらなーい』

「リンの飯は今のままで十分に美味《うま》い」

「え、アッハイ」

プンプンツンツンしながらそっぽを向く翼山猫《ごまみそ》と、いつになく真剣な顔で宣言する鬼ぃさんに挟まれて、唯々諾々と頷《うなず》く以外の選択肢ある？

私の背中を押して拠点に戻ろうとするヴィルさんが「横から掻っ攫わせるわけには……」だのなんだのブツブツ言ってたけど……仮にスカウト指名が来ても【暴食の卓】を抜ける気はないから、そんなに心配しないでほしいなぁ。

それに、私にとってもせっかくできたご飯番仲間なわけだし？　また会うことがあったら、その時はもうちょっと落ち着いて話ができるといいなぁ、なんて。そんな淡い期待を胸に抱きつつ、私たちはみんなが待っている我が家へと足を進めたのだった。

「……と、まぁ。そんなことがありまして……今日のメニューは煮る、焼く、炙る以外の料理法で作ってみました！」

ドドーンと食卓に並べたのは、フォレストボアの南蛮漬けの大鉢だ。地物野菜の蒸し煮も、中鉢にたっぷり入れて添えてある。正直、蒸し煮は〝読んで字のごとく煮てもいるんじゃないか……〟って思わなくもなかったけど、そこは、ほら……水は加えず野菜から出る水分だけで調理してるし、〝蒸す〟っていう字も入ってるからヨシ！　という謎の理屈でゴリ押しすることにした。

「むぅ～……リンは、ウチの子……だし……！」

「そーだよぉ、リンちゃん！　他のパーティに誘われても、ちゃんとお断りするんだよ？」

「勧誘されたわけじゃなかったですし、大丈夫ですよー。お相手さんも、レシピをメインで語りたかったみたいですし」

今日のメインである大仕掛けに向けて、コンロで作業をする私の後ろから盛大なブーイングが聞こえる。時々交ざるパシンッっていう軽い音は、盗み食いしようとした誰かの手がヴィルさんに叩《たた》かれた音だろうな。料理をテーブルに運んでいる途中で、ヴィルさんに〝誰かがつまみ食いしないよう見張っててください！〟ってお願いした甲斐《かい》があったってもんだよ。

「そうは言っても、調理を生業《なりわい》とする者にとっては、レシピはなかなか貴重なものなんだろう？　そう簡単に教えていいモノとも思えんが」

「あー……私たちの場合、生粋の料理人ってわけじゃありませんからね。そこらへんの意識は割とゆるいのかもしれません」

いろんな人を相手にお店とか屋台で腕を振るう料理人さんと、パーティメンバー相手にご飯の時だけ腕を振るう私たちとじゃ、立場とか考え方とか……色々違うと思うんだ。

それこそ、料理の味に売上やら評判を左右される料理人さんなら、自分だけの味を他店に盗まれないようにする必要があるじゃん？　他にも、秘伝のタレとか先祖代々大事にしてきた味を受け継いだりっていうのもあると思うし。

でも、私らはあくまでも〝冒険者〟なんだよね。言うなれば、任務遂行のための一環としてパーティの中でご飯作る人……みたいなもんじゃん？　評価されるのは、作った料理の味じゃないじゃん？

パーティ単位なら依頼された仕事をどれだけ完璧《かんぺき》にこなせたかだろうし、個人単位なら任務達成に向けてどれだけ貢献できたかだろうし。

そりゃ、パーティのみんなに美味しいご飯食べてもらいたい！　っていうのはいっつも思ってることだけどさ。ご飯作りっていう仕事は、〝腹が減っては探索はできぬ〟的な意識に基づいた、任務達成のための雑務なんよな。

「それに、パーティメンバーの士気を上げられる料理なんてもののレシピを交換したところで、それが交換先のパーティでドンピシャで効果を発揮するのかどうか、って話でもありますしね」

「なるほどな。それは確かにありそうだ」

「食の好みなんて、特徴が出やすいトコでもあるだろうしね～」

「まぁ、正直なところ、濃いめの味付けの動物性タンパク質を多めにしておけば、どこのパーティでも間違いないって感じはありますけど」

ここ最近はよく外食してたから、他の冒険者さんたちがお店で飲み食いする様子を見てたんだけど……とにかくみんな肉と酒、って感じなんだよ！

そういえば、ウチだって最初は野菜出すと『うぇぇ～』って顔されたもんなぁ。私が手を変え品を変え野菜を使った料理を出し続けたおかげで、最近は『野菜も美味しい』って意識に変わってくれたけど、それでもやっぱり肉系のおかずだと食いつきが違うし。

ロルフさんも〝とにかく肉！〟みたいなこと言ってたしさぁ……。

冒険者は体が資本だから、自然とタンパク質を欲しがるんだと思う。汗もかくからこってり濃い味も欲しくなるだろうね。

……ですが今日は、そのセオリーから外れたものがメインディッシュです！

「メインの大皿、行きます！　テーブルの真ん中空けてください！」

食卓を振り返ってそう宣言するや否や、私はコンロにかけていたフライパンの蓋《ふた》を取った。もうもうと上がる湯気の中から取り出したのは、本日のメイン、白身魚が姿のままで載っている大皿だ。

鍋《なべ》つかみ越しにも火傷《やけど》しそうなほどに熱い。

「うひー！　お皿熱いんで気を付けてくださいねー！」

「あ、ああ。大丈夫か、リン？」

「だいじょぶです！　続いて仕上げするんで、私からちょっと離れててください！」

魚と一緒に蒸していた生姜《しょうが》っぽい香味野菜やらネギっぽい野菜の青いとこを取り除いて、作っておいたタレをかける。そしたら、薬味用に取っておいたネギと生姜の千切りを魚の上にこんもり載せるわけですよ。

その間に、南蛮漬けの大鉢やら、蒸し煮の中鉢やら、取り分け用の小皿やら……食卓の上を占拠していた皿たちを、エドさんとアリアさんがひょいひょいどけてくれた。ヴィルさんも体をずらして、私が通る道を空けてくれる。

皿の中のタレを零《こぼ》さないよう気を付けながらテーブルに運んだら……さあ！　ここからは時間との戦いですよ！

頭の中に響く〝ゲット〟の掛け声で、コンロの火を止めつつ熱されているスキレットの柄を掴《つか》む。

〝レディ〟の声で食卓に身体《からだ》を向ける。

……そして……。

「ファイヤ～～！！！！」

脳内で掌《てのひら》が振り下ろされるのと同時に、煙が出るほどに熱せられたごま油を魚の姿蒸しにぶっかけてやった。

「うわ、わわ！！！」

「すごい、おと……してる！！！！」

「おい、リン！　コレは大丈夫なのか⁉」

ジュバアアアとも、ジョバアアとも聞こえる激しい音が、室内に木霊する。熱い油と反応した水分が弾《はじ》けながら、激しい音と香ばしい匂いを周囲に広げていく。そりゃあもう盛大に油が跳ねるけど……咄嗟《とっさ》にエドさんが大皿を包み込むように防護魔法を張ってくれたおかげで、テーブルはきれいなままだ。魔法って便利だあ！

「今日のメインディッシュ・白身魚の清蒸《チンジョン》ですよー！」

某三昧《ざんまい》のポーズと共に、完成宣言を。清蒸……簡単に言っちゃえば、魚の姿蒸しだよね。帰りがけに、市場で、サイズよし鮮度よし味もよさそうなこの魚見つけてさぁ。蒸し料理といえばこのメニューがあったじゃん、って思って。

なお、清蒸は私の中では演出が派手で楽しい中華メニュートップスリーの一つである。ちなみに、残りの二つは餡《あん》かけおこげと、酔っ払い海老。どっちも目の前で仕上げてくれるのがいいなぁ、って。

揃《そろ》いも揃って健啖家《けんたんか》のメンバーのために作ったから丸々蒸したけど、少人数なら切り身でも作れるよー！　基本的に魚を皿に載せて蒸すだけだし……最後のあっちんちんの油をかける時にさえ気を付ければ、けっこうお手軽に作れる中華だと思う。

「ツウの人だと、骨際の身に火が通らないギリギリのジューシーさを楽しむらしいですけど……完

全に火が通ってる方が身離れがいいので食べやすいと思います」

　蒸し上がってまだ湯気の立つ魚の身に、躊躇《ちゅうちょ》なくサーバースプーンを突き立てる。さすがに、これだけデカい魚を巡っての争奪戦は怖いんだよぅ！　急いで食べたあまり骨が喉《のど》に刺さったりしたらさぁ……ちょっとイヤじゃん？

　幸い、芯《しん》までしっかり蒸したおかげか、この魚の身質なのか……大きなブロックのままほっくり骨から離れてくれる。

　みんなの分は、ちょっと多めに。私の分は少なめだけど……一番食べるのが難しくて楽しい頭の部分は私が独占させていただきますよー！！！　目のトコのとろプル！　むっちりねっとりの唇！ぎっちり肉厚な頬《ほ》っぺたの肉！！！

　あー、ほじくるの楽しみ！！！

　油の熱で程よくしんなりしたネギと針生姜を盛った皿を銘々の前に置いていって……いつもだったら〝いただきます〟と続けるはずなんだけど……。

「さてさて。それじゃ、ご飯の前に……っと」

　私の手がその人の前からどかないから、みんなの視線も自然とその人に集まっていく。

　そりゃあ、私としても冷めないうちに食べてもらいたい気持ちはあるよ？　あるけどさぁ……美味しく食べるためには、心配事とか愁い事とか……心の重しをなくしてから食べてほしいじゃないですかー！

「……いったい何を隠してるのか、ぜ～～んぶ吐いてもらいましょうか、セノンさん？」

「………リン……」

青空みたいな瞳を、にっこり笑いながら覗《のぞ》き込んだ。気まずそうにその視線が逃げようとしてるけど………逃がすと思いますぅ？

逃げられた分をずずいっと詰め寄ると、セノンさんは困ったように眉根《まゆね》を寄せてこちらを見つめる。

イケメンの憂い顔の威力は凄《すご》いけど……それで誤魔化せるとお思いですか⁉

私たちが帰った時に〝おかえりなさい〟って言ってくれはしたものの、それ以外は何か思案しながらぼーっとしてるし。しかも、ご飯ができましたよーって言っても上の空だなんて、セノンさんらしくなさすぎじゃないですかー！

食いしん坊さんがご飯に沸き立てないほどの事態……放っとけるわけないでしょう？

私に引く気がないことをわかってくれたんだろう。諦《あきら》めたようにほぅと息を吐いたセノンさんが、ゆっくりと口を開く。

「………実は、少々嬉《うれ》しくないところから連絡が来ていまして……」

「嬉しくないところっていうと……税金払えーとか、免許更新しろーとか……アレな感じのヤツです？」

「いえ、実家です」

「じっか」

セノンさんがサラッと予想外のことを言うもんで、思わずオウム返しになっちゃった。

嬉しくない連絡の筆頭・お上絡みのアレコレかなーとか思ってたんだけど、まさかこんな答えが返ってくるなんて……。

私だけじゃなく、みんなもおんなじことを思っていたみたいだ。

首を捻《ひね》ったりセノンさんを凝視したり……そんな反応を示すメンバーを眺めながら、セノンさんが珍しく歯切れの悪い様子で話を切り出す。

「私の実家……ここからずっと南に行ったところにあるエルフの里なんですが……祭りがあるから帰ってこいと五月蠅《うるさ》くて」

盛大に苦虫《にがむし》を噛《か》み潰《つぶ》したような顔してるけど……エルフのお祭りとか、面白そうな要素しか感じないんですが？

「……お祭りかぁ〜。いいなぁ、楽しそう！」

「まさか……リン。あなた、エルフの里に行きたいと言い出すんじゃないでしょうね？」

素直な気持ちで呟《つぶや》いた言葉に、セノンさんがぎょっとしたような顔で私を見る。

え、ダメなのかな？　なんというか、こう……不思議を発見できそうな欲に駆られるというか……その土地のお祭りって、なんかこう興味をそそられない？

まぁね、そりゃね。秘境の地で行われる地元の祭り！　シャワーシーンを始めとした謎のお色気シーン！　友好的だけど、時折こちらを値踏みするような目で見てくる村人たち！　血湧き肉躍る（物理）祭壇と謎めいた儀式！　騒ぐＤＱＮの姿が消え、一人また一人と減っていく仲間たち。そうして迎えた祭りのクライマックスの日、探索者が見たものは……!?

……みたいな。よくあるB級ホラー的なことにならない保証はないけど、そこの出身者であるセノンさんがいるんだから確率は低いと思うんだよね。

あ〜でも、ファンタジーで見かけるエルフさんはけっこう排他的な感じだしなぁ。

「そのお祭りって、よそ者連れてっちゃマズい感じなんですか？」

「いえ。祭りの時期は近くの集落の者や旅人も訪れますから。里に来てくれるのは大歓迎だと思いますよ」

「そうなんですか。………………え？　じゃぁ、セノンさんはなにをそんなに嫌がってるんです？」

次々に疑問が湧いてくるけど、セノンさんは苦笑いするばっかりで口を開かない。

……うーん……これは聞き出すのに時間がかかりそう、かなぁ。

セノンさん以外の人に目配せをして、私は静かにカトラリーを手に取った。

「とりあえず、ある程度の事情はわかりましたので、続きは食べながらにしましょうか！」

「やった！　美味《おい》しそうだから、冷める前に食べたいなぁって思ったんだよね！」

「ん……！　セノンは、さっさと吐く、べき！」

「それぞれに事情があるのはわかるんだがな……飯の前の尋問の時はさっさと口を割るのが正解だと思うぞ」

「あなたたち……好き勝手言ってくれますねぇ……？」

冗談交じりに詰《なじ》るみんなの顔を眺めつつ、セノンさんが片眉《まゆ》を上げてフンと鼻を鳴らす。

……でも、その口元がふっと緩んだの、私は見逃しませんよ！　やっぱり、一人で考え込むより、みんなに相談しちゃった方がいいこともありますしね。

「それで、なんでそんなに帰りたくないんですか？」

快哉《かいさい》と共にあっという間に減っていく清蒸と南蛮漬けに比べて、やや初速が遅い野菜の蒸し煮を各々の皿に容赦なく取り分けながら聞いてみると、とたんにセノンさんの眉間《みけん》にシワが寄った。

そこまで深刻なものではないんだろうけど……そんなに言いにくいことなのかな？

「…………………………エルフの里の食事、美味しくないんですよねぇ……」

「…………はい？？」

ちょっと何言われてるかよくわかんないんですけど……？

……あ～～～……でも、確かに……なんかの話の折に、エルフ飯は美味しくない、みたいな話……聞かせてもらったことがある気がする、けど……え、待って？　帰りたくない理由が、故郷のご飯がマズいからって……そんなことあるぅ⁉

「え、えぇぇぇ……！　そんな理由なんですか？　本当の理由を隠してたりしないですか⁉」

「……祖霊と神に誓って。嘘偽りなく、本当のことです」

真剣な目をしたセノンさんから飛び出した想定外の言葉にポカンとしている私たちを見て、セノンさんが深く深くため息をつく。

「あそこの出身である私が言うのもなんですが、なんというか……故郷の料理はおかしすぎるんですよ！」

「おかしいって……」

「食材の調理法もそうなんですが……味つけそのものも雑というか、なんというか……」

セノンさんの眉間に刻まれたシワが、どんどん峻険《しゅんけん》なものになっていく。その頂上がエベレストもかくや……となったところで、雷光の如《ごと》く閃《ひらめ》いたフォークがザクリと南蛮漬けを突き刺した。

うわぉう。積年の恨みが籠《こも》ったような一撃ですね？

「えぇぇ～～……エルフの料理はよく知らないけど、ご飯がマズいのって……アレだよねぇ……」

「ん………切ない……」

「〝外の味〟を知らなければ、まぁ……それでも生きていけるんでしょうけどね……」

「ああ、なるほどな……」

遠い目をしたセノンさんと、夕飯をぱくつくみんなが交わす会話に、なんとなーく事情を把握できた。

エルフの里で生まれ育ったセノンさん。そのまま里で生きていれば何の問題もなかったんだろうけど……こうして街に出て冒険者になってしまったおかげで、故郷の味では満足できない身体《からだ》になってしまった、と。

……うーん……そんな帰りたくないほどイヤになっちゃったのかぁ……。私が時々〝地球の味ロス〟になるのとは真逆の現象だなぁ。

切れ長の目を伏せ、愁いを帯びた顔でため息をつくその姿は、まさに羞花閉月《しゅうかへいげつ》、花も恥じらう美人さん、って感じ。

「外に出てから料理の味に感激していましたが……その中でも、リンの料理は天上の味です！　口にするたびに生きていてよかったと思えますね」

「うおぉ……そう言ってもらえて嬉しいです！　ありがとうございます」

フォーク片手に、正統派イケメンなエルフさんが蕩《とろ》けるような笑みを向けてくる。こういうセノンさんを見ると、「顔はいいんだよなぁ」って改めて思うよ、うん。

……まぁ、そんな顔して皿に山と盛った南蛮漬けをぺろりと平らげちゃうのを見てると、「残念なイケメン」っていう単語が頭をよぎるけどね。

それにしても、私の料理、めっちゃ絶賛されてるな。比較対象を知らないので何とも言えないけど……そんなに感激される味、かなぁ？

私が作る料理もそんなに手間がかかってるものでもないし……素材やら調味料の差とかもあるんじゃないかなぁって思っちゃうけど。

「せめて、特別な日の料理くらいマシになってくれてもいいと思うんですが……帰ってこいと言われている祭りの料理すら、味は、もう……凄惨《せいさん》というか、散々というか……！」

「そんなに酷《ひど》いんですか？」

「……正直、あの料理を口にするくらいなら、その辺の草を食べることを選びます」

思わず聞き返した私に、セノンさんが儚《はかな》げな笑みを浮かべてみせる。

「お、おぉん……そんなに……」

そ、そんなに思いつめちゃうくらいに不味《まず》いんですか……逆に気になるんですけど!?　どれだけ不味いのか一回体験したいような気もするなぁ。

「ダメですよ、リン。あんなモノは、体験しない方がいいんです」

「えっ⁉　なんで考えてることがわかったんですか⁉」

「リン。全部顔に出てるぞ」

「ん。リンは、わかりやすい」

一瞬、〝頭の中を読まれた⁉〟って思ったんだけど、ヴィルさんとアリアさんのツッコミが入った。

ええええ……そんなにわかりやすい顔してたかなぁ？

ううう……でも、気になる……！

料理の凄《すご》さもそうなんだけど、〝エルフの里のお祭り〟なんて、いかにも乙女《おとめ》ゲームのイベントっぽくない⁉　恋愛イベントで、成功させるとスチルが見られる系のヤツ！

そう考えたら、行かない理由がないんじゃないかなー？

「いやぁ、でも、そこまで言われたら逆に行ってみたいですよー！　いろんな料理の味、知りたいです！」

「わかんなくもないなぁ。怖いもの見たさ、っていうの？」

「ダメですからね、リン？　絶対、行きませんから！　エドも煽《あお》らないでください！」

軽い気持ちで切り出してみたものの、まさかここまで拒否されるとは……。コレ以上押しても、あんまりいい答えは引き出せそうにない、かなぁ。

戦略的撤退ってわけじゃないけど、クールダウンを兼ねてまだ手付かずの魚の頭に箸《はし》をつけた。

うん。程よく冷めてて、ほじくるのにはちょうどいい。

うーん。我ながら美味しいじゃんか！　このねぇ……トロットロのゼラチン質がたまらんのよなぁ。タレも、見よう見真似《みまね》で適当に作った割にはそれなりの味になってる！

本当は、豆鼓醤《トウチジャン》とかそういうモノがあった方がよりそれっぽい感じになるんだろうけど……なくても十分に美味しいや。

しみじみ味わってる私の隣で、みんなが顔を突き合わせ始めた。

「ちょっとセノン～～！　リンちゃんがここまで言ってるんだよ～？」

「ん。かなえてあげても、いいはず……！」

「私のせいなんですか？　確かに気の毒だとは思いますが、リンにあの料理を食べさせるわけには……悪しき影響を受けてしまったらどうするんです⁉」

なんだか、私抜きで盛り上がり始めてるけど……これは、もしや…………連れてってもらえないことに私が落ち込んでるって思われてる⁉

チラチラこっちを見るみんなの視線がグサグサ突き刺さるんだけども⁉

毟《むし》り取った真っ白な頬肉を口に運びながら、私が今後取るべき方針を考える。程よく脂がのってて、ほんのり甘みがあって……しっとり美味しいお肉なのに、ちっとも食べてる感じがしないよう！

うぅん……さて、どうするかなぁ。

メタ的な面でも、私の興味的な面でも、エルフの里に行ってみたいっていう気持ちがめちゃくちゃある。ただ、セノンさんがあれだけイヤがってるのをゴリ押しするっていうのも、ちょっと気が引けるんだよねぇ。

この前、王都に行くとなった時もヴィルさんが渋ったけど、アレは〝今までの出来事に関して報連相する〟っていう目的があったじゃん？

でも今回の場合、嫌がるセノンさんを押しきってでもエルフの里に行かなきゃいけない、目に見える理由がないんだよなぁ。

「行ってやってもいいじゃないか、セノン。リンがここまで言ってるんだぞ？」

「ヴィル⁉」

「ヴィルさん！」

大鉢から南蛮漬けをひょいひょい掻《か》っ攫《さら》ってくリーダーが、茶化しのない瞳で宣言する。そのあとに続くのは、悲鳴じみたセノンさんの声と、歓喜混じりの私の声だ。

非難と疑問と歓喜と……各々異なった思惑をのせた視線に晒《さら》されながら、ヴィルさんは悠々と南蛮漬けを咀嚼《そしゃく》する。

「そうだよー！　リンちゃんが珍しく要望を言ってくれたんだよ？　かなえてあげたって罰は当たらないいんじゃないの？」

「ん！　エディの、いうとおり！」

「エドにアリアまで！」

困ったような顔のセノンさんに、エドさんとアリアさんが畳み掛けてくれる。

これはもしかして……私の方に風は向いてるんじゃなかろうか？

順風に乗るべく、私もじーっとセノンさんを見つめてみた。

期待に満ちた目でセノンさんを見る私たちと、絶対行きたくないセノンさん。私たちの間で、しばらく膠着《こうちゃく》状態が続いたけど……不意に、セノンさんが根負けしたようにため息をついた。

「うう……わかりました！　行けばいいんでしょう、行けば！！！」

「セノンさん！！！！」

喉《のど》も裂けよと声を上げたセノンさんに、食卓がワァッと沸いた。

小さくガッツポーズをした私の隣でヴィルさんが満足そうに頷《うなず》いてて、エドさんとアリアさんが目を輝かせてハイタッチしてる。ちなみに、私たちとは対照的に沈鬱《ちんうつ》そうな顔でため息をつくセノンさんの膝《ひざ》に乗ったごまみそが、慰めるみたいにグリグリ頭を押し付けてた。

「あの……そんなにご飯が嫌なら、こっそり私が作りましょうか？」

「それ、は……っ…………とても、ありがたいのですが……」

せめてもの慰めになるかなー、って思っての提案だったんだけど、セノンさんの歯切れがあんまりよろしくない。なんか問題でもあるのかな？

「里でもリンの料理が食べられるのはありがたい、のですが……この味を知ってしまった里の連中がリンを囲うような真似をしたら……」

おっとぉ？　なんだか予想もしなかった方向からジャブが来たな？　囲うような真似ってなんですか、囲うような真似って。

いや、まさかそんな……里以外のご飯の味を知られたからって、それは少々大げさなのでは？

そう思ってちらりとセノンさんを見たら……真剣な瞳で見つめ返された。

ちょっと待ってくださいよ。まさか……マジ、なんですか？

「安心してください、リン。万が一の際は、あなたがエルフの里に囚《とら》われることがないよう、しっかり守りますから」

「え？　え？　冗談、なんですよね？」

「ええ、まぁ……欲望のままに行動するような不届き者たちではないと思っていますが……食というものは生きることに直結することでもありますから」

ちょっとちょっと！　そんな儚げな顔で微笑《ほほえ》まないでいただいてもよろしいですかー⁉

今にも泣き出しそうなのをぐっと堪《こら》えたような笑みを湛《たた》えながらぎゅっと手を握られましても
……不穏な演出にしかならないんですけども⁉

……もしかして私、とんでもない落とし穴に自分から落ちに行ったのでは？

「任務と関係ない遠出なんてさー、かなり久しぶりだねー」

「うん……楽しみ……！」

『おでかけ！　朕も、たのしみーー！！！』

一人背筋を震わせる私をよそに、エドさんとアリアさんは大喜びしてる。雰囲気に呑《の》まれたらしいごまみそも、セノンさんの膝の上でご機嫌そうに喉を鳴らしてるし。

「まぁ、その、なんだ……セノンもああは言っているが、そんなに心配することもないんじゃないかと思うぞ」

「ですね……セノンさんなりの、可愛《かわい》い意趣返しだと思うことにします……」

私の味方は、可哀想《かわいそう》なものを見るような目をしながら最後の南蛮漬けを分けてくれたヴィルさんだけだよ……。

………でも、これでエルフの里に行ける算段は整った！　みんなの後押しに感謝！

「セノンもさー、実家から呼び出し食らってるんでしょ？　それなら、帰るのは早い方がいいよね？」

「もう、明日……出発しちゃう……？」

「そんな急に？　リンの方で食材整理や買い出しなどの準備もあるかもしれないでしょう？　そう急には出発はできない……ですよね？」

「え、えーっと……そうですねぇ。保存食とか調味料の買い足しとか、日持ちしなさそうな食材の整理とか……明明後日《しあさって》くらいまで出発は待ってもらえると助かります」

早く出発したくてたまらないエドさんたちと、できるだけ猶予を引き延ばしたいセノンさん。

どっちの気持ちもわかるなぁ。

ご飯番としては、今日買ってきた新鮮食材を美味《おい》しいうちに食べきっちゃいたいっていう気持ちがあるんだよね。買い出しも行きたいけど、手当たり次第に買い込むと予算がなぁ……。旅の途中で食材を採取するなり魔物を狩るなりもできそうだけど、どんなものが採れそうなのか事前に調べておきたい、っていうのもあるし……。

やりたいことを考えると、明明後日の出発でもちょっと早いかなー、とは思うんだけど……。

「でもまぁ、どんな状況になったとしても、水と主食と寝床にだけは不自由させませんから！」

野営車両《モーターハウス》さんなら常時きれいな水が出るし！　なぜか減らない白米と、汲《く》めども尽きぬミネラルたっぷり麦茶もあるし！　姿を隠せる隠蔽《いんぺい》効果もありますからね！

なんとなれば塩も砂糖も油もあるし、タンパク質さえどうにかできれば長期間の籠城《ろうじょう》だってできそうではあるよね！

「リン……それはもう〝だけは〟と言っていいレベルじゃないぞ」

「そうだよー！　リンちゃんが上げた三つの中で、一つだけでも満たせるのは凄いことなんだよ⁉」

「大手パーティから、引く手……数多《あまた》！　でも、リンはウチの子だから……！」

「移籍なんて考えないでくださいね？　そんなことをされたら、私たちみんな号泣してしまいますからね？」

グッと拳《こぶし》を握ってみせた途端、逃げ場もないくらいに詰め寄られましたよ、ええ。

事前準備が多少甘くても大丈夫っていうことを伝えたかっただけなのに……どうしてこうなった⁉

「移籍とかしませんってば！　私は、【暴食の卓】のご飯番です！」

私が拠点の中心でそう叫ぶまで、みんなの包囲は解けなかったのは言うまでもない……。

『まーね。なにがどーなってもー、朕は、いつまでもいっしょだからなー！』

にゃはーと笑うごまみその呑気《のんき》さが羨《うらや》ましかったですよ、ええ！

なんだか今回の旅も、一波乱も二波乱もありそうだなぁ……。

◆◇◆

「出門手続きヨシ！　気を付けてなー」

諸々《もろもろ》の準備と手続きを済ませ、ニッカリ笑う衛兵さんに見送られて、私たちはエルラージュの街を後にした。ちょっとだけとはいえ、拠点で思いっきり料理できたのも、いろんなお店を食べ歩いたのも、手足を伸ばして眠れたのも……全部楽しかったなぁ。

こういう思い出があると、またここに帰ってこようっていう気にもなろうモンですよ、うん。

「それにしても、砂漠に行くの初めてなんですよねぇ……運転とか大丈夫かなぁ……」

大街道を目指して歩きながら、私はまだ見ぬ光景に思いを馳《は》せる。

事前に聞いていた話だと、エルフの里に辿《たど》り着《つ》くためには、砂漠地帯を越えなくちゃいけないんだとか……。スタックした時用のボロ布も収納に積んであるけど……ちょっと足回りが心配だなぁ。

「エルフの里への行き来には、そこが第一の難所なんですよね。途中オアシスがないわけではありませんが、少しでも道に迷ったらひとたまりもありません。干涸《ひか》びて死ぬだけです」

「…………セノンさん、よく生きたままここまで辿り着けましたね……」

私の横でしみじみ語るセノンさんの顔には、実際に体験したことのある人だけが持つ凄《すご》みが滲《にじ》んでる……ようにも見える。

山陰地方の某砂丘しか知らない――しかも、テレビとかネットの情報しかない上に、あくまでもあそこは〝砂丘〟なワケで……――私にできるのは、セノンさんの生存を言祝《ことほ》ぐことだけだったよね。

「私がエルフの里を出た時は、運良く隊商が通りかかったんです。隊商の回復や補助を担う条件で、近くの街まで一緒に連れていってもらったんですよ」

「砂漠を行く隊商ですかぁ！　ロマンですねぇ」

広大な砂漠を列をなして進むキャラバン……イメージ画像として頭に浮かんでいるのがシルクロードなんだけど、合ってるかな？

そういえば、向こうの世界にもそういう童謡があったような気がする。月下の砂漠を、金と銀の鞍《くら》をつけた駱駝《らくだ》が歩いてる歌。

あ、でも……あの歌は王子さまとお姫さまの歌で、隊商の歌じゃなかったような記憶もあるな……。

「そういえば、リンは、〝サンディノム〟という生物を知っていますか？」

「え、聞いたことないです。なんですか、ソレ？」

「街でよく荷車を引いている地竜の仲間で、砂漠の気候に適応したタイプのことです。私がお世話になった隊商で何頭も飼われていて、力が強いので砂橇《すなぞり》を引かせるんですよ」

「うわぁ！　なんですか、それ！　機会があったら、是非見てみたいです！」

街で荷車引いてるっていうと……あの二足歩行の小型恐竜みたいな子のことじゃん！　それの仲

間が、砂漠で砂橇を引いてるって……！

わー！　わー！　これぞ異世界って感じの光景だー！

そんな異世界トークをするうちに、周りを歩く人たちが少しずつ減っていく。

あ。別に、ホラーとかミステリとかじゃないよ？　そして誰もいなくならないよ？　冒険者の人たちは任務のために近くの森にそれぞれ散ってくし、街道沿いの集落に向かう人は街道から枝分かれした小道に逸《そ》れてくってだけ。

「よーし。結構人も減りましたねぇ。大街道に繋《つな》がったら、また人が多くなるでしょうし……この辺で乗っちゃいますか！」

木陰に野営車両《モーターハウス》を召喚すると、待ってましたと言わんばかりにみんなが乗り込んできた。みんなが乗り降りするところを見られたくない私としても、その方がありがたい。

助手席のセノンさんと居室《キャビン》待機組の準備が済んだところで、野営車両《モーターハウス》のエンジンをかける。

「それじゃー、改めて出発しますよー！」

歩く人を轢《ひ》かないように街道脇を走りつつ、目指すはエルフの里だ。ちなみに、ナビに〝エルフの里〟って入力したら、一発で出てきたよ。

高性能ナビ、おそろしい子……！

あれ？　でも、これ……途中でルートが破線になった状態でエルフの里に続いている。色合いで判断する限り、破線になっている部分は砂漠かなんかだろうか。

「ナビを見る限り、砂漠の辺りで道の状態が変わってるみたいですね」

「ええ。一度街道が敷かれはしたのですが、すぐに砂で埋もれてしまって……」

「なるほどなるほど。こりゃ、やっぱりスタックしないよう気を付けなきゃなー」

周囲に気を付けながら隣にちらりと視線を送ると、納得の答えが返ってきた。

あー、ね。整備しても整備しても埋もれちゃうし、通る人もあんまりいない道に、そこまで手間とお金をかけていられないって感じだったのかな？

うーん……本格的に心配になってきたなぁ……。

「ちなみに、エルフのお祭りってどんなものなんですか？」

「期待しているところを申し訳ないのですが、大して珍しい祭りではありませんよ？　里ではよくやられていましたし……」

「そうなんですか？　ちなみに、どのくらいの頻度で開かれてるんです？」

「五十年に一度くらいのペースでしょうか？」

「ごじゅうねんにいちど⁉」

思わず声を上げた私の視界の端に、不思議そうに首を傾げるセノンさんが映る。

え？　え？　もしかして、エルフにとっての五十年って、大した年月じゃない感じ？

こんなところで長命種とのギャップを感じることになるなんて思わなかったよー！

「いや、〝人生百年時代〟の生き物からすれば、五十年に一度のお祭りはめちゃくちゃ貴重なものですよ！」

「そんなものですかねぇ？」

「そんなものですって！！！」

興奮している理由が全くわからない……とでも言いたげなセノンさんを横目に、私は心の中で今回の僥倖《ぎょうこう》を噛《か》みしめる。

この機を逃したら二度と見られないエルフのお祭り……こうして見物に向かうことができて本当に良かった！

それもこれも、みんなの後押しのおかげですよー！！！

「それで？　そのお祭りではどんなことをするんですか？」

「集落の外れにある祖霊木《シンボルツリー》の周りで歌や踊りを捧《ささ》げるんです。祭りの日は子どもも夜更かしを許されたので……それは楽しみでしたね」

「あ～……なんかわかります、その感覚！　特別感がたまんないんですよねぇ」

歌と踊り、かぁ。貴重なお祭りと言いつつも、浮かんでくる絵面が盆踊りなんだけど、大丈夫かな？

でも、お祭りの日は夜更かししてもいいって、子どもの頃は嬉《うれ》しかったよね！　わかる！

いつもなら「早く寝なさい！」って怒られる時間なのに、その日だけは起きてても怒られないいんだもん。その特別感に、テンション上がっちゃうよねぇ！

「でも、結局、はしゃぎすぎてすぐに寝ちゃいませんでした？」

「ええ、ええ。その通りです。子どもの頃の私を、どこかで見ていたんですか、リン？」

「いやぁ、何て言うか……身に覚えがありすぎて……」

お祭りの夜、きれいな浴衣《ゆかた》を着せてもらって、祖父と一緒にご機嫌で出掛けていって……右手に水ヨーヨー、左手に綿飴《わたあめ》の袋を握りしめ、発光するゲーミングカチューシャを頭につけたまま……玄関で寝落ちしたみたいですからね、私は！

私自身はそのことを覚えてないいんだけど、サスペンスの事件現場でよく見る鑑識標識っぽいモノに囲まれてる写真が残ってるんだよぉ！

娘の恥を後世まで残すとか、どういうつもりなんだ父よ！　しかも、ことあるごとに話題に出してきてさー！　もう忘れて、って言ってるのに！！！

「ふふふ……リンも、何かしらか抱えているんですねぇ」

「ええ。もう、ほんとに……色々あったんですよ……ふふふ……」

二人分の仄暗《ほのぐら》い笑い声を響かせながら、野営車両《モーターハウス》は進んでいく。窓から差し込む朝日は運転席とは裏腹に、これからを照らすように明るく輝いていた。

私の不安をよそに、行程は実に平和なものだった。刻々と移り変わる風景と植生を眺めながら進む道は飽きることがない。

幸いというべきか、不幸というべきか……魔物の襲撃がなかったお陰で、肉の追加は叶《かな》わなかった。まぁ、食材はたっぷり買い込んでおいたのでなんの問題もなかったですけどね！

冷蔵庫には燻製《くんせい》肉やら塩漬け肉やら……魚もぎっしり詰まってるし、チーズや牛乳もたっぷりある。野菜室は葉物でいっぱいな上、無限麦茶と無限白米も冷蔵庫のポケットでその存在感を大いに主張している。

他にも、キッチンの床に直《じか》置きされている大きな籠《かご》には、果物とか根菜とか卵とか、常温で保存できそうなやつが山になってて……。しばらくは食べ物には困んないもん。

でも、魔物からのドロップがなかった代わりと言わんばかりに、みんなが休憩地点や野営地点で色々なものを採取してくれたんだ。

蜜《みつ》を吸うと美味しいっていう花を採ってきてくれたのはヴィルさんだったし、生でも食べられるっていうでっかい新芽を採ってきてくれたのはエドさんとアリアさんで……セノンさんはこの辺でよく出るっていう鳥と卵を採ってきてくれた。

そのお陰で、保存食に加えて新鮮食材を並べられた食卓は、毎日賑《にぎ》やかでしたよ！

え……おみそ？　おみそはね、うん。車に残る私のボディガードだからね。さんざん遊んだあとのバッタちゃんとか、カナヘビちゃんっぽいモノとかね…………うん。おみそのおやつだね。

「今日は、わたしが、じょしせきだから！」

「はい。よろしくお願いします、アリアさん」

本日の助手席ジャンケンを勝ち抜いたアリアさんが、ふんすと胸を張りながら私の手を握る。何物にも遮られずに前方の景色を眺められることもあって、野営車両《モーターハウス》の助手席は結構人気スポットなんだ。

メンバーの中で、助手席に座ったことがないのはエドさんだけなんじゃないかな？

本人曰《いわ》く「オレの隣にいていい女性はアリアだけって決めてるから！　ごめんね、リンちゃん！」ってことらしく、ウィンクと共に爽《さわ》やかに謝られたよ！　こうも徹底されてると、ある意味気持ちいいよね。

リア充爆発しながら末長くお幸せにな！

「順調に行けば、お昼頃には砂漠地帯まで行けるはずです。ただ、日中の砂漠は気温が凄そうですしねぇ……少し走ってみて、ダメそうなら夜に進もうかなぁ、と」

「ん。それで、いいと思う」

シートベルトを締めたアリアさんの膝《ひざ》の上では、ごまみそがちゃっかり丸くなっている。

……日光に弱そうな二人が運転席側かぁ……日差しには、なお気を付けないとなぁ。

「あ、凄い！　少し走っただけなんですが、ガラッと風景変わりましたね！」

「草、なくなったね……岩ばっかり……」

出発してすぐに、目の前の光景はあからさまな変化を見せる。

緑がどんどん減っていって、茶色の地面と灰色の岩が剥《む》き出《だ》しになってきて……遮る木々がなくなった分、運転席に差し込む日差しの量もぐんぐん増えてく。

「うひー！　目がジカジカする！　アリアさんも大丈夫ですか？」

「ん、んん～～……ちょっと、眩《まぶ》しい……」

「ですよねぇ！」

まさか、こんなに日差しが強くなるなんて思わなかったよ。備え付けのサンバイザーだけじゃ防ぎきれないんだけど！　サングラスが欲しぃぃぃ！

しかも、今日の助手席に乗ってるのは、うちで一番色素が薄いアリアさんだし。氷色の瞳を細《ほそ》めただけじゃ足りなくて、シパシパさせてるのが痛々しい。

「ヴィルさーん！　収納の中の黒い箱に入ってる、青い小物入れ取ってもらってもいいですか」

「ん？　ああ、これのことか？」

車を止めて居室《キャビン》側に呼び掛けた私に答えて、ヴィルさんが目的のものを探し当ててくれた。目的は、小物入れの中の偏光グラス。釣りの時にも運転する時にも使えるタイプのやつだ。

こっちは、運転手である私が使わせてもらうとして……。

「アリアさん。コレ、前に使ってたやつなんですけど……太陽のギラギラがマシになると思うので、どうぞ使ってください」

アリアさんにも、もう一つのグラスを手渡した。こっちは、本当に釣りを始めたばっかりの時に買ったやつだ。安かったからっていう理由で買ったんだけど……かけ心地とか使い勝手が、ちょっとよくなくてねぇ。

新しいのを買った後も捨てるのが忍びなくてキープしてたんだけど、こんなところで役立つとは！　自分的に二軍の品を渡すのは忍びないんだけども、なんにもないよりマシだと思うんだ。

「こうして、ツル……この長いトコを耳にかける感じです」

「リン……！　ありがとと！」

「目が辛《つら》いのは、後で響いてきますからね。特にアリアさんは斥候なんですから、目は大事にしないと！」

口で説明するよりやってみた方がわかりやすかろう、と。目の前で実際にかけてみせると、アリアさんも真似《まね》して偏光グラスをかけてくれた。

目を酷使すると、頭が痛くなったり無自覚に疲れたりしますからねぇ。使ってもらえて良かった！

……それにしても、可愛《かわい》い系美人のメガネ姿、か……。

「ふふ……！　どう、エディ？　わたし、にあう？」

「似合う、なんてモンじゃないよ、アリア！　アリアが使うために作られたんだろうなぁ、って感じだよ～！！！」

ちょっぴり恥ずかしそうにはにかみながら、アリアさんが居室《キャビン》の方を振り返る。途端に美辞麗句が飛んでくるんだから……エドさん、よく訓練されてるというべきか、なんというか……。

もしこの世界にサイリウムやら団扇《うちわ》やらがあったら、エドさんがめちゃくちゃ振り回してるんだろうなぁっていうのが想像できるよ、うん。

「なんで⁉　なんでオレが向こうに行っちゃダメなんだよ！　なんであのアリアの隣にオレが座れないのさ⁉」

「落ち着きなさい、エド！　あの場所に、三人並んで座るのはどう考えても無理があるでしょう⁉」

「リンの邪魔になるだろうが！　いいからこっちに座ってろ！」

居室《キャビン》の方で、エドさんが騒ぐ声が聞こえてくる。ヴィルさんとセノンさんがそれを止めようとしてる声もするなぁ。

メガネ美女でここまで騒ぎになるなんて……いったい誰が予想できただろうか、いや、誰にも予想できなかったに違いない（反語）。

「……アリアさんのメガネ姿は、次の休憩の時に堪能してもらうってことで……そろそろ出発してもいいですか？」

「そんな、リンちゃん！　後生だから、もっと堪能させて！」

「いや。構わん、リン！　行け！　エドはこっちに縛り付けておく」

鶴の一声ならぬヴィルの一声で、野営車両《モーターハウス》は砂漠にそのタイヤを踏み入れることができた。

しばらくエドさんの声は聞こえてたけど……アリアさんが「次の休憩の時まで待っててね」と言った途端に大人しく座席に戻ってくれた。

うぅん。エドさん限定にはなるけど、アリアさんの一言も強いなぁ。

「おおぉぉ……思ったよりは走れるなぁ！」

「そう、なの？」

「ええ。車体が重いんで少し不安だったんですが、思った以上に安定して走れてます」

タイヤが砂にズブズブ沈んでくような感じとか、空転するような感覚が全くないんだよ。

そりゃ、整備された道とか土の硬い路肩を走るのとはまた違った感触だけど……決して悪い感じはしない。

あいも変わらずチート級だなぁ、野営車両《モーターハウス》さん。

「しかも、これ……私たちは野営車両《モーターハウス》がナビで目的地までの道を教えてくれてるし、オアシスっぽい場所まで教えてくれるからいいですけど……普通のキャラバンは大変だろうな」

「……ぜーんぶ、砂と岩……だもんねぇ」

「こうも目印がないと、あっという間に迷っちゃいそうですよね」

見渡す限りの砂、砂、砂……！　所々に岩があって、その僅《わず》かな陰に枯れかけの灌木《かんぼく》やツル状の植物が地面にへばりつくように生えているだけ。指標になりそうなものがな～んにもない。それどころか、砂の上には、道らしいものどころか誰かの足跡すらないんだけど！

幸いにして私たちの野営車両《モーターハウス》には優秀なナビがついていて、〝エルフの里はこっちの方向です〟って示してくれてるし、〝○キロメートル先にオアシスがあります〟って教えてくれるけどさあ。

ナビさんもないまま人力でルートを決定しつつ、オアシスも探しつつって……かなりハードなんじゃなかろうかと思うわけですよ。

「……いや、しかし……偏光グラスかけてても、この日差しはちょっと厳しいなぁ！」

道に迷う心配とスタックの不安が減ったとはいえ、運転席の環境自体は過酷なままだ。サンバイザーを下ろした上でサングラスをかけてるっていうのに、乱反射して入り込む太陽光が容赦なく目を刺す。進路的に南に向かってるから、太陽が南中してる今が一番大変ってことなのかな？

偏光グラスで、だいぶギラつきを抑えられてるはずなのにコレって！　ちょっと運転を続けるには、目に負担がかかりすぎるような気がするなぁ。

「リン、だいじょぶ？　すこし、やすも？　ねぇ、ヴィル！」

「ああ。今は、安全に移動するのが第一だ。休憩を兼ねて休んでくれ」

「そうですね……ちょっとお言葉に甘えます！」

思わず弱音を吐いた私に、アリアさんが味方をしてくれた。それを受けたヴィルさんが許可をくれたことを幸いに、砂丘の僅かな影が残る場所に避難する。日光は直上から降ってくるから、正直影はそんなに大きくないけど……今はそれでも十分にありがたい。

なお、停車はしているけど、エンジンもエアコンもかけっぱなしだ。騒音がどうのとか、環境破壊がどうのとか……今はそんなこと言ってる場合じゃないもん。この炎天下、エンジンかけっぱなしじゃないと、車内がサウナになっちゃうじゃんか！

「……いやぁ……まさかここまで日差しが強いなんて……！」

「大丈夫か、リン？　あまり無理はしなくていいからな？」

「ヴィルの言う通りです。もっとゆっくりした行程でも大丈夫ですよ」

気を使ってくれたんだろう。ヴィルさんが持ってきてくれた冷たい麦茶を一気に飲み干すと、すうっと気持ちが落ち着いた。

セノンさんも優しく言葉をかけてくれるけど……ちょっぴり悪足掻《わるあが》きが入ってるような気がするのは、私の気のせいだろうか？

でも、みんな本当に旅路をせかしている様子は全くない。お言葉に甘えて運転席を倒してぐでりと力を抜き、目頭を揉《も》みながら声を上げる。

「正直、この気候で昼間移動するのは厳しいですね。朝早くに出発して、昼の最中は休んで、日が落ちかけてからまた移動を開始する……っていう方法をとらせてもらえるとありがたいです」

運転席に横たわる私に乗ってきたごまみその腹を揉み倒しつつ、今後の行程への希望を告げた。さすがにこの天気の中、移動するのは無理と判断したからだ。

……まぁ、この気候を全員で体験した以上、そうそう反対されることはないと思ってるけどさ。こういうのは、ちゃんと口に出して意思表示するのも大事だと思うし。

「ああ、それで構わん。この車を動かせるのはリンだけだ。誰も代われない以上、リンだけに無理をさせるわけにはいかないからな」

「ありがとうございます。進路的に、朝日とか西日に目を焼かれないだけ御の字って感じです」

果たして、ヴィルさんもそれをわかってくれたみたいで、一も二もなく賛成してくれる。わかってもらえてありがたいなぁ……。

「わたし、も……砂漠抜けるまでは、昼間、無理かも……」

「アリアさんも、日に焼けちゃいそうですもんねぇ」

もともと野営車両《モーターハウス》の中はエアコンが効いてるっていうのもあるんだろうけど、日陰に入ってると体感的にけっこう涼しい。目を瞑《つぶ》った私の頭を、アリアさんの冷たい掌《てのひら》が優しく撫《な》でてくれる。

ゴロゴロ鳴ってるごまみその喉《のど》の音とか、みんなの声だとか……すぅっと瞼《まぶた》が重くなっていく。

「ちょ、と……やすみ、ます……おこし、て……くださ……い」

「ああ。ここまで助かった。ゆっくり休んでくれ」

意識があったのは、そこまでだった。


「いや、だからってこれはちょっと寝すぎでは⁉」

不意にパッと目を開けた時、視界に飛び込んできたのはフロントガラスの向こうで夕焼け色に染まった空だった。

あぁぁぁあぁぁ……寝過ごしたぁぁぁ！！！！

慌てたところで結果が変わるわけじゃない、けどぉぉ！

「みんなのご飯！」

そう！　ご飯係が寝こけてたら、食べるものがなくてみんなお腹空《なかす》かせちゃうじゃん！

「ん。リン、起きた？」

「アリアさん！」

慌てて跳ね起きた私の横……助手席に座ったアリアさんが、じーっと私を見つめてる。

こうして見る限り、空腹のあまり顔色が悪いとか元気がないとか……そういった様子は見られないし、怒ってる感じでもなさそうだけど……。

「ごめんなさい、思いっきり爆睡してました！」

「それだけ、疲れてた、証拠。……楽に、なった？」

「おかげさまで。頭が凄《すご》くスッキリしました！」

ごまみその背中を撫でてるアリアさんが言うには、〝起こしてくれ〟と頼まれたはいいものの、私があまりに気持ち良さそうに寝てたらしくてさあ。起こすのが忍びなくなっちゃったんだって。

そんで、みんなも「疲れてるんだろうから寝かせておいてあげよー！」って話になったようでさ。

その結果、今の今までグッスヤァできたってわけですね。

……ちなみに、私が寝ている間にみんな交代で仮眠をとることにしたらしく、今はアリアさん以外のメンバーが寝てるとこなんだって。私が起きたら夜も走るだろうから、その時に起きていられるようにってことらしい。

「それはもう本当にありがとうございます、としか言えないんですけど……アリアさん、お腹大丈夫ですか？　空いてませんか？」

「ん～～………それは、だいじょぶ……なんだけど……」

ちょっと気まずそうな顔で、アリアさんがちらりと後ろを振り返った。その視線の先は……キッチンの冷蔵庫、かな？

「出発前に、リンが作ったごはん……食べちゃった……」

アリアさんの語尾がどんどん小さくなっていく。

出発前に作っていたと聞いて心当たりがあるのは、作り置きの行動食。

……ってことは、冷凍しておいたケークサレとかおにぎりとかかぁ！　運転やら何やらで手が離せなかったりした時にでも食べてもらおうと思って、出発前に作っておいたやつ。

その時に〝こうして作っておけば、レンチンするだけで食べられますからね～〟って、つまみ食……もとい、味見がてらアリアさんに話した気もする！

「あ、よかった！　お腹抑えがあったんですね！」

「よかったの？　ほとんど、空になっちゃった、けど……」

「こういう場合を想定しての作り置きでしたから！　むしろ、食べてもらえて助かりました！」

やっぱり、事前の備えって大事だなぁ。旅に出る前の私、偉い！　天才！　よくやった！

アリアさんが心苦しげにこちらを窺《うかが》ってくるのに、グッと親指を立てて応える。

みんながお腹を空かせないのが一番ですから！　それに、作り手としては、やっぱり美味《おい》しいうちに食べてもらった方が嬉《うれ》しいですしね！

「ケークサレもおにぎりもいろんな具で作ってみましたけど、何が美味しかったですか？」

「どれも美味かった！　オニギリ、は……魚の塩漬けを焼いたのが、一番だった！　ケーキは、チーズとトマトの！」

「あの塩漬け、魚の旨味《うまみ》と脂と塩気のバランスが絶妙でしたもんね！　また同じものが手に入るといいんですけど……」

目を輝かせるアリアさんが気に入った具は、今回新しく買ってみた食材の一つだ。近海で獲《と》れる魚のハラスの辺りを塩漬けにしたやつ！

これがねぇ……もう凄いんだよ！　脂分が多いせいで焼くとトロットロになるんだけど、身の肉はしっかりした歯応えがあって、噛《か》むとじゅわっと旨味が染み出してくるの！

ちょっとキツめの塩味が利いた濃厚な脂と魚の旨味、仄《ほの》かに甘くて柔らかな粒立ちの白ご飯……それが一緒になるところを想像してごらんなさいよ！

ちょっともう、お口の中がお祭り状態になるしかなくない？

惜しむらくは、その時に水揚げされた魚で作られるから、同じのが手に入るかどうかわかんない、ってことで……。

塩漬けガチャみたいなもんだよね、うん。

まぁ、手に入らなかったら入らなかったで、新しい味に出会える機会ができたと思えばいいかぁ。

「あ、うわ……！　もうこんなに暗くなってる！」

アリアさんと話しているうちに、いつのまにかとっぷりと日が暮れていた。日が高い頃に寝始めたことを思うと、私、ずいぶんと寝てたんだなぁ……。

「一番星かぁ……なんか、思ってたよりも明るい気がする」

「いちばんぼし……あの星のこと？　こっちだと、ベヌゥの星……って、いう」

「私のところは、一番星以外だと〝宵の明星〟っていう呼び方もありました。やっぱり、所変わると呼び方も変わるもんですねぇ！」

視界の端っこで瞬く星は、どうやら記憶の中の一番星とそっくり同じ、というわけじゃなさそうだ。

それでも、星がきれいだってことは変わらない。

「私のとこだと、方角の道標《みちしるべ》になる〝北極星〟っていう星があったんですけど、こっちの世界にもそういうのってあるんですか？」

「ん。もちょっとしたら、出てくる」

「なるほどなぁ。やっぱり、方角を知るためのモノって、どこの世界にもあるもんなんですねぇ」

よくよく考えれば、たとえどんなに世界が違ったとしても、そういった指標なしに旅なんてできないかぁ。

「あ！　ほら、リン！　あの星！　ノルトステーリャ！」

「ああ、あの星ですか？　あれは確かに明るくて目立ちますねぇ」

『んも〜〜〜なぁにぃ？　朕が、まだねてるでしょー……！』

しずしずと降りてくる夜の帳《とばり》に、一番星以外の瞬きが灯《とも》り始めた頃合いで、アリアさんが興奮した様子で空の一角を指さした。きっと、ごまみそを抱いていたことを忘れてたんだろう。突然揺れ動いた膝《ひざ》の上で、眠りを妨げられたおみそがまだ眠そうに目をしょぼつかせていた。

なんとも不服そうな猫を引き取って、指し示す方向に目を向ける。そこにあるのは、ひときわ明るく、大きく輝く赤い星だ。

「あれね、赤いでしょ？　もともとは大きなローテフォック……赤い狐だったんだけど、神様へのお供えを食べちゃって、尻尾《しっぽ》の先っぽ磔《はりつけ》にされてるから、なの」

「おっと。意外と血腥《ちなまぐさ》い由来だった！」

「逃げようとするんだけど、尻尾が固定されてるから、逃げられなくて……その場でグルグルするだけ」

「うーん。なんとも闇深い」

私がいた世界でも、星座の話は、まぁ……由来が結構エグめのものも多かったけど、こっちの世界も負けず劣らずだなぁ。

……というか……。

「アリアさん、もしかしてこういう星座の話も詳しいんですか？」

「ん。ママ、が、占い師……だったから」

「え、そうなんですか⁉」

「いろんな話、聞かされた……」

そういえば、アリアさんのご家庭事情を耳にしたのって初めてじゃない？

お母さん、占い師さんだったんですねぇ！

門前の小僧なんとやら……じゃないけど、それは確かに星の話に詳しくなりそう！

「ママは、わたしに跡を継いでほしかった、みたいだけど……わたし、じっと座ってるの、無理！」

「あ〜〜〜〜……何事も、向き不向きってありますからねぇ」

アリアさんが鼻面にシワを寄せて、顔をクチャクチャにする。相当嫌だったんだろうなっていうのが窺える表情だ。

まぁね。アリアさん、ちょっとお転婆（マイルドな表現）なところがあるし……。じっと座ってお客さんを待ってたり、話を聞いたり……っていうのは、ちょっと苦手っぽいかもなぁ。

「ちなみに、アリアさんのお母様はどんな占いをするんですか？」

「……んー……なんか色々やってた、けど……。リン、もしかして、興味……ある？」

「バレました？　実は、占いとかは結構好きなんですよ」

「そう、なの？　それじゃ……ちょっと手、貸して？」

色素の薄い氷の瞳が、ちょっぴり悪戯《いたずら》っぽく笑いながら私を見ている。

お？　この流れはもしかして？？？

そんな期待と下心を胸に秘めつつアリアさんの方に手を差し出すと、ひやりと冷たい白魚の指がむにもにと私の掌《てのひら》に刻まれた線をなぞっていく。

「むむ！　これは……！」

「何かありましたか、アリア先生！」

しばらく私の手をいじっていたアリアさんが、意味ありげな声を上げた。

クワッと目を見開いたアリアさんの宣言に釣られ、食い気味に声が出る。

「美味しいごはん、作ってくれる手！」

「え……そんな手相、あるんですか⁉」

「わかんない！　でも、リンの手は、美味しいごはん作ってくれる、手だから！」

肩透かしを食らった私を見ながら、アリアさんがふにゃんと笑った。

あ、なるほど？　手相を見てくれてたわけじゃなかったんですね！

実際、手相を見るとも占ってあげるとも言われてないわけで……私が勝手に期待しただけっていうね。

でも、美味しいものを作る手って言ってもらえて、嬉しくないわけがないよー！！！

「でも、ママなら、わかるかもだし……もし、わたしんち来ることがあったら……ママに、見てもらうといいよ」

「そうですね。その時は、是非！」

アリアさんのお家《うち》、かぁ。どんなところなんだろう？　行く機会があるのなら、是非行ってみたい気が……。

【衝突注意！　衝突注意！】

不意に響いた甲高い電子ブザーに、ビクリと身体《からだ》が跳ね上がった。

なおも薄闇を切り裂くように響き渡るブザーに混乱しつつ、ナビの画面を咄嗟《とっさ》に広域表示に切り替える。

「は？　え、衝突⁉　衝突って、何事⁉」

異変は、一目瞭然《いちもくりょうぜん》だった。野営車両《モーターハウス》めがけて、いくつもの真っ赤な点が近づいてくる。

仮眠をとる前は、こんなのなかったはずなのに……！

咄嗟に後ろを振り向くと……さすが冒険者。気配には敏感なんだろうね。みんな、ぱっちり目を覚ましてた。

「ヴィルさん！」

「ああ。魔物か何か、だろうな」

「そんな……！　気配遮断がかかってるはずなのに……」

「たまたま効かないやつもいるんだろうさ。リン。念のため、エンジンを止めて静かにできるか？」

うろたえる私を制止したヴィルさんの一声で、車内のメンバーがあっという間に戦闘態勢を整える。

できるだけ音を立てないように気を付けている様子のヴィルさんが、そっとドアを開いた。昼間の灼熱《しゃくねつ》具合が嘘みたいに冷えた空気が、どっと車内に流れ込む。

砂漠の気温は昼夜で差があるって聞くけど、まさかここまでだったなんて！　でも万が一、戦闘になったら、今くらいの気温の方が身体は動かしやすいかもしれない。

その間も、赤い点々は続々とこの辺に集まってきて……。

「そろそろ来ます！」

言うが早いが、野営車両《モーターハウス》を停《と》めた周囲の砂地が、ボコボコと盛り上がった。

砂を割って現れたのは、でっかいミミズみたいなナニか。多分、私たちを探しているんだろう。

ヌメヌメした細長い体を地面から突き出して、ウネウネ、グネグネ……不気味に蠢《うごめ》いている。

ただ、ミミズと違うところは、三メートルはあろうかっていうその体長と、先端がぱっくり大きく開いて口みたいになってる上にノコギリみたいな歯がずらっと並んでるってことで……。

「よもやアレは……モンゴリアン・デス・ワーム!?　ま、まさかこんなところで出遭うなんて！」

「なんですって!?　知っているんですか、リン！」

一昔前の都市伝説を思い出しちゃった私の声に、セノンさんが驚いたような顔でこっちを振り返る。

あ、あ、ごめんなさい！　本当は、ちょっと知らない子です！　向こうの世界の未確認生物《UMA》を思い出しちゃっただけです！

「えと……モンゴリアン・デス・ワームじゃなくて、ベッドロックワームっていうのが本当みたいですね！　生存戦略《サバイバル》さんによると、音とか振動に反応するようです」

「音と振動か……確かに、目がどこにも見当たらないな」

そっか。さっきまではエンジン音で居場所を探れたけど、静かになったせいで居場所を捕捉《ほそく》できなくなっちゃったってわけか。

ヴィルさんの指示でエンジンを切ったことが功を奏したんだ！

「あ。ちなみに、〝可食〟とはなってますけど、あんまり美味しくはないそうです。どちらかというと、生薬的な扱いのようでした」

生存戦略《サバイバル》さん曰《いわ》く『苦味と独特の臭みが強く、肉質もざらざらしているため食用には適さない。干したものを煎《せん》じた液体は非常に苦味とエグミが強いが、後味はほんのりと甘く、喉《のど》の痛みによく効く』んだって。

いつも思うけど、この生存戦略《サバイバル》さんの食レポ、誰が書いてるんだろ？　どう見ても〝実際に食べたことがある人間が書いてる〟としか思えないんだよなぁ……。〝美味〟とか〝非常に美味〟あたりの食味描写が充実してるのは何となく見当がつくけど、〝可食〟の生物に関しても事細かなレポートがあるって、いったいどういうことなの？

リアリティのある詳細な描写に私が若干引いてる間にも、モンゴリアンなワーム……もとい、べッドロックワームは未《いま》だに暴れまくっていた。手当たり次第に噛《か》みついたり、砂の中に引っ込んだり……。

しかも、噛みつき攻撃が空を切るばかりなのが、さらに向こうのイラつきを煽《あお》るらしい。時間が経《た》てば経つほど、出現頻度が高くなってきた。

向こうは向こうで、こちらをあきらめる気はさらさらないらしい。

「このまま指を咥《くわ》えて見守っているわけにもいかないな。行くぞ！」

「りょーかーい！」

「ん！　行ってくる！」

「リンは、こちらで大人しくしていてくださいね！」

ヴィルさんの声を合図に、みんなが一斉に野営車両《モーターハウス》から飛び降りた。その後、野営車両《モーターハウス》からワームを引き離すように遠くへ駆けていってくれる。

「アリアは周囲に網を張れ！　エドとセノンは地面に魔法を打ち込んで陽動を！」

地面に降りるや否や、襲い掛かってきたワームの頭を大剣で撥《は》ね飛ばしたヴィルさんが、走りながら大声で指示を飛ばした。

少し距離が離れたとはいえ、遮るものがない砂漠ではヴィルさんたちの奮闘っぷりがよく見える。

地中に棲《す》んでる生物だけに、ワームはどこから出てくるかわからない。突然現れてはその大顎《おおあご》で噛みつこうとし、攻撃されると素早く地中に引っ込んで……。前触れもなく足元から襲い掛かってくる敵なんて、どう対処すればいいのか……！

「でもまぁ、心配はいらないかぁ」

あの戦いっぷりを見てごらんなさいよ！

車内で見ていてわかる範囲でだけど、アリアさんの糸を広範囲に張り巡らせ、出てきたワームをそれで搦《から》め捕《と》ってヴィルさんやらエドさんが仕留めるって感じ！

エドさんがちょこちょこと魔法を地面に向かって撃っているのは、振動でワームをおびき寄せるための囮《おとり》的なアレだね。セノンさんはセノンさんでワームに牽制《けんせい》の魔法かけたり、みんなの傷に治癒魔法をかけたり……なかなかの活躍っぷりだ。

「うーん……なんて見事な連係プレー！」

思わず感嘆の声が漏れた。

ついさっきまでワームたちが間髪容れずにボコボコ姿を現してたのに、今はもうすっかり間隔があいている。例えて言うなら、ハードモードのモグラ叩《たた》きだったのが、超イージーモードになっちゃった感じ。

ナビに映る赤い点々も、今はもうほとんどなくなっている。

『うえぇぇ……ヘンなにおい、する〜〜……』

大きく開いた居室《キャビン》のドアから、ほんのりと生臭い匂いが風に乗って流れ込む。きっと、あちこちでぶちまけられているワームの体液の匂いなんだろうな。鼻がいいごまみそにはキツかったようで、盛大に顔をシワシワにしてる。

それでも、だいぶ間が空いた後に飛び出してきたどでかいワームを切り捨てて……場を静寂が支配した。野営車両《モーターハウス》の周囲には、赤い点はもうない。

張り巡らせた糸で周囲を探っていたらしいアリアさんが、ぱっと立ち上がるとこっちに向かって大きく手を振ってくれる。その顔に浮かんでいるのは、そりゃあもう晴れ晴れとした笑顔。

「終わった……みたいだね。私たちも行こう、ごまみそ！」

『ん！　いそいで、ダッシュ！』

「なんかそれは意味被《かぶ》ってない？」

私を守るためなんだろう。大きくなっていたごまみそが、見る間に縮んだかと思うとぴょいっと私の胸に飛び込んでくる。それをしっかり抱き止めた私も、車外へ身を躍らせて……すぐさま砂に足をとられてスッ転びそうになった。

『んもー！　うんどうしんけい、ちゃんとあるぅ？』

「……おみそは、そういう言葉をどこで覚えてくるのかねぇ？」

『んふー。朕、てんさいだから！』

すんでのところで踏みとどまれたから事なきを得たけど……砂の上って、こんなに動きにくいものなの⁉　歩けども歩けども、前に進んでる気配がないんだが？

足を踏み出すごとに砂が崩れてバランスが取れなくなるし、体重がかかってる方の足がめり込むし……。野営車両《モーターハウス》もパーティのみんなも、こんな砂の上を平気で走れるのか！　凄《すご》いとしか言いようがないな……！

『んもー！　はやくしないと、朕、いっちゃうよー！』

「え……おみそ、はや……っ！」

ぽてぽてと砂地を駆けるおみその足が、砂に取られる様子はまるでない。私より小さいし、四本足だから体重が分散されるのかね？

それに、いっつも忘れちゃうけど、おみそは魔物だから、体を動かす時に魔力の補助が入るんだっけ。そりゃ、私を乗せたままだろうと、足元が砂地だろうと……ひょいひょい動けますわな！

納得！

転んで無様な姿を晒《さら》す前に合流できた私を、ヴィルさんが待っていてくれた。パッと見た限り、ワームの体液で汚れた様子も砂の汚れも一つもない。きっと、ここに来る前に洗浄魔法をかけたんだろう。

「リンも来たか。来るまでに怪我《けが》はしなかったか？」

「ヴィルさんたちのおかげで！　車で見てただけですけど、凄く手際よかったですね」

「ああ、なんとかな。思ったよりも数が少なくて助かった」

手を振りながらこちらに戻ってくるアリアさんたちにも、どうやら怪我はなさそうだ。ほんと、頼もしいパーティだなぁ。

それにしても、戻ってくるみんなが手に何かを持っている、んだけど……傍目《はため》でもわかるくらいにグネグネ動いてるんだよなぁ……。もしかしてもしかしなくても、アレ……ですよねぇぇぇ？

「リン。一応、ワーム肉がドロップしたのですが……どうしましょうか？」

「んあー！　やっぱりワームのお肉だったんですね」

……死んでもなお動きまくるモノがいるっていうのは知ってるけどさあ。切り落とされてなお蠢く肉塊……なんてものを実際に目にすると、思った以上に不気味で精神力を削られた気分……。

生存戦略《サバイバル》さん的に食べられないものではないっぽいけど、これを食べる勇気はないなぁ……。

「食材にはしません、けど……薬の材料にはなるそうなので、一応持って帰りましょうか。ギルドで買い取ってもらえるかもしれないですし」

「ん……確かに、これは……食べる気がおきない……」

「あんまり食欲をそそられないビジュアルではあるよね」

苦笑するエドさんとアリアさんに倣うように、ヴィルさんとセノンさんもまた大きく頷《うなず》いている。

わかる。わかるよ……！　進んで食べたいもんじゃないよね。

……とはいえ……。

「材料は手に入らなかったとしても、予期せぬ戦闘に巻き込まれたわけですし、皆さんお腹空《なかす》いてますよね？　今日はここでご飯にしましょうか！」

「やったー！　リンのご飯！」

「そうそう！　戦闘後って、お腹空くんだよー！　ありがとね、リンちゃん！！」

「ありがとうございます、リン！　そうしていただけると非常に嬉《うれ》しいです」

私の一言で、メンバーみんながわぁっと沸いた。

まーね。そりゃそうだよね。私が寝てる間に行動食を食べたって言ってたけど、それなりに時間は経っているだろうし、その上ワームと戦ったんだもん。エネルギーは空に近いと思うんだ。

でも、そんな中……ハイタッチを交わすアリアさんたちを横目に、気忙《きぜわ》しそうに眉根《まゆね》を寄せたヴィルさんがスッと私の隣に寄ってきた。

「いいのか、リン？　疲れてるんじゃないのか？」

「いやいやいや……むしろ、戦闘後のヴィルさんたちの方がお疲れでしょうに！　夕飯を作るくらいなんでもありませんよ！」

「ん、む……確かにリンの料理は美味《うま》いし、食えるのはありがたいが……無理だけはしてくれるなよ？」

「はい、もちろんです！」

ヴィルさんの過保護っぷりに、思わず笑いが込み上げる。心配してもらえるのはありがたいけど、ついさっきまでしっかり休ませていただきましたから！

今さっきも言ったけど、ヴィルさんたちが空腹で倒れたりしないかの方が心配なわけですよ！それに、今日は炭水化物メインの行動食しか食べてないであろうみんなに、お肉と野菜も摂《と》ってほしいですしねぇ。

「そうと決まれば、せっかくなら外でご飯にしない？　オレ、燃料になるもの拾ってくるし！」

「ん！　いい、考え！　今日は、星……きれいだよ」

ご飯を作ることが決まったとたん、「いいこと考えた！」とばかりエドさんが手を叩いた。その思いがけない提案に、アリアさんが間髪容れずに賛同する。

本音を言えば、せっかくのロケーションだし砂漠の星空の下でＢＢＱとかちょっと憧《あこが》れてはいたけどさぁ……！　それに砂漠ならではの料理も作ってみたいとも思ってたし。

でも、今から薪拾って火ぃつけて……ってのは、ちょっと時間がかかりすぎるだろうなぁと思って諦《あきら》めてたんだよね。だって、早いとこみんなのお腹を満たすっていうのも、私の仕事の一つなわけじゃん？

でも、こうしてみんなが提案してくれたってことは……それに乗っかってもいい、のかな……？

「星空調理、めっちゃくちゃやりたいですけど……こんな砂漠で薪なんて見つかるんです？」

「ふっふっふ！　それが、意外とあったりするんだよぉ！」

「植物系の魔物が干涸《ひから》びていたりもしますしね」

ドアヤァッと得意気に胸を張るエドさんの隣で、セノンさんがなかなかに恐ろしい豆知識を教えてくれる。なるほどね。こんな砂漠にも、植物系のモンスターが出るのかぁ。世知辛いと言うか、なんと言うか……。

「……それじゃあ、お願いしてもいいですか？　薪が来たらすぐに始められるよう、準備しておきますので！」

「ええ、もちろん！　任せてください」

「なるはやで採ってくるね～～！」

「全力、ダッシュ！！！」

「んあー！　材料の準備がありますので、そこまで早くなくて大丈夫です！」

それぞれの得物を手にしたエドさんたちが、そりゃあもうウッキウキな様子で外へ飛び出していく。拙速を尊ぶと言うべきか、即断即決と言うべきか……みんな、こうと決めた後の行動が早いな！

あとに残されたヴィルさんと顔を見合わせて……奇しくも同じタイミングで吹き出すはめになった。

「いやぁ……行動が早い！　でも、星空ご飯、ちょっと楽しみですねぇ！」

「まぁ、灌木《かんぼく》やツル草が生えていた形跡はあったからな。何事もなければ、すぐに戻ってくると思うぞ」

「え……マジですか？　それじゃ、さっさと準備しないと……！」

小さく肩を竦《すく》めたヴィルさんは、ほんのちょっぴり呆《あき》れと諦めの混ざったような笑みを浮かべている。おわー！　行動が早いのはいいけど、なんの準備もできないまま終わるのはマズかろうて！

「えーと、えーと……それじゃ、まずは……何を作るか決めないと、かぁ？」

「あー………その、なんだ……。外で料理するなら、リンが持ってきていた〝焚火台《たきび》〟？　というのも出しておいた方がいいのか？」

「ありがとうございます！　その間に下拵《したごしら》えをしちゃいたいので、お願いしてもいいですか？」

「ああ、任せてくれ」

結構な量の〝やらなきゃいけないリスト〟が突然出現し、頭の中が半ば処理落ちしかけてる。しかも、処理落ちしかけてること自体にもパニックを起こしちゃって、思考回路はもうしっちゃかめっちゃかだ。

それでも、要所要所で手を差し伸べてくれるヴィルさんに助けられ、空気の読めないごまみそに突撃され……。

ようやく落ち着きを取り戻した頭に浮かんだメニューは……。

「…………よし！　今日は、シチュエーション優先！　焚火で作る炙《あぶ》り肉と砂焼きパン。あとはまるごとトマトでも齧《かじ》ってもらおう！」

このメニューなら、手間をかけなきゃいけないのはパン生地くらいなもんじゃない？　お肉は切り分けた肉に塩コショウをするだけでいいし、あとは生で齧れる野菜とか、丸ごと炙っても美味《おい》しそうな野菜を用意すればいいわけだし。

余裕があったら、他にもホイル焼きの準備をすればいっか。

「そうと決まったら……まずは、パン生地作りだな！」

実は、ドキュメンタリーかなんかで見た衝撃的な光景があってさぁ。

それが、この砂漠の砂焼きパン！　砂の中にパン生地を埋め、その上で焚火をすることで熱を通して作るらしいんだ。機会があったら、是非挑戦してみたいと思ってたんだよねぇ！

そうだ！　生地が余ったら、長年の夢第二弾、〝木の枝にグルグル巻いて炙るパン〟も作ろうそうしよう！

……それにしても、〝木の枝にグルグル巻いて炙るパン〟って、妙に語呂《ごろ》がいいな。五・七・五調だから？　〝それにつけてもジャムの欲しさよ〟とか下の句を続けたくなるね。

「言うて、生地を発酵させてる時間もないし、ベーキングパウダーで膨らませる感じかねぇ？」

しかも、本来の砂焼きパンはセモリナ粉を使うらしいんだけど、さすがに用意してないから普通の小麦粉で代用しなきゃだし……。「全然本場じゃないじゃん！」って言われたら「ごめんなさい！」としか言いようがない。

「……でも、こういうのって、雰囲気が大事じゃん？　ね、おみそ？」

『ん？　ん？　なんかよくわかんないけど……そーですねー！』

往年のテレビ番組のオーディエンス風なレスポンスをくれた翼山猫《ごまみそ》の頭を一撫《ひとな》でし、私は冷蔵庫のドアをガパリと開ける。

「ふむふむ……お肉は、ウシカの肉をメインにすればいいな」

取り出したのは、小麦粉と肉の塊だ。お肉はちょっと室温に戻しておいた方が、火の通りがいいからね。

『なーあ。なーあ。朕は？　朕はー、なにすればいーい？』

「おみそ、は……そうねぇ……敵が来ないか、運転席で見張る係ね！」

『ん、わかった！　朕に、おまかせ！』

……なお、期待に満ちた目でこちらを見上げるおみそは、邪魔にならないような場所に配置することにした。猫の手も借りたいとは言うけど、料理に関しては猫の手を借りられる場面が思い付かんのだよなぁ。

まあ、適材適所ってヤツ？

「小麦粉と、油と……砂糖とかもいる、の……かな？　いやぁ、わからん！」

さすがの私も、本格的なパン作りは完全に門外漢なんだよねぇ。ポンデくらいならなんとかなったけどもさぁ。

まぁ、水と粉を捏《こ》ねて、柔らかくなればいい感じになるでしょ…………………………多分！

「あ、でも、ベーキングパウダー使うなら、酸味のあるものをちょっと混ぜるとよく膨らむって、料理動画かなんかで言ってるの聞いた気がするわ！」

化学反応で発泡を促進させるとか、なんとか……？　その流れで、砂糖をハチミツに代えると保水効果でふっくら仕上がるとかも言ってた気がする。……正直、よく覚えてはないんだけどもさ。

ま、今回は、そんなことも念頭に置いて作ってみますかねぇ。

「リン。焚火台の設置、終わったぞ」

「ありがとうございます、ヴィルさん！　それじゃ……そこに置いてあるお肉、一口大くらいに切ってもらってもいいですか？」

「それは構わんが……そういえば、いつかのダンジョンでも手伝わされたことがあったな」

「ああ、あの時の！　思い返すと、いろんな階層があったダンジョンでしたねぇ」

小麦粉と格闘する私に代わり、今日はヴィルさんが包丁を握ってくれた。相対するのは、ほどよく脂肪が入った、きれいな赤身のお肉。見るからに美味しそうな肉の塊を渡されたヴィルさんが、ふと懐かしそうに目を細める。

……そう。あれは確か……初ダンジョンの、吹雪《ふぶき》の階層でしたね。ケバブ風焼き肉とピリ辛スープを作った時に、ヴィルさんにお肉を叩《たた》いてもらったんだっけ……。

あの時は、確か牛と豚っぽい魔生物のお肉だったけど……。

「今回のお肉は、お安く仕入れられたウシカのお肉です！」

「前日に一斉間引きがあったタイミングだったんだったな」

「香りがよくて、柔らかで、ジューシーで……こんな美味しいなら乱獲されて絶滅が危惧《きぐ》されたっておかしくないのに……」

実際は、生命力は強いしぽんぽこ仔《こ》ウシカ産まれるしで、定期的に間引かないと森がなくなりかねないとか……その驚異的な繁殖力は、ある意味凄《すご》いと思うよ、うん……。

ウシカにはウシカの生態ってもんがあるんだろうけどもさ……薬草やらの採取や、獣や魔物の討伐等々……エルラージュ周辺の森は、私たち冒険者にとって大事な収入を生む場所でもある。その森を、ウシカの食害で失うわけにはいかないんですよ。

なので、私たちにできることは、ウシカの間引きに参加して直接個体数を減らしたり、市場に流通するウシカのお肉を購入すること……ついでに言えば、ウシカの美味しさをどんどん広めることもできたらモアベターって感じかなぁ。

美味しいと評判になれば、ウシカのお肉を取り扱う人も増えるだろうし、取り扱う人が増えれば流通も拡大するだろうし、流通が拡大すれば間引きにも力が入るだろうし。

……あ、でも、どこかで適当にコントロールできないと、いくら繁殖力が旺盛《おうせい》なウシカとはいえ、ウナギの二の舞になっちゃうかな？　難しいところだよねぇ。

「それで……これはどんな料理になるんだ、リン？　あの時と同じ焼き肉とスープになるのか？」

「今回は、ヴィルさんに切ってもらった肉を串《くし》に刺して炙り焼きにして、今捏ねてる生地を焼いて……あとはトマトを齧ってもらって……ってところでしょうかね？」

「生地……ということは、リンが今捏ねているソレが、パンになるのか⁉」

「上手《うま》くいくかどうかは、賭《か》けみたいなもんですけどね」

私の隣で、まだ新しいブッチャーナイフを握ったヴィルさんが肉塊を叩き切っていく。断面を見ても適度に脂があって、これなら加熱しても柔らかそうだなーって思う。

炙っている間にある程度流れ落ちることを前提に、塩コショウをちょっときつめにしておいて……表面はカリッと。中はジューシーに仕上げられたらサイコーじゃない？

「ん、ん〜〜……とりあえず、強力粉多めで、薄力粉少し。で、ベーキングパウダーと、塩……」

詳しい分量なんかは覚えていないから、今回は全部目分量だ。〝なんとなく〟の精神で、粉類をボウルに入れていく。

全体が均一になるよう粉を取り分けたスプーンでざっくり混ぜて……。

「よし……！　鬼が出るか蛇が出るか……やってみよう！」

そこに加えるのは、牛乳とハチミツを混ぜた液体に、レモン汁を加えたもの。要するに、さっき思い出した〝酸味による発泡促進〟と〝保水力アップ〟をこれ一つで狙える液体ってことだ。甘酸っぱくて、ちょっとトロッとしてて……これ単品で飲んでも美味しいと思うよ。

でも今日は、思いきってこれを粉の中にブチ込むわけですよ！

「ん、おっ！　目分量にしては、なかなかいい感じなのでは？」

粉けがなくなるまでスプーンで混ぜたあと、あとはもう心行くまで手で捏ねていく。最初はベタベタしてたけど、捏ねていくとどんどんしっとりまとまっていく。

砂の中に埋めるってことは、ある程度硬くないと砂がくっついちゃいそうだしな。

表面にツヤツヤ美味しそうな照りが出てきたところで、濡《ぬ》れ布巾《ぶきん》をかけて寝かせておきましょうかね！　無発酵の生地も、こうして寝かせておくと全体的に水分が行き渡ってしっとりすると聞いたことがある。

「ふむふむ……思った以上にいっぱいできたな！　グルグル巻きパンもできそうじゃん！」

大きめのボウル一杯に出来上がった生地を見て歓声を上げる私を、ヴィルさんが不思議なものを見るような目で見つめている。

「グルグル巻きパン……とはなんだ、リン？」

「ああ。こっちじゃあんまりメジャーじゃないんですかね？　私がいたところだと、キャンプご飯で結構作られてるイメージなんですけど……」

手頃な長さと太さの枝にパン生地をグルグル巻き付けて、くるくる回しながら焚火で炙るアレだ。

キャンプ系のブログとか動画で、結構見る機会が多かったように思う。上手く焼かないと生焼けになるらしいけど、失敗したとしてもそれはそれでご愛敬、って感じだった。

最大の注意点は、芯《しん》にする枝は毒がないものを選ばないといけないってことだろうね。中毒起こしちゃったら大変だもん。

「こう……各自で枝に生地を巻き付けて、これまた各自焚火で焼いて食べるんですよ」

「なるほど。そんなものがあるのか……相も変わらず、リンの世界の料理は面白いな」

「なので、今回は皆さんも自分の分は自分で巻いて焼いてもらおうかなー、と」

言葉とジェスチャーで説明すると、ヴィルさんの目が興味深そうに輝いた。お！　興味もってもらえました？

納得してくれたようなヴィルさんからお肉を受け取って……まだアリアさんたちが帰ってきていなかったから、付け合わせの野菜もトマトの丸齧りじゃなくて少し手を加えられそうだ。

「王道的に、スライストマトと玉ねぎ……かな？」

生でも美味しくいただけるとなれば、やはりこの組み合わせが王道なのでは？　あとは、ホイルに包んで焚火に突っ込めば美味しくなってくれる優等生・ジャガイモちゃんも用意するかぁ。

ヴィルさんと手分けして野菜を洗ったり切ったりホイルでくるんだりしているうちに、開け放した居室《キャビン》のドアからサクサク砂を踏む音が聞こえてきた。

野営車両《モーターハウス》の周りが、いっきにパァッと明るくなる。

「ただいまー！　この辺、わりと立ち枯れの木があって助かったよー」

「薪、大量！　かちかく！」

「……と、まぁ、こんな風に……こちらはエドとアリアがはしゃいで大変でした。そちらは大丈夫でしたか、リン？　そこの調理センス皆無男《ヴィル》は役に立ちました？」

「ハッ……今日のメインの下拵えをしたのは俺なんでな。せいぜい感謝して食うことだ」

みんなが帰ってきて賑《にぎ》やかになったっていう心理的効果もそうだけど、前にエドさんが使ってた光球魔法のお陰で辺りが照らされてるっていう物理的効果も大きい。

あ、でも、この魔法があるなら、ランタンとかなくても外で調理ができるな。

「おかえりなさい！　材料は準備できてますので、早速ご飯にしましょうか！」

下拵えの終わった肉を掲げつつ、焚火《たきび》台に火を入れるべく野営車両《モーターハウス》のステップから飛び降りた。

果たして、薪になりそうな灌木《かんぼく》や枝を腕いっぱいに抱えたエドさんたちがニコニコしながら戻ってきていた。

「よく乾いた薪ばっかりだから、火はすぐ付くはずだよー！」

……と言っていたエドさんの言葉通り、薪にはすぐに火が付いた。今回の火元は、焚火台に一つと、地べたでする焚火が一つ。ちなみに、焚火台の方は大ぶりに切ったお肉を網焼にしてて、焚火の方は串に刺したお肉を炙ってるよ。

「うぅん！　なんとも野趣あふるる光景！　これぞキャンプって感じがするなぁ」

焚火の炎が夜風に揺らぎ、砂の上に影を躍らせる。調子よく薪を燃やす炎に炙られる肉からぽたりと脂が落ち、香ばしい匂いを周囲に漂わせた。

なんというか……肉を刺した串が焚火をぐるりと囲うようにしてる光景を、実際に目の前にするとさぁ……心にクるものがある。旅人とか、冒険者の食卓、って感じがしない？

なお、さっき用意しておいた生野菜は、ボウルを被《かぶ》せて砂の混入を防いでおりますよ。

「うーん……！　やっぱり、肉が焼けるのはいい匂いがしますね！」

「ああ。空きっ腹には魅力的すぎるな」

星空の下、薪が爆《は》ぜる音と肉が焼ける音を聞きながら、肉串をくるくる回す。すっごくロマンが詰まってるわぁ……。

私の隣に座るヴィルさんが、今にも食らいつきそうな目で肉を見てなきゃ、実に平和な夜だと思うんだよなぁ……。まぁ、ヴィルさんだけじゃなく他のメンバーも似たような目で見てるから、あんまり平和感はないか。

焚火台の網に載っている串もひっくり返して、まんべんなく焦げ目がつくようにしてやった。最低限の下味しかつけてないはずなのに、お肉が焼けていく匂いは空きっ腹によく響く。その匂いに釣られているのか、ヴィルさんの喉《のど》が鳴る音が私にも聞こえる。

こんな時、一番に騒ぎそうなごまみそはつまみ食いしたウシカのお肉でお腹いっぱいになったみたいだ。地面に座った私のお尻《しり》に背中をくっつけて、ぷーすかぐーすか、すっかり寝こけている。

「そういえば、さっき埋めたパン生地はまだ焼き上がらないのか？」

「そうですねぇ……だいぶ香ばしい匂いがしてきましたし、そろそろだと思います！」

肉串から視線を外したヴィルさんが、焚火台の隣にわざわざ新しく作った焚火を……いや。その熾火《おきび》を見つめている。

そう。今回どうしてもやってみたかった、砂で焼くパンを作るために、別の焚火をわざわざ地面に作ったんだよー！　その焚火で砂を温めて、一回火を避《よ》けてから平べったく伸ばしたパン生地置いて、砂をかけたらその上で熾火を燃やして……って感じで作るんだ！　今回は、ホイルで包んだジャガイモもその隣に入れておいた。

長野の方に、灰に埋めてじっくり火を通す灰焼きおやきってのがあるけど、原理としてはそれにちょっと似てるのかな？　あれ？　でも、灰焼きおやきの方は、いったん表面を焼き固めてから灰に埋めるんだっけ？

いずれにせよ、地中焼き《アースオーブン》を使った料理の一種って言っていいと思う。

「焚火して、灰どけて……そこで直《じか》にパン焼くとは、おもわなかった……！」

「変わった作り方するパンだねぇ」

「私としてはパンも気になるのですが、やはりお肉が美味《おい》しそうで……！」

焚火にかざした肉を見守るアリアさんとエドさんも、興味津々なようだ。その中でお肉に気を取られてるっぽいのが、セノンさんらしいと思うわ。

でも確かに、なかなか見ない調理法のパンだよね。私も、キャンプ系のまとめサイト記事を漁《あさ》ってなきゃ知らなかったと思うもん。

ついでに、そのサイトにある別のまとめ記事へのリンクを辿《たど》って、別のサイトに飛んで、そこでも他のまとめ記事へのリンクを辿って……ってしてると、思いもかけない情報をゲットできたり、思った以上に時間が溶けたり……色々あったなぁ……。

「うーん。お肉もいい感じに焼けてきましたし、砂焼きパンもちょっと見てみましょうか！」

「いいのか、リン？」

「ええ。結構な時間焼いてますし……そろそろいいと思うんですよね！」

肉串の面倒を見ている私の隣のヴィルさん……コワモテの鬼ぃさんがキラキラした目でパンの焼き上がりを待ってる姿に、ちょっとホッコリしちゃうよね、うん。ついつい甘やかしたくなっちゃったじゃないか！

静かに燃えている熾火と砂とを太めの枝で除《ど》けていく私に、ヴィルさんだけじゃなくパーティみんなの視線が集まってるのがわかる。

灰混じりの砂をあらかた除け終わると、こんがり……を通り越して、少々黒ずんだパンが顔を覗《のぞ》かせた。

「うぉぉぉ……思った以上に黒いなぁ！」

愛用の革手袋越しにも、けっこうな熱が伝わってくる。指先がジンジンするくらいだ。それを我慢して、砂と灰をポンポン払うと、思った以上にきれいなパン肌が現れた。

甘く香ばしい小麦の匂いが、ふわりと夜気に溶ける。

厚さは……パンピザよりも若干薄いくらい？

「ふむふむ。思ったよりも膨らんでくれてる！　疑似バターミルクのおかげかな？」

「……というか、いつも思うことなんだが……旅の途中で、こんなに膨れたパンを食えるとは思わなかった」

「え、そうなんですか⁉」

「うん。だいたいは、堅パンとかクラッカーとかで済ませることがほとんどだからねぇ」

エドさんがしみじみと語ってくれたことには、こうしてゆっくり火を熾《おこ》して食事ができるのはだいぶ余裕がある時に限られるらしかった。普段は日持ちのする黒パンを削ったものだったり、固焼きのクラッカーを齧《かじ》ったりして済ませるのが大半なんだって。

……なるほど……ちょっと想像ができる。黒パンも固焼きクラッカーも、しっかり焼くと日持ちするっていうもんね。

その上、原料は麦系だから即エネルギーになりそうだもんね。噛《か》みにくいから食べる時には水分も摂るだろうし、必然的に腹持ちも良くなりそうだしさあ。理にはかなってると思う。

「そもそも私たちの場合、仮に調理する機会に恵まれたとして……という話でしたしね……」

「あ、ああ～～～～……」

憂い顔でため息をつくセノンさんの姿だけを見れば、悲嘆にくれる薄幸のエルフ……って感じだけどさぁ。語ってることはかつての悲惨な食生活なんよなぁ～～～！

とはいえ、たま～に巡ってくる貴重な調理機会なのに、メンバーの調理スキルのせいでトンデモ料理に仕上がってたってなったらなぁ……そりゃ、そんな顔にもなるか。

話を聞くだに、かつてのヴィルさんたちの食生活、マジで悲惨だったんだなぁって実感しちゃうわ。

「だからさぁ、リンちゃんがいてくれて、本っっっ当に嬉《うれ》しいんだぁ！」

「こうして、遠くまで行く気になれた、のも……リンの、おかげ！」

「っ、んふふ！　いつも思いますが、皆さんのQOL向上に寄与することができて嬉しい限りです」

真剣な表情のアリアさんにきゅうっと手を握られた。やわく冷たい手の温度が、じわりと皮膚に染み込む。

んあー！　お客様困りますお客様ー！　可愛《かわい》い系美人さんのお顔を、息が触れ合うくらいの距離まで近づけてくるのは反則ですお客様ー！　幸い、今回はモンスターハズバンドも私のご飯につられて拝んでくれてるんで、私の命は保証されてますけども！　アリアさんのお顔に私の心臓がドキドキしすぎるんです〜〜〜！

……なんて。脳内をグルグルめぐる抗議の言葉は、声にはならなかった。あまりの顔面の良さに、口が勝手にニヤけちゃうんだよ〜〜〜！　美人さんってズルい！

「あ〜……エド、アリア。あまりリンをからかってやるな」

「リンもリンで、まだ私たちに慣れていただけていないのでしょうか？」

私の頭が茹《ゆ》で上がる寸前で、そりゃあもう気の毒なものを見る目をしたヴィルさんが止めに入ってくれた。うう……非常にありがたい！　これ以上は心臓がダメになるところだった！

それなのに、こっちを横目で眺めつつくすくす笑うセノンさんは、完全に私で遊んでるし！　ぐぬぅ、悔しい……悔しい、けど……！

「とりあえず今は、パン切っちゃいますね！　でき立てあっつあつのパンに、これまた焼き立てのお肉挟んで食べましょうか！」

まだまだ熱いパンに包丁を入れると、ザクザク小気味いい感触が伝わってくる。だけど、中は思った以上に柔らかだ。発酵なしでここまで膨らんでくれたなら、成功って言ってもいいんじゃない？　しかも、広大な砂漠に埋めて作るだけあって、パン自体もかなり大きめに作れたから、これを分けてもみんなのお腹抑えくらいにはなってくれると思う。

興味津々って感じを隠そうともしないみんなに切り分けたパンを配ったら、今日のご飯の始まりだ！

「それじゃ、今回のパンの食べ方をご説明いたしますよー！」

色とりどりの八つの瞳に見つめられているのを感じるなぁ。痛いくらいの視線を浴びながら、切り分けたパンの上に、串《くし》に刺さったままのお肉を載せる。

作業を続ける私の手を、みんなの目が追いかけてるのがよくわかった。一挙一動見逃してたまるか、っていう気迫がビンビンに伝わってくるよー。

「で、あとは焼けたお肉をパンで挟んで……………串を一気に引き抜きます！」

「おおお！　凄《すご》いな、リン！」

「お肉、サンドされた！！！」

説明と共にスポーンと抜けた串と、パンにサンドされたままの肉を見て、喝采《かっさい》の声が上がる。この時、若干の捻《ひね》りを加えながら引いてやると、お肉が抜けやすいと思う。

「なるほど。串を外さずパンの上に置いた時はびっくりしたのですが、美味しいところを逃がさないためのやり方だったんですね」

「こうすると、お肉から溢《あふ》れたエキスをパンが吸ってくれて……余すところなく食べられますから。せっかくですから、肉汁の一滴までも美味しくいただきましょう！」

私が語るまでもなく理由を察してくれたセノンさんが、納得したように頷《うなず》く。うむ。やはり食いしん坊仲間。美味しいものに対する理解が早い。

もう一度パンを開き、肉汁が染みた跡が残るパンの上に今度はスライスオニオンをドサーッと。

スライストマトも載っけて……。サンドイッチだと野菜の水気がパンに染みないよう、事前にバターとかを塗っておくんだろうけど、作ったそばから食べちゃう今回のスタイルなら省略しても問題なかろうなのだ！

「あとは、塩でもレモンでもマヨネーズでもケチャップでも……お好みの味付けで食べてください！」

「やった！　ありがと、リン！」

「えー、なにコレ！　絶対美味しいやつじゃん！」

空いた手でグッと親指を立ててみせると、みんなが我に返ったように肉串に手を伸ばした。肉串をたっぷり作っておいたおかげで、争奪戦が起きなかったのが幸いだな。

調理実習中の如《ごと》くきゃあきゃあとはしゃぎながらウシカサンドを作るみんなを眺めつつ、私はレモンを手に取った。

何をかけたって美味しく仕上がってくれるだろうけど、まずは塩とレモンでシンプルに食べようかなー、って。

まだ温もりの残るウシカサンドから、お肉とパンが混然一体となった香りがぶわりと立ち上る。微《かす》かなレモンの香気がこれまた食欲をそそるんだ……！

具が零《こぼ》れないようしっかり持って、大口を開けて齧《かぶ》りつく！

「んんん～～～！　うっっまぁ！！！」

程よく焦げ目の付いた砂焼きパンサンドを噛むたびに、じゅわりと肉汁が溢れてくる。程よくサシの入った部位を使ったのがよかったのかな？　表面はカリッと焼けてるのに、中はしっとり柔らかだ。

ピリ辛のシャキシャキ玉ねぎと、甘酸っぱいトマトの風味が、これまたお肉によく合うんだ！　味の面でも、食感の面でも……ベストマッチだよぉ～～！

塩とレモンだけっていうシンプルな味付けが、お肉と野菜のマリアージュに一役買ってるし。

そしてなにより、カリカリもっちりの砂焼きパンがよく合うんだ！　砂と熾火が重しになったからこその食感って感じがする！

「リン！　リン！　これ、すっごく美味しい！」

「えぇ～～！　こんなの、いくらでも食べられちゃうよぉ！」

「肉だけでも十分に美味しいのですが、こうしてサンドイッチにするとなおさら味が引き立ちますね！」

アリアさんの声を皮切りに、みんなが口々に褒めてくれる。喜んでもらえたようで何より！

「味もさることながら、砂の中で焼いていたから多少ジャリッとすることは覚悟していたんだが……そういう気配が全くないな」

「あ！　それは私も思いました！　ぜんぜん砂っぽさも灰っぽさもないですよね」

瞬く間に砂焼きパンサンドを平らげたヴィルさんが残りのパンと肉串に手を伸ばすのを眺めつつ、私も負けじと手を伸ばした。

こんがり焼けた表面の香ばしさとか、それとは対照的な中身のふっくら感もあって……。本場と

は使ってる粉が違うから、味はもちろん違うだろうけど……初めてにしてはなかなかの出来じゃないかな？

それと不思議なことに、軽くはたいただけで、ちゃんと砂は落ちたんだよね。なんなら、砂抜き処理の甘いアサリの方がジャリッていうと思う……。

「リンちゃん、リンちゃん……これ、まだおかわりある？」

ヴィルさんだけじゃなく、みんなの手も次々伸びて……けっこう大きなパンだったのに、あっという間になくなったよね。気に入ってもらえてよかったぁ！

まだ食べ足りなそうなエドさんがおずおず聞いてくるのに、私は満面の笑みを浮かべた。

「あります……というか、お次は砂焼きパンじゃなくて、皆さんにパンも焼いてもらいますよー！」

「自分で焼く⁉　どういうことですか、リン？」

「ふっふっふ……！　これから皆さんに、浪漫キャンプ飯……木の枝に巻いて焼くパンを作ってもらいます！」

デスゲームの主催者じみたセリフと共に、パン生地の入ったボウルを掲げる。

丸くなったみんなの目が、私とボウルの間を何度も何度も行き来してる。

「これはですねぇ……こうして、手で蛇みたいに伸ばした生地を枝にグルグル巻いて、焚火《たきび》で炙《あぶ》り焼くんです」

説明しながら、生地を適当な長さに切って、両手でコロコロ転がして……細長く伸びた生地を、ぐるりと木の枝に巻き付けてみせた。

うーん。キャンプ系動画で見た光景を、こうして実際に体験することになるとは。感無量ですなあ。

「あとはこの生地を、焚火でじっくり炙ってあげたら完成です！」

焚火のそばにぐさりと串を突き刺して――もちろん、串が倒れないようしっかり深めに刺してある――みんなの顔を見回すと、こっちを見つめる色とりどりの目はキラキラ輝いてた。

「ほぅ……ずいぶんと変わった焼き方だな？」

「えぇ～～！　なにそれ、楽しそう！」

「リン、リン！　わたしも！　わたしも、やりたい！」

「それなりに長く生きてきましたが、こんな焼き方をするパンは初めてですね……！」

うおおおお！　〝百聞は一見に如《し》かず〟ってヤツかな？　みんなのテンションが上がってる！

焼けた肉串にばっかり伸びてたみんなの手が、今度は我先に私の方に伸びてくるんですけども⁉

このままだと肉の争奪戦が起きそう……って思ったんだけど、まさかのパン生地争奪戦になるとは……！

「大丈夫です！　お腹《なか》満たせるだけの量は、ちゃんと用意してますから！」

嬉しい悲鳴を上げながらみんなに生地を配って……私ももう一つ作ることにした。

こういう作業って、童心に帰れるというか……粘土細工みたいでちょっと楽しいよね。

「……リン……どうにも上手《うま》く巻けないんだが……？」

「ああ。もう少し生地を細くしてからの方が巻きやすいと思います」

「リン！　このくらい？　もっと巻いた方がいい？」

「アリアさんのは、もう少しゆる～く巻いて生地と生地の間に余裕ができるようにすれば、ふっくら焼けるんじゃないかなー、と」

みんなも、キャッキャしながらパン生地と格闘してるみたいだ。ぶっとい生地を巻き付けてみたり、キツキツに巻いてみたり……。見てる限りでは、作り方に個性が出ていてなかなかに微笑《ほほえ》ましい。

「ね、ね、リンちゃん！　オレのは～～？」

「私も、こんな感じで大丈夫でしょうか？」

「エドさんとセノンさんのはバッチリですね！　あとは倒れないよう地面にしっかり刺して、時々ひっくり返しながら焼いてください」

「む……！　リン！　わたしのも、みて！」

「すまないが、俺のも頼む、リン」

私に太鼓判を押されたエドさんとセノンさんが、ドヤァっと得意げに胸を張るのが見える。

ほんの一瞬、アリアさんとヴィルさんがむっと唇を尖《とが》らせるのが見える。あああ……新たな火種がぁぁ……！　それでも乱闘に発展しないのは、みんなケンカに回すカロリーがないせいだと思う。

矢継ぎ早に飛んでくる質問をいなしつつ、手は止めずにぐる巻きパンを量産しますよ、っと。

そりゃあ、自分で焼いたパンが美味《おい》しいことはわかってるけどさあ……ウチの場合、それじゃ絶対に足りないんだもん！

さっきの砂焼きパンサンドの売れ行きを見る限り、焼けたそばから食べられちゃうんじゃないかな？　だとしたら、今のうちからせっせと量産しておくのが得策でしょ？

「どんどん作るんで、焼けたら食べてくださいね〜！」

「ん！　リンのも、楽しみ！」

「どれが美味しいか、食べ比べもいいかもね〜〜」

「さあ、どうだろうな？　生地は同じなんだし、味は同じなんじゃないか？」

「ふふ……作り手が違えば、味も違ってくるように思いますが……」

あーでもないこーでもないと、みんなが交わすとりとめのない話がそれとはなしに耳に入ってくる。緩いラジオ番組を聞いてる気分だ。

焼き上がったお肉をつまみつつ、冷蔵庫から残りのウシカのお肉を持ってきてその場で調理をしたり……。星空の下でゆっくりと時間が流れていく。

うーん。これこそ旅の醍醐味《だいごみ》って感じ！

「あ！　こっちのぐる巻きパンはもう食べられるかもですよ」

アレコレと作業をしている間に、生地を薄めにして巻き付けたやつが、そりゃあもういい色に焼き上がっていた。

全体的に狐色で、程よく焦げ目がついてて……。

味見のために、端っこを千切って口に放り込むと……。

「ん！　んん〜〜！！！　コレはさっきのパンとは、また味が違いますね！」

砂漠パンとおんなじ生地なんだけど、これは全くの別物ですね！　重しになるようなものがなかったせいか、ふっくら仕上がってる！

表面もよりカリッとしててね。砂焼きパンが炭火の香ばしさなら、こっちは焚火の香ばしさというか……。木を燃やした時の薫香っぽい感じ。

これは……ミルクと砂糖を多めに入れた、甘めのコーヒー……しかも、温かいやつによく合いそう！

「ねぇ、リン。こっちも、もういい？」

「リンちゃん、オレのは？」

しみじみと小麦の滋味を堪能する間もなく、腹ペコたちがよく焼けたパン串《ぐし》を片手に突撃してきた。予想はしてたけど、みんなのお腹も限界みたいだね。

パッと見た感じ、よく焼けてるし……食べても問題はなさそう、かな？　もしも中が生焼けだったら、焼けたとこだけむしって食べて、シュラスコみたいにまた焼けばいいしね。

「ＯＫだと思います！　もし中が焼けてなかったら、焼けたとこだけ食べて、また炙ってください」

「やった！　ありがと！」

「っひょ～い！　それじゃ、早速～！」

もう待てない、と言わんばかりのエドさんたちの歓声を皮切りに、ヴィルさんとセノンさんも自分が焼いていた串を地面からさっと抜き取る。

「はふ……っ！　あつっ！　でも、おいしい！」

「確かにこれは、先ほどのパンとはまた違った味わいだな」

「うわぁ～！　このパンと串焼きのお肉もよく合う～！　いくらでも食べられるね！」

「調理法が違うと、こうも味が変わるんですねぇ……香ばしさが前面に出ていて、とても美味しいです」

ぐる巻きパンに齧《かじ》り付いたみんなの口から、歓喜の声が上がる。いろんな意味で、見事な食いっきっぷりですな！

肉串の売れ行きも好調だし、なかなかいいご飯になったんではなかろうか。

夜が深まっていく砂漠はだいぶ寒くなってきたけど、楽しそうに弾むみんなの声と、パンと肉が焼ける匂いが周囲に満ちているせいでなんだか無性に温かい気がする。

『んぅぅ～～♡　ちん、のごあんも、いっぱぁい……♡』

「相変わらず定番の寝言を吐くねぇ、君は……」

いったい何の夢を見てるのか……ぐっすり眠ったまま身悶《みもだ》えするおみその腹を撫《な》でてやると、ゴロゴロとなる喉《のど》の音が高くなる。

星空の下でみんなで食べる夕飯は、身も心も満たしていった。

第二章

夜に進み、昼に休む……そんな砂漠の旅は、なかなか新鮮な体験だった。砂漠地帯を越えると、また緑が深くなる。

目まぐるしく変わる植生や気候を感じながら、さらに何日か走り続け……野営車両《モーターハウス》のエンジンは、小高い丘の麓《ふもと》で動きを止めた。

ここからでも見える、雲を衝《つ》くような大木。あれが祖霊木《シンボルツリー》なんだって！

「ここがエルフの里、かぁ！」

山と森に囲まれた場所を切り開いたのか、里の中も緑がいっぱい……というか、ぶっちゃけ僅《わず》かな道を除いては大木をそのまま居住区にしているように見える。

「……さて。これからどうする？」

「え？　セノンの家に行くんじゃないの？」

「お祭りの準備とかでご家族がみんな出払ってる……とかっていうパターン、ないですか？」

「ハイハイ、皆さん。少し落ち着いて。まずは簡単に里の地理を説明しますから」

街の入り口でやいのやいのする私たちを、パンパンと手を打ったセノンさんが邪魔にならないような場所まで引っ張っていく。

そこで始まるのは、セノン先生のエルフの里講座だ。

「今、私たちがいるのがこのあたり……里の入り口ですね」

拾った枝で、セノンさんが地面に簡単な図を描いて現在地を示してくれた。

ざっくりとしたその説明によれば、ここからけっこう歩いたところにある丘のてっぺんに本家本元の祖霊木《シンボルツリー》が立っていて、そこから分枝してきたものが里と丘の中間に位置する広場で育っているとのこと。

お祭りは、そこの広場でやるらしい。

「いつもであれば祭りの準備で家を留守にすることが多い時期なのですが、実家に帰ることは伝えているので、家でもできる作業をしているかと思います」

「セノンさんのご実家は、ここから遠いんですか？」

「入り口からは少々歩きますが……それほど遠いというわけではありませんね」

顔にげんなりという文字が書いてあるセノンさんに尋ねれば、力ない笑みが返ってくる。セノンさん、さっきからこの調子なんだよねぇ。

「そうか。それなら、まずはセノンの家に向かうことにするか」

「ん！　セノンの家、楽しみ！」

「友達の家に行くのって、なんかワクワクするよねー」

そりゃあもう嫌そうな顔を隠さないセノンさんとは対照的に、エドさんとアリアさんは酷《ひど》く楽しそうだ。

そんなパーティメンバーを眺めながら、セノンさんは深く深くため息をついて……。

「はぁぁぁぁ……………こちらです……」

逃げられないことを悟ったんだろう。私たちを先導するように里の中央に向かって歩き始めた。

道沿いにちらほら増えてきたエルフの里の家々は、大木の上に建てられている。エルラージュとはがらりと違う雰囲気に、思わず圧倒されちゃうなぁ。

どの家も窓が大きく取られていて、めいっぱい光を取り入れられるような造りだ。

「えぇぇ……あんな木の上に、どうやって家を建てたんですか？」

「先祖代々の家を利用しているものがほとんどなのですが、新たに作る際は魔法で材料を持ち上げたりしながら作るんです」

「なるほど……！　ファンタジーですねぇ」

ツリーハウスの集落、かぁ。むかーし、木の上で生活する少数民族の特集をテレビで見たことはあるけど、ここまで立派なものじゃなかったような気がする。

エルフの里のツリーハウスは、家自体も大きいし、そもそも立ってる木自体に加工がされてるっぽい。だって、普通にしてたら木の幹が地面から家まで続く階段状になってるとかないでしょ？

目の前に広がる非現実的な光景に、周囲の観察が止められない。

「我々エルフの魂は、死後に子々孫々を見守るために巨木に宿ると言われています。その魂が宿った木の上に家を建てることで、祖先を身近に感じられるよう、また、祖先の加護を常に得られるよう……こういった建築様式が多いんです」

「魂が宿る……なんか素敵な考え方ですね」

「時々、〝自分が宿る木は新築がいい！〟と言って、自分用の木を植える変わり者なんかもいるんです。なかなか面白いでしょう？」

「んふふ！　まっさらな木は、新築ですか」

肩を竦《すく》めたセノンさんの語りに、思わず笑いが漏れた。私にとっては、まさに異文化を浴びてるって感じだ。交通が不便な分、こういった独自の文化が根付いたんだろうなぁ。

セノンさんの話を聞きながら、お上りさん丸出しで私はエルフの里の中を歩いた。風景に見とれる私の手を、すっかり慣れた様子のヴィルさんが引いてくれる場面もあった。

体感時間としては二十分くらいだろうか。

セノンさんのご自宅は、けっこう大きな木の上に建てられていた。ログハウス調の、かなり立派な家だ。

「まぁまぁ、ようこそいらっしゃいました！　セノンから話を聞いて以来、到着を心待ちにしていたんですよ！　狭い家ですけど、どうぞお入りになって？」

セノンさんに先導されて玄関に入るや否や、長い銀髪を緩く編み込んだ妙齢の女性が出迎えてくれる。その熱烈歓迎っぷりに圧倒されている間に、あれよあれよとリビングらしきところに通され、目の前に果物が満載された籠《かご》がどさりと置かれ……今に至るわけだ。

「長旅は疲れたでしょう？　リュコスのお茶がいいかしら？　それとも、クーコのジュースの方がいいかしらね？」

「母さん！　いいから少し座っててください！」

セノンさんのお母上は、私よりも身長が高くてキリッとした感じの美人さんだった。それなのに、台所らしき場所と私たちがいるリビングとでくるくると動き回る姿はどことなく小動物っぽい雰囲気すら感じる。

ただまぁなんと言うか、有無を言わせぬパワフルさがあるんだよね。その押しの強さたるや、耳の先を赤く染めたセノンさんがついつい声を上げちゃうくらい。セノンさんがそんな具合だから、私たちはただもうお母上のパワーに圧倒されるばっかりだ。

なんか既視感があると思ったら、向こうの世界にいる私の母なんだよなぁ……。お土産《みやげ》を渡した時も、「んまー！　もー、悪いわぁ！　気を使わなくてよかったのにー！　次来る時は手ぶらで来てねー！」って。私の友人が手土産持ってきた時の母とおんなじポーズでおんなじようなこと言ってたもん。

母という存在は、世界線を越えていても似るものなんかな？

「えぇぇ……だって、セノンのためにわざわざ一緒に来てくださったんでしょう？　しかもお土産までいただいたのに、何のおもてなしもしないなんて……」

「いいんです！　もう放っておいてください！」

「そうもいかないでしょう！　私が動くのが嫌なら、あんたがお茶を淹《い》れてきなさいな！」

あれやこれやと世話を焼こうとしてくれるお母上を、セノンさんは半ば無理やり席につかせた。その代わりというように、今度はセノンさんが台所に消えていく。

「本当に、遠いところからありがとうございます。息子……セノンからいつも話は伺ってます。とっても楽しいメンバーばっかりだって」

「いいえ。こちらこそ、戦闘でも探索でも、ご子息の力を借りてばかりで」

「あらあら。そんなに畏《かしこ》まらないで、どうぞお楽に……いつも通りにしてくださいな」

わぁ！　ヴィルさんの敬語、初めて聞いた気がする！　……いや、でも普通はそうか。パーティリーダーとはいえ、メンバーの家族にタメ口はきけないよなぁ。

ご母堂がずいずいっと果物籠を勧めてくれたのとほぼ同時に、セノンさんがティーセットと共に戻ってきた。流れるようにご母堂の隣に腰を下ろしたんだけど……いやぁ。一目見て親子ってわかるくらいにそっくりだ。

それにしても、にこやかに微笑《ほほえ》むご母堂は、セノンさんと並んでもそれほど年齢差があるようには見えない。母と息子っていうより、むしろ姉と弟って言っても通じるような……。

「私がお茶の準備でいない間、迷惑をかけていないでしょうね？　まったく……母が喧《やかま》しくて申し訳ありません」

「ンまぁ！　母さんがいつ迷惑をかけたっていうの？　失礼な子ねぇ！」

ちらりとご母堂を一瞥《いちべつ》した後、苦笑しながら自分の席に座るセノンさんが手際よくお茶の準備を進めている。そんなセノンさんをジロリと睨《にら》みつけながら、ご母堂はテーブルの中央の籠から取り上げた果物の皮を小型のナイフで器用に剥《む》いていく。

うーん。軽口を叩《たた》き合える程度に家族仲は良さそうだけど、あまりにテンポが良すぎて口が挟めないというか、なんというか……。まぁ、仲良きことは美しきかなっていうし、いいことではあるよね。

「ちょうどシェルリーのお茶があってよかったです。この時期にしか咲かない花を使っているので、飲める時期が限られてるんですよねぇ」

大ぶりのティーポットに入れる前に、セノンさんは茶葉を見せてくれた。くすんだ緑の葉っぱの中に、赤や紫の鮮やかな花びらが何枚も交ざっている。セノンさんは私の向かいにいるんだけど、この距離でもわかるくらいに甘くかぐわしい花の香りが鼻先を擽《くすぐ》る。乾燥してる状態なのに、こんなに香るなんて……！

そんな茶葉を遠慮なくティーポットに入れたセノンさんがお湯を注ぐと、その匂いは一気に強くなった。でも、決して嫌な匂いじゃない。甘さの中に、青みのある爽《さわ》やかな香りが混ざってて、濃厚なのに鼻につく感じがしないんだ。

「さあさ。こちらの果物も召し上がってくださいな。今が盛りのアリュ一の実なんですよ」

「ありがとうございます。いただきます」

うっとりするほどの美貌《びぼう》を綻《ほころ》ばせるご母堂に勧められるまま、果物に手を伸ばした。

……ふむふむ。アリューの実、ねぇ。見た目は、ほんのりと緑がかった黄色い皮の果物だ。その皮を剥くと、透明感のある真っ白な果肉が顔を覗《のぞ》かせる。生存戦略《サバイバル》さんによれば、硬く締まった木質ながら、適度な粘り気と柔らかさを併せ持つとして、もともとは建材として人気があったらしい。そうして生活に取り入れられていく中で実も美味《うま》いと評判になり、盛んに植樹されるようになったんだってさ。果肉は汁気が多く甘みもたっぷりで、熱が出た時なんかに熱冷まし兼、栄養・水分の補給用として好まれるんだとか。

生存戦略《サバイバル》さんの説明的に、リンゴに似た感じなのかなって思ったんだけど……。

「ん、ん！　美味《おい》しい……コレ、とっても美味しいです！」

「噛《か》んだ瞬間、ジュワ……って！」

「果物なのに、濃厚な甘みと程よい歯応えがあって……いくらでも食べられちゃいそう！」

リンゴかと思ったら、桃と無花果《いちじく》を掛け合わせたような果物だった！　皮に近い部分はねっとり柔らかで滑らかな食感なんだけど、中心部分に柔らかな種があって、それがさくさくプチプチしてるの！

私だけじゃなく、アリアさんとエドさんからも弾んだような声が上がる。この美味しさ、思わず声が出るのもわかるなぁ。

噛めば噛むほど溢《あふ》れる果汁は甘みも旨味《うまみ》も強いんだけど、クドさとは無縁のさらさら具合でいくらでも食べられそう。

「アリューの実……一度食べたことがあるのですが、これほどの味ではなかったような気がします」

「うふふ。気に入ってもらえてよかったわ。今朝、裏の森で採ってきたばかりなんです。アリューの実は鮮度が第一なの」

遠慮を忘れて……でも、できる限りお行儀よくアリューの実に手を伸ばす私たちを見て、ご母堂が嬉《うれ》しそうに笑う。

なるほど。朝採れ新鮮完熟フルーツってわけか！　そりゃあ美味しいわけだよ。しかも、この口ぶりだと、採ってきたのはご母堂ご本人って感じだし。自分が採ってきたものを褒められたら、そりゃあ嬉しいよなぁ。

……それにしても、エルフの里のご飯はマズいってセノンさんが力説してたけど……素材はめちゃくちゃ美味しいじゃん！

「ほら、セノン。アンタも食べなさい。そうそう！　何にもないんだけど、この前お茶請けに作ったカユの実のドライチップもあって……」

「母さん！！！！」

セノンさんの前にもカットしたアリューの実を置いた後、流れるように再び動き出そうとするご母堂。どうやら、じっとしていられないタチらしい。

……それにしても、「何にもない」って言いつつ何やかや出てくるって実家あるあるなのかな？　子供の頃に田舎《いなか》のばーちゃんちに行った時とか、年末年始に実家に帰った時にこんな会話をよく聞いた記憶があるんだけど……。

いそいそと腰を浮かしかけたご母堂を制止するように、お茶を注いでいたセノンさんが悲鳴にも似た声を上げる。

「もうお茶が入りますから大人しく座っていてください！　というか、あなた……自己紹介もしていないいんじゃないんですか？」

「え、あ……あらやだ！　すっかり忘れてたわ！」

セノンさんによく似た若葉色の瞳をまん丸にして、ご母堂が片方の掌《てのひら》で口元を覆った。ついでと言わんばかりにもう片方の手をひらつかせるその仕草は、何かしらやらかしたことを自覚した時の母とそっくりだ。

うーん。実家のような安心感。

一抹の懐かしさと切なさを噛み殺した私の前で、ご母堂は軽やかに笑いながら椅子に座り直した。

「ご挨拶《あいさつ》が遅れてしまってごめんなさいね。セノンの母のルーシャです。いつもうちの息子がお世話になって……」

「あ、いえ。こちらこそ、いつもセノンさんにはお世話になりっぱなしで……」

「セノンの回復魔法、凄《すご》く効く……！」

「バフもデバフもかけてもらえて、いっつも助かってます！」

「知識量も豊富だし、作戦の立案もできて……戦闘も探索もこなせる、ウチのパーティにはなくてはならないメンバーです」

にこにこしながら会釈してくれたご母堂・ルーシャさんと目が合って、私も慌てて頭を下げた。それに続くように、アリアさんとエドさん……それにヴィルさんも笑いながらセノンさんへの感謝を口にする。

「なんですか、急に……身内の前だからと急に畏まられても困りますよ」

「もう！　またそんな憎まれ口を叩いて！」

肩を竦めながらお茶を配ってくれるセノンさんの背中からバシンといい音がするのは、ルーシャさんがその手を振り抜いたからだ。

仮に親子漫才だったとしても、なかなかに厳しいツッコミだと思う。

まぁ、セノンさんの方はちっとも堪《こた》えてないみたいだけどもさ。ルーシャさんの攻撃力よりもセノンさんの防御力の方が高くて、ダメージ入ってないんだろうなぁ。

シレッとした顔でお茶に口をつけるセノンさんを横目に捉《とら》えながら、ルーシャさんがその眦《まなじり》をふと緩めた。

「セノンは昔っからこんな感じの性格だから心配してたんですけど……この分なら、心配することは何もなさそうで安心しました」

「仲間とは仲良くやっていると、何度も手紙で送ったというのに……そんなに信用していなかったんですか？」

「だって……ねぇ？　あなたが自分で思ってる以上に、セノンの性格はひねくれてるんですもの。母さん心配で心配で……」

目の前で繰り広げられるほのぼの親子漫才を眺めながら、淹れてもらったお茶に手を伸ばした。

カップの中で透き通った茜色《あかねいろ》の液体が揺れるたび、甘い花の香りが立ち上って肺を満たす。まるで、花畑そのものを飲んでる気分！

でも、お茶自体が甘いわけじゃないから、後味はすっごく爽やかだ。濃密な花の香りも、お茶を飲み込んでしまえば微《かす》かな青っぽさを残してすうっと消えていく。

「そういえば、セノンたちはいつまで里にいるの？」

「一応、祭りが終わるまではいるつもりですが……」

「そうなの？　それは良かったわ。ついこの前里長《さとおさ》の代替わりがあったでしょう？　その報告祭も兼ねているから、今年は特に盛大にやるそうよ」

胸の前で手を合わせてキャッキャとはしゃぐルーシャさんに、セノンさんの顔が見る間に曇っていく。どうしたのか、とヴィルさんと目配せをしたちょうどその時。

眉根《まゆね》を寄せたセノンさんがため息と共に口を開いた。

「母さんがそうやって不自然にはしゃいでみせる時は、大抵ろくなことがないんですよ……！　私たちに何か頼みたいことでもあるんですか？」

「あら、わかっちゃった？　実はね、盛大にやろうとなったのはいいんだけど、楽器の奏者が張り切りすぎちゃったみたいで……腰を痛めて動けなくなるわ、楽器を壊すわで大変なのよ！」

満面の笑みから一転、困った顔でため息をつくルーシャさんの言葉に、ふと思いついたことがある。

もしかして……これって、エルフの里で起きるイベントなんじゃない⁉　攻略対象者と一緒に、動けなくなった奏者さんの代わりに楽器を弾くとか、壊れた楽器を直すための材料を採りに行くとか……そんな感じの！

ノアさんから秘密裏に貰《もら》った虎の巻にも、エルフの里でスチル回収イベントがあるって書いてあったしね。

ただ、もしもそんなイベントだったとして、楽器経験ゼロの人間が短期間で人様に披露できる程度の演奏をできるようになるのかっていう疑問もあるんだよなぁ。そもそも魔法があるんだし、治癒魔法で痛めた部分を治しちゃえばいいんじゃないかと思うもん。

現実的なのは修理材料を採ってくる系のイベントだけど、シナリオ的にどっちが盛り上がるっていったら、やっぱり楽器演奏の方だよね。それを踏まえると、ある程度ご都合主義的に話が進む感じなのかなぁ？

「それで、魔法が使える人たちがそっちの治療にかかりっきりになっちゃうし、楽器の修理にも人手が取られるしでね？　広場の若木のお掃除や飾り付けに手が回ってないのよ」

おっと。流れが変わったな？　イベントはイベントっぽいんだけど、より現実的にありそうな方向の内容に舵《かじ》が切られた気がする。

お掃除とかなら、その内容を指示してもらえれば祭り素人《しろうと》でもできそうだな。

ただ、問題があるとすれば……。

「あの、すみません。素人質問で恐縮なんですが、エルフの里のお祭りってどんな感じのお祭りなんですか？」

私たちが、エルフの祭り素人ってこと！　祖霊を祀《まつ》るとかそんな話は聞いたような気がするけど、それ以外はさっぱりわかんないんだよね。

「あらまぁ！　私ったら詳細も話さないで！　ごめんなさいねぇ。少し長くなりそうですから、果物でもつまみながら聞いてくださいね」

にこやかに笑うルーシャさんに、今度は大粒のブドウのような果物を勧められ、セノンさんにお茶のお代わりをもらいつつ聞いた話は、なかなかに面白い物語だった。

豪胆かつユーモア溢れる若き始祖エルフが、世界を巡る冒険に旅立った話から始まり、時に争い、時に親しみ、どんどん友達を増やしていく。その途中で一羽の神鳥と出会い、羽の下で休ませてもらったことをきっかけに仲良くなって、その神鳥が棲《す》む木のそばに定住することを決めたのが、エルフの里の始まりなんだとか……。

神鳥は神鳥で始祖エルフの良き友となり、めったに姿を現すことはなかったが、大木の中ほどのうろに棲む巨大な獣がよく伝言を伝えに里に遊びに来たとか、来ないとか……。

「その後、自身の死期を悟った始祖は〝友の住む木のそばで眠りたい〟と願ったとのことで……死後はその願いの通り、神鳥の棲む木の根元に葬られた、と言われています。今のエルフの里の祖霊木《シンボルツリー》の信仰の源はここなんでしょうね」

「そして、始祖様の眠る祖霊木《シンボルツリー》の根元で始祖様を偲《しの》ぶお祭りが行われるようになって、今まで続いてるような感じね」

「は～～……なるほど。これはまた壮大な………だとすると、セノンさんはともかく、私たちのような余所者《よそもの》がお祭りに関わっていいんですか？」

セノンさんとルーシャさんが教えてくれた伝承から推測するに、エルフの里のお祭りって、先祖の慰霊祭的な意味合いを持っているんだと思う。

そんなお祭りにエルフと全く関係ない私たちが関わったりしたら、不快に思ったりする人もいるんじゃなかろうか？

「全く問題はないかと。近年では、祖霊への感謝やらなにやらという建前の下、みんなで集まって大騒ぎする……という傾向が強くなっていますから」

「セノンの言う通りよ。それに、始祖様は、種族の垣根を越えてみんなでお祭り騒ぎをするのが大好きな人懐こい方だったと伝わっているの」

「ウチのメンバーは、エルフやら鬼竜《ドラグール》やら蜘蛛《くも》人やら人間やら……色々と集まっていますからね。むしろ、よく来たと歓迎されるかと思いますよ」

そんな不安は、セノンさんとルーシャさんに笑い飛ばされた。あっけらかんと笑うルーシャさんとセノンさんからは、気を使って嘘をついている様子は微塵《みじん》も見受けられない。

みんなと騒ぐのが大好きな始祖様、かぁ。陽気で元気なパリピでイメージすべきか、法被《はっぴ》とねじり鉢巻が似合うお祭り野郎で想像すべきか……ちょっと迷っちゃうな。

エルフって、人間嫌いで閉鎖的かつ排他的なイメージで描かれることが多い気がするんだけどさ。この里の人たちが私たちを抵抗なく受け入れてくれてるのは、そういう始祖様の逸話があるお陰なのかもね。あるいは、始祖様の気質を子々孫々まで受け継いでる、とか。

「ちなみに、お祭りの時に出される料理は、始祖様自らが作られた料理がそのまま伝わったもの、といわれているわ」

「へぇ！　かなり由緒正しい料理なんですね！」

古代文明時代の再現料理とか聞いたことあるけど、それと同じくらいにスケールの大きい料理じゃない？　こんなの、ワクワクが止まんなくなるじゃん！

「……まぁ、料理のコトは置いておいて、だ。そういう理由があるなら……」

軽く咳払《せきばら》いをしたヴィルさんが、ぐるりと私たちを見回した。

里の人間以外が関わってもいいっていう雰囲気だし、掃除と飾り付けなら私たちにもできそうだし。そして何より、セノンさんのご実家にお世話になるからには、少しでも恩返しができれば、と思うんだよね。

「オレたちが力になれるのなら喜んで！」

「しっかり、お手伝い、す……します……！」

「力仕事もできるメンバーが揃《そろ》っているから、そこは安心してほしい」

「精一杯頑張りますので、色々と教えてください！」

決意を口にする私たちを見て、ルーシャさんが蕩《とろ》けるような笑みを浮かべる。

「ありがとう！　とっても助かるわ！　そうと決まったら……ねぇ、セノン。まだ日は高いし、広場の若木を見てきてもらったら？」

「ああ。確かに、遠目には見ましたが、まだ近くでは見ていませんでしたね」

「気が早い屋台はもう出てるみたいだし、ゆっくり里の中を見てもらって……その間に、母さんお布団の準備をしちゃうから」

「野外泊の準備をしているから、庭を貸してくれるだけでいいと伝えたじゃないですか。もういい年なんですから、重いものを持とうとしないでください！」

「んまぁ！　そうやってすーぐ年寄り扱いして……！　里ではまだまだ若い方なのよ！」

母と息子がテキパキ話を進めていく……んだけど、内容がだんだん漫才っぽくなってるように思えるのは私の気のせい？

最終的に、「母さんは永遠の百七十歳なのよ！」と主張するルーシャさんを「ハイハイ」といなすセノンさんに押されるようにして、私たちはセノンさんのご実家を後にした。

「……母がはしゃいですみません……久しぶりの来客に昂《たかぶ》ってしまったようで……」

「気にしないでください。ウチの母も似たようなもんです。ああいう時の母親って、なんでああも舌が回るんでしょうね」

「………本当に……あのテンションの高さはなんなんでしょうね……？」

母の強さを思い知らされたセノンさんの背中を撫《な》でつつ、私たちは分枝されたという若木の祖霊木《シンボルツリー》へと向かうのであった。

◆◇◆

案内された祭りの広場は、ひときわ高く太い古木を中心に、これまた立派な樹木で周りをぐるりと取り囲まれている。木の中には花をつけているものもあり、一面の緑の中で鮮やかさに目を惹《ひ》かれた。

木々で囲まれた空間のあちこちにいろんな屋台が並んでいて、それぞれが繁盛しているように見える。

小銭が入っているらしい布袋を握り締めた子供たちが、「スライム飴《あめ》買おう！」だの「クーコのジュースがいい」だの、口々に笑い合いながら広場を駆け抜けていった。活気溢《あふ》れる雰囲気に、我知らず心が浮き立っていく。非日常は、楽しいよねぇ！

そして何より、広場の主役である若木が、そりゃあもう大きくてね。これで若木？　って思っちゃったよね。

てっぺんなんか雲に隠れてるんじゃないかって思える程度には大きいし、幹の根元なんて大人が何人いれば取り囲めるんだろうってくらいには太い。

っは〜〜〜〜〜！　さすが〝祖霊木《シンボルツリー》〟から分枝されたっていうだけある風格ですわぁ。

そんな若木の前には、木で組まれた祭壇が設置されていて、お酒が入っているのであろう大樽《おおだる》が山と積まれてる。

「わあ！　もうお供えの準備がされてる！　気合い入ってますね！」

「祭りの時期は、昨年に仕込んでおいた酒も出来上がる頃合いなんです。それを逸早《いちはや》く始祖とその友に見せよう、ということみたいですね」

「なるほど。〝ご先祖様のおかげで、今年も美味《おい》しいお酒ができました〟っていう感じですかね？」

「ふふ。そうかもしれませんね…………ただ……」

祭り広場や由緒の説明をしてくれていたセノンさんが、唇に指を当てながらチラリと私を見た。

え？　なんですか、その意味深な笑みは！　何か企《たくら》んでます⁉

「エルフの里の摩訶不思議《まかふしぎ》話なのですが。誰も気が付かないうちに、酒樽がいくつかなくなっていることがあって……神鳥と始祖が前祝をしているのでは、と言われているそうです」

「ええっっ⁉　それ、本当ですか⁉」

声を潜めたセノンさんの語りに、思った以上に大きな声が出た。浮かれた空気に混ざったおかげで悪目立ちはしなかったのが幸いだったな。

驚きのあまりセノンさんを無言で見つめる私を、セノンさんもまた黙って見下ろして……。

「……なんてね。私が里にいた間に、この樽消失事件が起きたことはありませんでしたよ。あくまでこれも伝承の一部、ということなんでしょうね」

「そう、なんですか？　うう……なんだか無駄にびっくりした気がします！」

種を明かしながらコロコロ笑ったセノンさんが、みんなを引き連れてぐるりと若木の周りを回る。

祭壇のちょうど裏側……どっしりとした根元に、人が一人楽々入りそうな穴がぽっかりと口を開けていた。中は真っ暗だから、反対側に突き抜けてるのではなく、大きなウロになってるんだろう。

「ここから木の内部に入ることができるんです。中は螺旋《らせん》階段のようになっていて、登っていくと幹の中ほどに出ることができます」

根元の穴を指さしたセノンさんの指が、ゆるゆると円を描きながら上へと上っていき、ある一点を指してピタリと止まった。そこは、幹の部分から太い幹が何本も張り出していて、下から見る限り座って景色を眺めるにはちょうど良さそうに見える。

「ふむふむ。胎内巡りみたいな役割も兼ねてるんですかねぇ？」

「タイナイ、メグリ……ですか？」

「はい。大きな仏像とか神像の内部を巡ったりできるんですよ。もともとは修行の一種だったっていう話も聞きますけど、今の世代だと観光の要素も強いんじゃないかなぁ」

本来は真っ暗な中を手探りで巡るっていう感じらしいけど……私がやったことのある胎内巡りは、像内部の明るい通路に安置されてる仏像とか仏絵を見ながら上ったり、展望台で景色を眺めたりするやつだったなぁ。

似たような言葉に胎内くぐりってのがあったような気がするんだけど、こっちは生まれ直しとか心願成就とかの意味があるんだっけ？

うーん、あやふや！

「リンの世界にも似たようなものがあるのですね。こちらでは、祖霊木《シンボルツリー》の内部に入ることは、木に宿った祖霊と一体化し、また生まれてくることを意味しているのだと言われているんです」

エルフの伝説を語ってくれるセノンさんは、どことなく楽しそうに見える。地元の料理はともかく、エルフの里そのものを嫌っているわけじゃないんだろう。

だからこそ、セノンさんがもう少し気楽に帰省できるようになればいいなぁとは思っちゃうんだよねぇ。自炊を覚えて好みの味の料理が食べられるようになると、ちょっとは状況も変わるかなぁ？

……ま、部外者がこんなこと言うのもアレだから、口にはしないけどさ。

「……それにしても、エルフの里で行われる、エルフの祭りかぁ……」

響きだけでも凄《すご》いファンタジーな感じがするよね！　こうして現地に来てみると、その実感がさらに高まる！

お祭りっていうだけあって、ちらほらエルフさん以外の種族が交ざってるのも、またそれっぽい！　まぁ、だからこそ私たちみたいな種族混合パーティも、そこまで奇異な目で見られてないんだろうけども。パーティメンバーにエルフがいるっていうのも、私たちがこの場にいても不思議じゃないって思わせてくれてるんだろう。

セノンさんの説明を聞くうちに、道の向こうからこちらに歩いてくる一団が見えた。

「あれ？　ヴィル？」

にこにこと笑いながら手を上げたのは、ついこの間、エルラージュで別れた【蒼穹《そうきゅう》の雫《しずく》】のリーダーさんだった。

「アルトゥールか？　お前、なんでこんなところに？」

「ああ。だって、ほら、僕もエルフだし。僕自身はこの里生まれじゃないけど、大祖父がこの里の出身なんだ」

思いもしない再会に瞳を瞬かせるヴィルさんに、アルトゥールさんが笑みを深める。エルフさんなのは知ってたけど、この里の関係者だったとは！

余りに衝撃の出来事が続いて、心のＨＰがなくなってきたよぅ！

「あー！　あなたたちもここに来てたんだ！　まさか、こんな所でも顔を突き合わせることになるとはねぇ！」

「…………………………奇遇……」

そこに追い打ちをかけるように、アルトゥールさんの背後からひょこひょこと見たことのある顔が飛び出してくる。ピンクの髪を縦ロールツインテにしたフルアーマー幼女ちゃんと、長い射干玉《ぬばたま》の髪が印象的な清楚《せいそ》系美人さん！　一目見たら忘れられない、【蒼穹の雫】の女性メンバーさんたちだ！

「ね！　ね！　あなたたちも観光？　もしそうなら、この前ギルドではゆっくり話せなかったし、一緒におしゃべりできる時間は取れる？」

見るからに重厚な鎧をものともせずに、私に向かって走り寄ってきた幼女ちゃんが周囲をぴょこぴょこ跳ね回る。そのたびに、ガシャッ、ズシャッ、と、幼女ちゃんの軽快な動きからは想像もできないくらいの金属音が鳴り響く。フルアーマーで飛び跳ねるとか、幼女ちゃんの筋力どんだけなの⁉

予想外のテンションにどう対応していいかわからず思わず固まった私の前で、幼女ちゃんの頭にチョップが入った。

「…………………ササ。小停止。要落着」

「え～～！　だってだってだってだって気になるでしょ⁉　あの、あの【暴食の卓】のご飯番の、女の子だよ！！！」

ハイテンションな幼女ちゃんとは違い、美人さんはもんの凄く寡黙っぽい。

方向性は違うけど、アリアさんとちょっと似てるかもしれない。着てるものも、なんか、こう……中華風というか、和風というか……漢服と和服を足して二で割ったような服着てるし。

「それは、おれも気になるな！」

「その声は……ロルフさん！　そっか。ロルフさんが【蒼穹の雫】のご飯番ですもんね！」

「おう！　市場ぶりだな、リン！」

最後の最後に現れたのは、私と同じご飯番役を担うロルフさんだった。軽い調子で片手を上げると、満面の笑みを浮かべてこちらに近づいてくる。

「そう！　そうよ！　ロルもあなたと一緒でご飯番なの！　共通の話題があるかもしれないし、一緒におしゃべりしましょ！」

「そうそう！　この間は話せなかったけど、得意メニューとか、味付けとか、聞きたいことがたくさんあるんだ！」

向かって右手から幼女ちゃんが。向かって左からはロルフさんが。にこにこしながら私に向けて手を伸ばしてくる。こ、これはまごうことなき陽キャの距離の詰め方〜〜〜！

でも、二人の手が私の手を握ることはなかった。

「リンは【暴食の卓《ウチ》】の料理番だ。勝手に触れられては困る」

「ん！　リンは、ウチの子！」

ヴィルさんとアリアさんが、背後から手を伸ばして私の手をそれぞれ掻《か》っ攫《さら》っていった。うぅん！　なんて華麗なインターセプト！

ガッチリと私を抱え込んだ後ろの二人を、幼女ちゃんとロルフさんがじとりと睨《にら》む。

「そんな！　ズルいわズルいわ！　私だって、女の子仲間とおしゃべりしたい！」

「…………………同意」

「そうだぜ！　料理番あるあるとか話したいじゃんかよー！」

可愛《かわい》らしい顔と声で駄々をこねる幼女ちゃんと、頬をブーブー膨らませるロルフさん。そこに、いつの間にやら黒髪美人さんまで加わってるじゃないのよ！

そんな二人から距離を取るように、私を引っ張るヴィルさんとアリアさん。なんだか、バチバチと飛び散る火花が見えるのは気のせい？

「うぅん。うちのメンバーは、こうなると結構頑固でね。時間があるなら、おしゃべりに付き合ってもらえないかな？」

膠着《こうちゃく》を破ったのは、のんびりしたアルトゥールさんの声だった。ちょっぴり困ったような顔で笑いながら、【蒼穹】メンバーの顔と私たちの顔とを順繰りに見回している。

「……まぁ、それくらいなら……」

「ん……我慢、する……」

ヴィルさんも、内心ではこのままじゃ埒《らち》が明かないことを悟ったんだろう。静かに息を吐いた後、渋々という様子で了承した。アリアさんも、不承不承という声でへばりついていた私の背中からそっと身体《からだ》を離す。

「そうですね……話し合いをするというなら、向こうの四阿《あずまや》がちょうどいいかもしれませんね」

「ああ、いいね。それならついでに、飲み物なんかも買っていこうか。おしゃべりすると喉が渇くからね」

アルトゥールさんの提案に、何かを考え込むようにしていたセノンさんが顔を上げる。そのまま指さしたのは、広場の少し奥まった場所だ。

にっこり笑ったアルトゥールさんも、目的地に見当がついたらしい。なんとも魅力的な追加提案と共に、立ち並ぶ屋台の中の一つに足を向ける。

そのままここらの名物だという果実のジュースを人数分買い込んだ私たちが案内されたのは、周りを囲む木々の陰に隠れて立つ、瀟洒《しょうしゃ》な四阿《あずまや》だった。柱の一本一本にツタが巻き付いたような彫刻が施され、天井には四季の花々が彫り込まれている。

その中央に据え置かれたテーブルを囲むように腰を下ろして……。

「さて。僕は以前に挨拶したから、今日はメンバーを紹介させてもらおうかな。えーと、まずは……」

「はいはーい！　神官戦士のサーシャよ！　みんな〝ササ〟って呼ぶわ！　ドワーフだから小さく見えるけど、これでも成人なのよ！」

「……銀星《ぎんせい》……魔術師……よろしく」

「もう市場で会ってるけど、拳闘士《グラップラー》のロルフだ！　飯番も兼任してるぜ！」

話してる最中のアルトゥールさんを遮った幼女ちゃんを皮切りに、【蒼穹】メンバーさんたちが、口々に自己紹介してくれた。うおぉぉ……エルフにドワーフに……ファンタジーでよく聞く名前が出てきた！

……っていうか、幼女ちゃん、幼女じゃなかったのか。私はそっちに驚きだよ。

「ありがとうございます。私の方も改めましてになりますが、【暴食の卓】の荷物運《ポーター》び兼、料理番のリンと言います」

キャラは濃いけどなじみの薄い顔を順番に見つめながら頭を下げると、幼女ちゃん……ササさんがはしゃぎながら手を叩《たた》いてくれた。銀星さんも、控えめながらパチパチ拍手してくれる。ロルフさんは言わずもがな、だ。

「さてさて。これで僕らの顔と名前が一致したかな?」

「はい、お陰様で。そういえば、皆さんもエルフのお祭りを見に来られたんですか?」

「うん。トーリが休暇をくれたから、久しぶりに家族の顔でも見に行こうと思ったら、みんなもついてきたがっちゃって。いざ来てみたら君たちの姿を見つけてね。すごくびっくりしちゃった」

愉しそうに語るアルトゥールさんの話を聞きながら、セノンさんから受け取った〝クーコ〟なる果物のジュースに口を付ける。少しとろみのある果汁が舌に触れた途端、爽《さわ》やかな甘酸っぱさが口いっぱいに広がった。それと同時に、微《かす》かな青っぽさを伴った甘い匂いが鼻に抜けていく。

味としては、桃とスモモのちょうど中間、みたいな感じかな。セノンさん宅で名前だけは聞いていたけど、こんな感じの飲み物だったんだ!

「私たちとは真逆な感じですね。私たちは、帰りたがらないセノンさんを説得して連れてきてもらったので」

「えっ? セノン、帰ってくるの嫌だったの?」

「……何をそんなに驚かれているのかわかりませんが……エルフの里の食事が、とにかく合わないんですよ」

びっくりしたように声を上げたアルトゥールさんに、セノンさんがこれ見よがしにため息をつく。

うん、ごめんなさい。やっぱりまだ根に持ってたんですねぇ。まぁ、セノンさんにとっては死活問題か。

「セノンさんがそこまで嫌がるご飯っていうのが気になっちゃって……無理を言って連れてきてもらったんです」

「やれやれ。リンの好奇心ときたら……本当に底を知らないんですから」

「ふふふ、ごめんなさい！　一度気になると、とことん気になっちゃうタチなんですよねぇ」

笑いながら頭を下げる私に、仕方ないですねと言わんばかりの表情を浮かべたセノンさんが肩を竦《すく》めてみせる。あーあ。返す言葉が見つかんねーや。

「でも、食べたことがない料理ってすっごく気になりません？」

「わかる！　いろんな料理の味は知っておきたいよなぁ」

賛同の声が、同じご飯番のロルフさんから上がった。テーブルに手を突き、身を乗り出して目をキラキラ輝かせて……。そんなロルフさんをセノンさんがもの凄い表情で見つめてるけど、当の本人はその視線を気にする様子はまるでない。

「うーん……確かに、さほど美味《おい》しいものではないけど……そんなに嫌がるほどかなぁ？」

一方で、アルトゥールさんは、里での食事に対してそこまでの嫌悪感はないらしい。セノンさんを見つめつつ、小首を傾《かし》げるばっかりだ。

わー。見事に二極。エルフさんの間でも、ここまで評価が分かれることってあるんだろうか？

好奇心で盛り上がる私たちを交互に見つめ……セノンさんの口からもう何回目かもわからないため息が吐き出された。

「そこまで言うなら、伝統的な里の料理を出す屋台がありますから……それを食べてみますか？」

「え、いいんですか⁉」

エルフの伝統的な料理！　そんなの食べてみたすぎる！

勢い込んでコクコク頷《うなず》く私を憐《あわ》れむような表情で見つめ、セノンさんが静かに立ち上がった。

「アルトゥール。あなたも料理の選定と運ぶのを手伝ってください」

「もちろん！　どれなら食べやすいかなぁ？」

「どれも都市で活躍する冒険者の舌にはキツいでしょうねぇ」

ヤレヤレ感を隠そうともしないセノンさんとは違い、アルトゥールさんは楽しそうに立ち上がった。二人で肩を並べながら、すぐ近くの屋台に向かっていく。

「でも、そこまで言われるとどんなものなのか、確かに気になっちゃうわ！」

「ん。怖いもの、見たさ……的な……？」

「いろんな場所に遠征したけど、本場のエルフ料理食べるのは初めてなんだよな」

「いい趣味とは言えないけど、気になっちゃうよねぇ」

屋台の一つに吸い込まれていくエルフさんズを見送りつつ、残った私たちはこそこそと額を突き合わせた。ちょっとお行儀のよくない話をしてるっていう罪悪感がそうさせたのかもしれない。

……よそ様の食文化を食べもしてないのにあーだこーだ好き勝手に言い合うのって、本当は良くないことだしね。せめて、食べてから言えって話になるじゃん？

未知なるエルフ料理を待つ私たちのもとに、思ったよりも早くセノンさんたちが戻ってきた。手に持った木製のトレイの上には、いくつか料理が載っているみたい、だけど……。

『ひうっっ！　朕、このにおい、イヤー！！！！』

「んんん～？　な、何なんだよ、この匂い⁉」

まず最初に反応したのは、ごまみそとロルフさん。二人――一人と一匹？――とも、鼻を押さえながら距離を取るように身体を仰《の》け反《ぞ》らせている。

何事か、と思っているうちに、セノンさんが料理をテーブルに置いてくれて、そこで私も料理の匂いを知ることになった。

「………モツとかスジの匂いと、スパイスの匂いだ、コレ……！」

もつ煮用のモツや牛スジを下茹《したゆ》でをしてる時の匂いを濃くした匂いに、そこそこ強めのスパイスの匂いが混ざっている。ホルモン系がダメな人は、もうコレだけで「ウッッ」ってなっちゃいそうなくらいだ。私はそれなりに平気な方だけど……それでも、〝匂い〟じゃなくて、〝臭《にお》い〟って言ってもいいかもしれない。

これは確かに、好みが分かれそうな料理だなぁ。

「セノンさん、コレって……？」

「シエニエリーと言います。こういった祭りの時や、お祝い事の時にだけ作られる特別メニューですね」

「父さんたちは、『強い酒と一緒に食べると美味《うま》いんだぞ』なんて言ってたけど、子供の頃はこれが美味しくなくてねぇ……」

「ちなみに、材料は近くで取れるシカやイノシシなどの肉と内臓……それに雑穀や砕いたナッツを混ぜて作る腸詰めのような料理です」

「なるほど？」

扱いの難しい狩猟肉《ジビエ》の、その中でも取り扱いに注意が必要そうな内臓を使った料理、かぁ。しかもソレを腸詰めにしてるってことは、皮に包まれてる分、素材の匂いが外に揮発していかないってことでもあるわけで……。

「僕のは、地物野菜のサラダと、塩漬け魚のフライ、森で獲《と》れたお肉のどこでも焼きだよ」

セノンさんに続いてアルトゥールさんが運んできてくれたものは、割合に見慣れたビジュアルをしていた。

ただ、ボッテリとした魚のフライと串焼《くしや》き肉はまぁいいとして、地物野菜のサラダの正体がつかめない。赤、白、緑、黄色……一口大に刻まれたカラフルな材料が、白いナニカで和《あ》えられてる……っていうのはわかるんだけどね。

ちなみにこれも、甘いような酸っぱいような……結構複雑な匂いがする。

「このサラダ、いったいどんな料理なんですか？」

「森で採れる芋とか根菜を茹でて、ココの絞り汁を発酵させたもので和えた料理……じゃなかったかな？　ハーブをたっぷり入れるとも聞いたことはあるけど……あんまり詳しくなくてごめんね！」

「ちなみに〝ココ〟というのは、この辺りで採れる木の実のことですね。大きなボールのような形をしていて……サラダに使っているのは、種の中身を絞ったものです」

「いえ、材料と作り方を聞けただけでも十分です。ありがとうございます！」

……なるほど。発酵食品とハーブ、か。匂いの正体はわかった。こりゃまた好き嫌いが分かれそうなラインナップだなぁ。

「アルトゥールが持ってきた料理は、普段の食事でもよく供されるメニューなんです……我が家でも夕飯の定番料理でしたよ」

「……なるほど！　それじゃあせっかくなので、冷めないうちにいただきましょうか！」

「お、おう……！」

一緒に持ってきてくれた木製のカトラリーに手を伸ばす私とは対象的に、ロルフさんの方は若干及び腰だ。さっきまであんなにキラキラしていた目の輝きは、今やすっかり曇りきっている。

腸詰めの先制パンチがだいぶ効いてるなぁ。それでも逃げずに串を手に取ったところを見るに、未知なる料理への好奇心が勝ったみたいだ。

穏やかに微笑《ほほえ》んでるアルトゥールさんは真意が見えないし、銀星さんはわずかに眉《まゆ》を顰《ひそ》めながら周りの出方を窺《うかが》っているようだ。【蒼穹《そうきゅう》の雫《しずく》】側で積極的に食べる準備をしてるのは、ササさんくらい？

「ひどいわひどいわ！　お酒に合うなんて聞かされたら、手を出さないわけにはいかないじゃない！」

「ササさん、お酒お好きなんですか？」

「もしも可能なら、樽《たる》で飲みたいくらい！」

「樽⁉　それは豪気ですね！」

取り分けの用の銘々皿――分厚くて平らな葉っぱだった――を配りながら聞いてみると、ササさんがニッコニコの笑顔で答えてくれましたよ！　外見は幼女なのに、出てくるワードが酒飲みのセリフなんだよなぁ！

お酒好きなドワーフさんは解釈一致だから問題ないんだけどさ。

一方の【暴食の卓】側は、というと……。

「エルフの料理……気には、なってた！」

「いざ実食、ってね！」

日頃から、私が作る見慣れない異世界料理を食べてるせいもあるんだろう。こちらは妙にやる気満々だ。ただ、言葉の端々に好戦的な雰囲気が滲《にじ》んでて……もしかして、料理への興味だけじゃなく、ササさんへの対抗心も混ざってません？

なお、エルフ組は今回の料理に手を伸ばすつもりはなさそうだ。アルトゥールさんはニコニコと、セノンさんは仏頂面のまま、エルフ料理に挑む私たちを見守っている。

「それじゃ、いただきます！」

皆それぞれに食前の祈りを捧《ささ》げ、私は私でぱちんと両手を合わせ……人数分に切り分けられた腸詰めに手を伸ばした。口元に持ってくと、独特の匂いがいっそう強く感じる。

意を決して、一口……！

「ん、ん………んん～～～～……？」

………。

……………。

………………………いや。コレは……コレはなんて言うべき？

味自体は悪くはない。悪くはないんだけど……。

「確かに、これは……好き嫌いが分かれるのが、わかります……」

口に入れた途端、スパイスとハーブが口内で大爆発。続いて、ワイルドめなモツ系の匂いが噴火を起こす。

それをどうにか乗り越えたあたりで、肉やナッツの濃厚な旨味《うまみ》が舌の上に広がり出してって……。

ここまで来ると、滲み出てきた肉汁が強烈な香りと混ざり合って、これはこれで良いハーモニーだなぁって思えるようにはなるんだけど……。

壊滅的に食感が悪いんだよなぁぁ！

雑穀が混ざってるせい？　なんかモソモソ、ボソボソした感じが強くて、飲み込むのに苦労するっていうか……。食感だけを例えるなら、ツナギのパン粉を入れすぎたハンバーグに、雑に炊いた雑穀ごはんを足して混ぜて焼き上げました、みたいな感じ……だろうか？

よーく味わうと、刻みレバーのネットリした感じとか、ナッツのカリカリ感なんかもあるんだけどもさぁ。

「でも、食感に目を瞑《つぶ》りさえすれば、味は好きな系統かもしれません」

「マジか！　おれは臭いの時点で駄目だった！　なんか血生臭くねぇ⁉」

「んー…………ちょっとモソモソだけど、平気！」

「オレはねー、味も食感も、ちょっとダメかも！」

「私ね、これ好き！　酒精が強くて、ちょっと癖があるお酒に合いそうじゃない？　それも、割ってないストレートの！　この腸詰めをチビチビ食べながら、合間にキュッと流し込みたいわ！」

「食えなくは、ない……が……独特の風味だな、とは思う」

「…………………………不可……！」

エドさんとロルフさん、銀星さんが苦手派。私とアリアさん、ヴィルさんが許容派で、ササさんが好物派、と……。うぅむ。見事に分かれたな。

苦手派の中でも、銀星さんは特にダメだったみたいで、ほとんど手つかずの状態の腸詰めをササさんに横流ししている。

「……あとは、魚のフライと串焼きに、サラダ……かぁ」

「フライは熱いうちに食べた方が良さそうだな」

腸詰めはまだ残ってるけど、ヴィルさんの言う通り熱いうちじゃないと攻略が厳しくなりそうだ。

めちゃくちゃ衣が分厚くて、油ギッシュなんだもん。

ちょっぴり警戒しつつ、一口大のフライに齧《かぶ》りついた。

「ああ～！　熱いうちならっていう条件下になりますけど、このフライ、美味《おい》しくないですか？」

ディープな感じに揚げられた衣は、思ったほどにはもったりしてはいなかった。予想外にカリカリしていて、歯ざわりがいい。ただ、相当油を吸ってるから、冷めたらとんでもなくクドくなりそうだなぁ、って。

中の魚は塩漬けって聞いたけど、キツすぎず、甘すぎず……ちょうどいい塩加減だ。若干の生臭さはあるけど、別添えの果実酢らしきものをかけたら全く気にならなくなった。

「あー！　コレもお酒似合いそうなのよ～！　ちょっと軽めのワイン……特に発泡タイプのワインがおすすめかも～！」

「おい、ササ！　だからって調子に乗って食いすぎんなよ？　コレ、あとから胃袋にズシンとクるタイプだぞ！」

的確な食レポを上げつつご機嫌でフライを平らげるササさんを、フライは完食できたロルフさんが必死で止めている。見た目の効果と相まって、凄《すご》くほのぼのとした光景に見えるな、うん。世話焼きのお兄ちゃんと妹みたい。

……それにしても、ササさんは本当に神官戦士なんだろうか？　実際の職業はソムリエだったりしない？

なお、腸詰めを早々にギブアップした銀星さんは、こちらも半分でダウンしていた。「衣重過、生臭……」っていうのが本人の談。

一方で、【暴食の卓】側はといえば……アリアさんが若干衣の重さに難色を示したくらいで、全員ぺろりと食べきっていた。〝大抵のものは油で揚げれば食べられる説〟がある程度正しいことを、図らずとも証明する結果になったのではないだろうか。

ただ、その反面……。

「あ……あ……サラダが鬼門だぁぁ……味があちゃこちゃしてるぅぅ……」

「そうかぁ？　オレは割と食えるな」

地物野菜のサラダが、私にとっての強敵だったんだよぅ！

なんかね、酸っぱくてしょっぱい和え衣の中に、茹でた芋とかちょっと青臭みの強い野菜だとか甘い果物のスライスだとか混ざっててね。そこに食べ慣れないハーブまで加わって……！

「初めて出会う感じの味すぎて、ちょっとどう解釈していいのかわかんない……脳みそがこんがらがる……」

「大丈夫か、リン！　気を確かに持て！」

「……コレが異文化の洗礼ってやつかぁ……」

なんかね、「お、これは！」って思える瞬間と、「ちょっとないかも……」って思える瞬間が交互にくるというか……美味い、マズいが同時に口の中に存在するというか……。

周りを見ると、モリモリ食べてるのはロルフさんと銀星さん。意外なことに、ヴィルさんもこのサラダは平気らしい。そこそこ食べ進んでるのがエドさん&アリアさんとササさん、って感じかな。

うーん。このサラダに関しては、ノックアウトされたのは私だけかぁ。

個人的に、ハーブを少し減らすか、果物を抜いてもらえれば……甘くないヨーグルトサラダ的な感じで、好きな味になりそうだなぁ……とは思う。もしくは、野菜と塩気を抜いてフルーツヨーグルト的な方向に持っていくとか。

「うう……串焼き肉が沁《し》みるよぅ……一口ごとに味が違うぅぅ……」

「獲れたお肉の色んな部位を一つの串に刺して作るんだ。一本の串の中でも味が違うのはそのせいだね」

「血抜きやら熟成やらの下処理がしてある肉だな、ってのはわかるんだが……ただ、もう少しガツンと味のインパクトがあってもいい気がするな！」

口直しがてら齧《かじ》り付いた串焼き肉は、〝どこでも焼き〟の名に恥じないくらい、色々な部位が刺さっていた。具体的な場所はちょっとよくわからないけど、柔らかくてジューシィな部位あり、ちょっと硬めの部位あり、ホルモンっぽい部位もある。

シンプルに塩とハーブで焼いてあるらしく、臭みとかはあまり感じない。赤身やレバーっぽいところを食べた時に、ちょっと鉄臭さを感じた程度。

ロルフさんが言うように、素材自体は良いお肉なんだと思う……けど。

「さて。ここまで伝統的なエルフの里の料理を紹介しましたが……感想はいかがですか、リン？」

ああ、うん。こうして実食した今なら、セノンさんのお顔が苦虫《にがむし》を噛《か》み潰《つぶ》したようになってる理由もわかる気がするわ。

「……セノンさんが、故郷ご飯を嫌がるお気持ちがなんとなくわかりました……」

「ふふふ。ご理解いただけたようで何よりです」

「今食べた限りの感想になりますけど、苦手な人にはとことん苦手な系統の料理が多い感じがしますねぇ」

食べてみて思ったのは、エルフの里の料理は、珍味的な側面が大いにあるなぁってこと。どっちかと言うと玄人《くろうと》向けな感じがする。

例えば……ホヤとか、塩辛とか、クセの強いチーズとか……。大丈夫な人は大丈夫なんだけど、ダメな人はとことんダメって感じの、アレ。

「なんでも、始祖様がこういう料理を作って振る舞うのが好きだったようで……それが連綿と受け継がれているようなんですよね」

「あ～……なるほど……」

どこでも焼きを齧りつつ首を振るセノンさんが教えてくれたエピソードに、エルフの里のご飯が特徴的な元凶が見えた気がした。

多分だけど、〝始祖様が作った料理が不味《まず》いはずはない！　むしろ「美味しい」っていうのはこういう味なんだ！〟みたいな感じになったんじゃないかな？　そんで、そういう系統の味が脈々と受け継がれていった、と……。

「まぁ、郷土の料理はその土地の文化や生活環境を基に育まれてきたものでしょうから、否定する気はないんですが……」

「いいんですよ、リン。ボロクソに言ってくれて！　私はもう、昔から食事の時間が苦痛で苦痛で！　独り立ちできた暁には、絶対にこの里から出ていってやろうと思っていたんです！」

「そこまで思い詰めちゃうくらいに、故郷ご飯はセノンさんとは相性が悪かったんですねぇ」

思いの丈を吐き出しながら、セノンさんはクーコジュースを一息に飲み干した。

そういえば、セノンさんはオツマミ系もよく食べるけど、それ以上に王道ご飯を喜んで食べてくれたっけ。それを鑑みると、珍味系に属するエルフ料理は、セノンさんの好みから外れちゃってるんだろうなぁ。

「それなのに、所属したパーティは誰一人料理ができなくて……あの時期もまた、私にとって暗黒時代でした……！」

「え、ああ。皆さんがご飯作れなかったっていう話は色々と聞いてはいますが……」

おっと……セノンさんのクダの巻き方が怪しくなってきたな？　めんどくさい酔っ払いみたいになってきたぞ？

クーコジュースにアルコールは入ってなかったと思うんだけど……大丈夫だよね？

「あ〜〜……………セノンさん、お腹空《なかす》いて気が立ってるんじゃないですか？　ご挨拶《あいさつ》の時にでも……と思って持ってきたものの余りですけど、少しお腹に入れてください」

暴走するセノンさんを止めるべく、私は背負っていたボディバッグから常備食たるクッキーを取り出した。

万が一に備えて、昨日の夜に焼いておいたんだよね。お土産《みやげ》もさることながら、カロリー補給とか、口直しに使えるかなぁ、と思ってさ。

「あ！　セノン、ズルい……！　わたしも食べる！」

「オレにも！　オレにも分けてよ、リンちゃん！」

……まぁ、そうは問屋が卸さないのが、ウチのパーティなわけですが。

セノンさんだけじゃなく、アリアさんとエドさんも素早く食らいついてきた。こうなってくると、隣のヴィルさんからも〝俺も食べたい〟オーラが漂ってくるわけで……ひいては、【蒼穹《そうきゅう》の雫《しずく》】のメンバーさんの視線だって突き刺さるんだよなぁ……！

「あの……もしよかったら、皆さんもどうぞ……」

私にできることと言えば、テーブルの中央にクッキーの袋を置くことしかできなかったよね、うん。

「え、私たちもいいの!?　ありがとう！」

「やったぜ！　アンタの作る料理、気になってたんだよなぁ！」

「けっこう多めに持ってきてますし、みんなで食べた方が美味しいと思うので」

目を輝かせるロルフさんとササさんとは対照的に、こちら側の陣営からはちょっと憮然《ぶぜん》とした雰囲気が漂っている。みんなの言いたいことは、なんとなくわかる。ここにいる全員で食べたら、自分の分が減るって言いたいんだよね？

……とはいえ、【暴食の卓《ウチ》】はいいけど、【蒼穹の雫《そちら》】はダメです、とか言えないことは、さすがにみんなもわかってるんだろう。

「うちの飯番は、こういうところが甘くて困る……」

「ふふ。こういうのは、〝甘い〟じゃなくて〝優しい〟って言うんじゃないかな？」

大きく息を吐き出した後、真っ先にクッキーに手を伸ばしたヴィルさんに続くように、四方八方から手が伸びてきた。自分としては結構な量を持ってきてたと思っていたんだけど、さすがに八人という人数にかかれば、偏《ひとえ》に風の前の塵《ちり》に同じか……。

有名な軍記物では『遠く異朝をとぶらへば』と続いたけど、私の場合は昨日の夕飯の争奪戦や、この前のオヤツ争奪戦をとぶらへばいいんだろうか？

「いや、うっま！　なんだこれ、めちゃくちゃ美味《うま》い！　凄いな、リン！」

「スゴいスゴい！　なにコレ本当に美味しい！　お店のよりも美味しい！」

「…………………超、美味……！」

早速クッキーを頬張った【蒼穹の雫】のメンバーさんたちの顔がパァッと輝いた。興奮気味のロルフさんとササさんに続き、銀星さんまで声を上げてくれた。目は口ほどにものを言うっていうけど、夜半の湖畔みたいな静かな瞳がキラキラ輝いてるところを見るに、お世辞ではなさそうだ。

確かに【暴食の卓《ウチ》】のメンバーには好評なオヤツだけど、ここまで喜ばれるとは思わなくて、なんとなく気恥ずかしい。

今回のクッキーは、〝エルフ〟っていう単語から連想してしまったナッツたっぷりの甘いクッキーと、チーズを練り込んだしょっぱい系のお食事クッキー。甘い、しょっぱい、甘い、しょっぱいの無限ループができる系ともいう。

私のそばで「そうだろうそうだろう」と言わんばかりに頷《うなず》いているウチのメンバーの後方――横方？――での彼氏彼女面もまた、その気恥ずかしさに拍車をかける。

「凄いね、リンさん。こんなに美味しいものを作れるんだね！　どこで教わったの？」

「え、っと…………母、が……よく作ってくれまして……」

クッキーを片手に人好きのする笑みを浮かべるアルトゥールさんに、つい「元の世界ならわりと簡単に作れるお菓子で……」って答えちゃいそうになって、慌てて無難な回答を口にした。危なかったぁ……！

ニッコリ笑ってアルトゥールさんを見つめ返すと、これまたはんなりとした笑みが返ってくる。

……隠し事に気付かれたのか、気付かれていないのか……ちょっとよくわかんない笑顔だな？

私が異世界から来たっていうことは、秘匿しておかなきゃいけない重要事項なんだろうから気を付けないといけないいんだけど……気を抜かないようにしないとな。

「ああ。母君伝来のレシピなんだ。それじゃあ、この美味しさも納得だね」

「母も祖母も料理上手《じょうず》なもので。色々な料理を教えてもらいました」

「羨《うらや》ましいなぁ。僕の母は、あまり料理が上手ではなかったからねぇ」

「お、母親直伝のレシピか！　他に、どんなレシピがあるんだ？」

余計なことを話さないよう言葉を選んだんだけど、思った以上にロルフさんに食いつかれちゃった。

ここは、話していい情報とダメな情報の取捨選択を上手《うま》いことやらないと……。情報を引き出したけりゃ、私を言いくるめるか、説得するかしてちょーだい、って感じ。

「いいでしょ。リンのごはん、ちょーおいしいの……！」

「まぁ、オレたちはいっつも食べられるんだけどね～」

「ほかの味の、クッキーも美味《おい》しい！」

そんな私の思惑を知ってか知らずか……。自身の分のクッキーを確保したアリアさんとエドさんが、アルトゥールさんたちとの会話にドヤ顔で割り込んできた。気を付けていても、うっかり口を滑らせてしまいかねない私にしてみればありがたい横槍《よこやり》だ。

相変わらずの横方彼氏彼女面は、やっぱりちょっと恥ずかしいけどね！

「確かに。俺はこのナッツクッキーも好きだが、ハールベリーが入ったものも好きだな」

「私は、この前いただいたチーズとトマトのケークサレがとても美味しかったです」

そこにヴィルさんとセノンさんまで加わって、尋問の場はあっという間に私が作った美味しいもの発表会会場と成り果てた。

作った本人としては恥ずかしさが勝るけど……まぁ、みんなが喜んでくれた結果と思えば……嬉《うれ》しい、かな。

……なんて。ちょっぴり浮き足立ってたせいだろうか。さっきまでクッキーをパクついていたロルフさんたちの雰囲気が変わったのに気付けなかったんだよねぇ……。

「…………て………………もん！」

「はい？」

「ロルフのご飯だって美味しいのよ！　この前の炙《あぶ》り肉なんか本当にスゴくて、エールがあったら樽《たる》が空くのが確定してたくらいだったんだから！」

と。反撃の狼煙《のろし》が立ち上ったのは、愛らしい神官戦士の口だ。

桃色の頬をぷくりと膨らませたササさんが、猛然たる勢いで立ち上がった。本人的には怒ってるんだろうけど、なんかいまいち迫力に欠ける。可愛《かわい》らしいというか、微笑《ほほえ》ましいというか……ちっちゃいこが駄々こねてるだけにしか見えないんだよなぁ。

でも、そんなササさんの声と、無言ながらも拳《こぶし》を握る銀星さんに応えるようにロルフさんが椅子を弾《はじ》き飛ばす勢いで立ち上がる。

「ああ、そうだな！　オレだってウチのパーティの胃袋を賄ってきた自負がある！　そう簡単に負けるつもりはないぜ！」

「えっ……ちょっと待ってください！　別に、私たち、競い合ってるわけじゃないですよね⁉」

「ああ！　確かに、勝負はしていない。勝負はしてないが……これはおれへの挑戦だ！」

咄嗟《とっさ》に言い返すことはできたけど、ロルフさんの勢いは止まらない。それどころか、さらにヒートアップしてるようにすら思うんだけどおおお！　え、なにこの空気？　いつの間にか勝ち負けの話になってない？

ヴィルさんも、アルトゥールさんも……この状況を宥《なだ》めようとはしてくれているけど、火が付いた双方のメンバーは止まらない。

「リンのごはん、美味しいもん！　絶対負けない！」

「へっ！　今に吠《ほ》え面《づら》かかせてやるぜ！」

「そう簡単には認めるわけにはいかないってことを教えてあげるわ！」

戸惑う私とは裏腹に、周りのみんながどんどんヒートアップしていく。

ウチの子――私もロルフさんも〝子〟って歳《とし》ではないんだけど……――自慢が高じたせいで、対抗心に火が付いちゃったみたいだ……。ちょっとやそっとじゃ収まりそうにないんですけど⁉

当事者の片方である私を置き去りにしたまま、事態がどんどん進んでいく。

論争に加わっていないのは、にこにこと底の読めない笑みを張り付けたままのアルトゥールさんと、シワの寄った眉間《みけん》を隠すように片手で覆ってため息をつくヴィルさんだけ。リーダーまで出張ってしまったら、後に引けなくなることがわかってるんだろう。

なお、先ほどの腸詰めでノックアウトされっぱなしのグロッキーごまみそは、戦力には数えないものとする。

「待って待って待ってください！　別に、どっちのご飯が美味しいとか、そういうことで喧嘩《けんか》したくないです！」

思った以上に熱血漢だったロルフさんに、手を上げつつ立ち上がった。

さすがにこの場にいる全員を止めることは難しいけど、せめて争点の一人であるロルフさんだけでも鎮静化させておきたい！

「そもそも、ウチのメンバーが私のご飯を美味しいって言ってくれるのは、ある意味で当然なんです。だって、みんなの好みの味になるように作ってますから」

「む……そう言われたらそうかもしれないが……」

「でも、それはロルフさんだって同じでしょう？　そちらのメンバーの好みに合わせてご飯を作るから、皆さんもロルフさんのご飯が美味しいって主張してるわけですし」

「…………………おぅ、まぁな……」

「だから、〝どっちが美味しいか〟じゃなくて、〝どっちも美味しい〟だと思います」

個人的に、味覚なんてその人個人の主観が大きいものに、白黒つけてどうするのか、と思うんだよ、私は。〝どっちも美味しい！〟でいいじゃん！

それにさぁ……。もし万が一料理勝負とかになって、きっちり勝敗がついたとして……負けた方のチームの気持ちを考えてごらんなさいよ。ずーっと〝負けた方のご飯か……〟って思って食べなきゃいけないわけでしょ⁉　作る方だって、〝負けた方でごめんね……〟って思いながら作り続けなきゃ……ってことでしょ⁉　そんなの、パーティの絆《きずな》に亀裂入りまくりじゃん！！！

パーティ崩壊に繋《つな》がりかねない勝負事なんて、私は絶対にイヤだからね！！！

「そもそも、私、ロルフさんがどんな料理を作るのかとか、どんな料理が得意なのかとかも知らないんですよね。それなのに〝お前の料理には負けない〟って言われても、ちょっと返答に困ります」

「あ、そっか。そういやそうだったな」

「なので、あとでロルフさんのご飯味見させてください。その上で、お互いにここが美味しいとか、どういう味付けが好きとか……そういうご飯トークしましょう！」

正論砲が効いたんだろうか。今の今まで興奮しきりだったロルフさんが、我に返ったように目を瞬かせる。ちょっとは冷静さを取り戻してくれたかな？　争点になってる私とロルフさんがお互いに落としどころを見つけられたなら、あとはそれを興奮してるみんなに伝えて落ち着かせれば、この喧騒《けんそう》も落ち着いてくれる……ハズ！

そんな私の考えに気が付いてくれたのか、ロルフさんも同じような顔で頷いてくれてるし。

「はいはい、皆さん落ち着いてください！　私とロルフさんとで一応の決着はつきましたから、どっちが美味しいか論争はひとまずお開きです！」

「おれの飯が美味いって言ってくれるのは嬉しいけど、ササも銀星もちょっと落ち着けって！」

二人で手をパンパン叩《たた》きながら闘争の場に割って入ると、面白いように静けさが広がった。

よし！　とりあえず、コレである程度は落ち着いてくれたでしょ！　これ以上熱くなっちゃったら、「料理勝負だ！」とか言い出しかねないし……。そんなことになったら、お互いに引けなくなるばっかりじゃんねぇ……。

すっかり落ち着いてしまった当事者《わたしたち》を見て、周りのみんなも渋々ながら上げた拳を下ろしてくれた。

「うう……まさかこんなことになるとは……」

「すまん、リン……止めきれなかった……」

「こっちも、止められなくてごめんね？　血気盛んなメンツが多い上に、みんな勝負事が好きなんだ」

「ああ、いえ……ヴィルさんやアルトゥールさんに謝っていただくことではないですし……」

ぐったりと椅子に座り込んだ私の背中を、心底申し訳なさそうな顔をしたヴィルさんがゆるゆる撫《な》でてくれる。困ったような笑みを浮かべたアルトゥールさんも、ぺこりと頭を下げてくれた。多分、メンバーを止められなかったことへの謝罪なんだろうけど……ああもヒートアップしてたら、止めきれなくても仕方ないよねぇ。

それに、冒険者の資質として血気盛んなのは悪いことでもないと思うわけで……。

「それに……ご飯係としては、論争のタネになるくらいに美味しく食べてくれてるんだと思うと、嬉しい気持ちもありますし！」

そう！　争点になるのはちょっと困ったけど、それだけ私のご飯を美味しい、って言ってくれてるわけですし？　その点に関してはめちゃくちゃ嬉しいよね。

「あっ、その気持ちわかるぜ！　おれの飯美味いって思ってくれてるんだなってわかると、嬉しいよな！」

「準備の手間とか、調理疲れとか……何もかも吹っ飛びますよねぇ」

「わかるわ〜〜〜〜」

しみじみした顔で頷いてくれるロルフさん。どうやらご飯番あるあるだったらしい。理解者がいてくれてよかったぁ！

お互いにしたり顔でうんうん頷き合う私たちを眺めつつ、アルトゥールさんが柔らかな笑みを浮かべて静かに席を立った。

「さて。論争も収まったところで、僕たちはそろそろお暇《いとま》しないと……」

「え……あ、もうそんなに時間が経《た》ってたんですね！」

名残惜しそうな、申し訳なさそうな顔をしたアルトゥールさんの様子に空を見上げれば、中天にあったはずの太陽はやや西に沈みかけていた。まだまだ明るいけど、昼の最中《さなか》を過ぎたことをはっきりと感じ取れる。

いつもなら、そろそろ夕飯の準備をしないとなーって思い始める時間帯だ。野営車両《モーターハウス》があるとはいえ、日が落ちてから始めたんじゃ時間がかかっちゃうしね。

「ロルフさんたち、ご飯の準備とか大丈夫ですか？」

「おう！　今回はアルの伝手《つて》で宿取ってもらったからな。泊まりの最中は飯の支度からは解放される……はず、なんだが……」

「………ああ……ええ。お察しします……」

お宿を取ってるならご飯もついてくるだろうけど……その味が、ね。ついさっき、強烈な洗礼を受けたもんね。もしかしたら、素泊まりプランに変更した後、ご飯はロルフさんが作るパターンもあり得るんじゃないかなぁ。

だとしたら、この時間帯でお暇するのは正解かもしれない。あんまり遅くなると、薪集めとか材料集めとか大変になるからね。

「お祭りが終わるまではこの里にいるつもりだし、また会えたら嬉しいな」

「そうですね。なんだかんだで話し足りない感じもしますし……その時は、是非！」

「ええ。それでは」

ひらひらと手を振るロルフさんとササさん、目礼の後静かに踵《きびす》を返す銀星さん。最後にこちらに笑顔を投げて立ち去っていくアルトゥールさん。広場を離れていくアルトゥールさんたちを見送って、私は詰めていた息をふうと吐き出した。

一段落ついたと思ったら、急に全身が重くなる。突然の論争に、思った以上に消耗してたっぽい。うーん。膝《ひざ》の上で寝ちゃったおみその背中を撫でる手が止まらん……。この翼の間の毛がね……もふもふのスベスベで気持ちいいなぁ……。

「一時はどうなるかと思ったが、丸く収まったようで何よりだ」

「ご飯の話から、まさかこんなことになろうとは思いもしませんでした……ロルフさん、【蒼穹《そうきゅう》の雫《しずく》】の皆さんに愛されてるんですねぇ」

椅子に腰かけ直したヴィルさんの呟《つぶや》きに、思わずため息が漏れた。

「あのね、リン……カッとなって、言い返しちゃって……ごめんね……」

「なんか、オレたちも冷静になりきれなくてさ。本当にごめん！」

「ああ、いえ。さっきも言いましたが、美味しいと思ってくれてるのはすっごく嬉しかったので！丸く収まったことですし、気にしないでください！」

しょげた顔で頭を下げるアリアさんとエドさんに、慌ててフォローを入れる。二人とも反省してるみたいだし、過ぎちゃったことを責めても仕方ないしね。

多分、言い返してきたササさんも同じような気持ちだったんだろう。私の料理ばっかり褒められてる気分になって、ロルフさんが傷ついてるんじゃないかって思っちゃったんじゃないかな？

今回は、善意と善意がぶつかっちゃった感じで、誰も悪くないと思うんだよなぁ。

私が怒ってないことがわかったのか、アリアさんとエドさんの顔がパァッと輝いた。元気を取り戻してくれた二人を眺めながら、私はセノンさんに向き直った。

「あの、セノンさん。少し相談があるんですが……」

「どうしました、リン？　もしかして、エルラージュに帰る気になりましたか？」

「え、あ……いや……せっかくなので、トーリさんたち用に買っていく、エルフの里らしいお土産《みやげ》を聞きたかったんですが……」

穏やかな笑みを浮かべて首を傾《かし》げていたセノンさんが、私の返答を聞いて当てが外れたような顔でガクリと肩を落とす。

「え、あ……そういうことですか……。てっきり、料理の酷《ひど》さにトンボ返りしようという提案かと思ったのですが……」

「いやいやいやいや！　なんでそんなこと言うと思ったんですか！」

ちょっぴり残念そうな顔をしたセノンさんに、思わず全力でツッコんじゃったけど……私、別に悪くないよね？

料理が酷いからソッコーで帰るって……どんだけ人非人なんだって話よ！

思わず反論しかけたんだけど……。

「そんなの…………私がもうエルラージュに帰りたいからです！！！」

「あ、あぁ～～……」

「私の言った通りだったでしょう⁉　私が出ていってからしばらく経っているっていうのに、一向に料理が進化した気配もない‼　交易もあるはずなのに、どうしてこうも頑なに伝統の味を変えようとしないのか……！！！」

わっと泣き伏せそうな勢いで、セノンさんがテーブルに突っ伏した。あまりの迫力に、思わず声が上ずる。

久しぶりに口にした地元の料理に、心底絶望しきっているらしい。故郷の味への反応がコレって……さすがに気の毒になってきちゃったなぁ……。

いたく落ち込んでいるセノンさんをどう慰めるべきか……私が考えあぐねているうちに、どん底エルフさんに更なる追い打ちが……。

「セノンも、皆さんも……ここにいたのね」

「か、母さん……！　わざわざ追いかけてきたんですか⁉」

「だって、あまりにも帰りが遅いんだもの！」

銀色の長い髪を風に遊ばせながら、走り寄ってきたのはルーシャさんだった。悲鳴じみた声を上げるセノンさんを気にするふうもなく、人当たりの良さそうな柔らかな笑みを浮かべている。

「すぐ戻るかと思ったのに、いつまで経っても帰ってこないから……母さん心配で心配で……！」

「知り合いに会って話が弾んだんですよ。第一、里の中で何かに襲われることもありませんから大丈夫です」

「…………あら。そう言われてみれば、そうだったわねぇ……」

「あなたは私と違って原住民なんですから……里の日常には詳しいはずでしょう？」

おっとりのんびり首を傾げるルーシャさんに、セノンさんが呆《あき》れたように首を振った。そんなつれない息子の様子に、ルーシャさんはなんとも不服そうに頬を膨らませている。

……なんか……初めて会った時から思ってたけど、ルーシャさん、ずいぶんと気持ちが若いな？

いやまぁ、見た目も十分に若いんだけどさ……。

「原住民だなんて酷い言いぐさよねぇ……どれだけ未開の地だと思ってるの？」

「少なくとも、食文化に関しては〝未開の地〟以外の何ものでもないのでは？」

「んもぅ……セノンは昔から食べ物にはうるさいんだから……死んだ父さんに似たのねぇ」

……おっと？　今、サラッとセンシティブかつプライベートな話題が出なかったか？　咄嗟《とっさ》に聞き流したけど、これ、私たちが聞いていい情報なの？

視線だけをセノンさんたちに向けると、セノンさんもルーシャさんも……気にしてる様子は全くないけど……。

「ん？　あら、ごめんなさい！　気を使わせちゃったかしら？」

「父が亡くなったのは、もうずいぶんと前なんです。それこそ、今はもうすっかり笑い話にできるくらいには、ね」

「もうねぇ……エピソードに事欠かない、大変な人だったのよぅ！　セノンと一緒に遊びに行って、セノンを置いて一人で帰ってきちゃったりねぇ」

周囲に漂う気まずい雰囲気を察知したんだろう。その空気を払拭《ふっしょく》するように、ヒラヒラと掌《てのひら》で空気を扇ぐルーシャさんが明るく笑う。セノンさんも、ふと昔を懐かしむような、どことなく呆れたような……なんとも複雑な笑みを浮かべていた。

どこまで突っ込んでいいのかわかんないけど、そんなこと言われたらすっごく気になるじゃないですかー！

「ふふ……！　思い出したら、なんだか懐かしくなっちゃったわねぇ。家に帰って、お茶でも飲みながら昔話に付き合ってくれる？」

朗らかな笑みを浮かべたルーシャさんのお誘いに、セノンさんを除いた全員が「是非！」と即答した。

「ああ、そうそう。エルフの里の料理はアレですが、工芸品や手芸品はなかなかの品質です。お祭りの最中はそんな屋台も出ますから、お土産はそれがいいのでは？」

「あら？　お土産が欲しいの？　ドライフルーツとか、里の周辺で採れる薬草を使ったブレンド茶も人気があるのよ！」

「人の口に入るものなんですよ！　エルフ刺繍《ししゅう》のリボンや、木彫りのマグの方が喜ばれるに決まってます！」

帰り道、頑なに食べ物以外のお土産を推すセノンさんに、意志の強さを感じたのは言うまでもない。

幕間

ご機嫌な猫の喉《のど》音を数十万倍も大きくしたような音で、ふと意識が浮上した。今やパーティの一員になった翼山猫《ウイングリユンクス》がそばにいるのかと思って手を伸ばすが、掌に伝わるのはざらりとした布と人肌の温もり。

そこでようやく、エドの隣で眠っていたことを、アリアは思い出した。

カーテンの隙間から見える空はただ暗く、夜が明けるにはまだ早いことを教えてくれる。

セノン母によるおしゃべりと歓待とをどうにか辞して、リンが召喚した野営車両《モーターハウス》に戻ってきたのはつい先ほどのような気がしたのに……いつのまにかどっぷりと眠り込んでいたらしい。

静かに上下するエドの胸に、アリアはそっと顔を寄せた。

（……あれ？　ごまちゃん、リンと寝てるのに……なんで、ゴロゴロしてるの……？）

何だかんだでメンバーに懐いているごまみそも、寝る時はいつもリンのそばにいる。喉を鳴らす音が聞こえるはずもないのだが……。

そこまで思い至った時。未《いま》だ微睡《まどろ》みの中で揺蕩《たゆた》うアリアに、空を裂く閃光《せんこう》と耳をつんざく大音声とが襲いかかった。

「…………………………！！！」

敵襲ではない。雷だ。

頭ではそう判断したものの、非常時に慣れた身体《からだ》が勝手に飛び起きる。

もちろん、アリアだけではなかった。隣で寝ていたエドを始め、居室《キャビン》のそこかしこで仲間たちが跳ね起きる気配がする。人里なら魔物の襲撃もないだろうとのことで、今夜は見張りを立てずに全員一緒に眠ったのだ。

常夜灯の淡い光のなか、目を覚ましたメンバーは無言でお互いに見つめ合った。

雷だけでは飽き足らず、ついには激しい雨まで降ってきたようだ。大粒の雨が野営車両《モーターハウス》の屋根を打ち付け、バチバチと鋭い音を響かせている。

「うっわ……！　雨も雷も凄《すご》いよ……！　外があんまり見えないや」

「昼間……あんなに、晴れてたのに……」

「この時期は、こんなに急に天候が変わることは珍しいんですがねぇ」

カーテンを開けても、外の様子を窺《うかが》い知ることができない。ほんの一瞬、雷光が幾度も閃《ひらめ》いて周囲を照らすだけだ。

降りしきる雨が窓ガラスの表面を伝って滝のように流れ落ちているせいで、まるで水の中からものを見ているような気分だ。

「天候は、俺たちがどう足掻《あが》こうとどうしようもないからな。リンのスキルのお陰で濡《ぬ》れずにいられるのは僥倖《ぎょうこう》だ」

しみじみと呟くヴィルの言う通りだ。かつて四人で活動していた頃は、夜営中にこんな大雨に降られたら、会話を交わす暇などありはしなかった。自分や荷物が濡れないように右往左往し、それだけで体力を削られていたように思う。

それが今や、雷鳴が響きバケツをひっくり返したような雨が降っているにもかかわらず、のんびり過ごせているなんて……。

「マジでさー……リンちゃんが来てから、いい方に変わりまくりだよね」

「ん……ご飯も、移動も……すごい……！」

ヴィルがリンを連れてきてからというもの、アリアたちの生活の質は爆上がりだ。リン本人にその自覚は薄いようだが、ここ最近【暴食の卓】が活躍できているのはリンのお陰と言っても過言ではない。

ご飯は美味《おい》しいし、移動は楽だし……探索や採取、討伐にだけ集中できる環境が、こんなにも快適だったなんて……！

そんな快適生活の立役者は、野営車両《モーターハウス》のバンクベッドを寝床にしていた。今もなお車の外は大荒れだというのに、リンがいるバンクベッドからはなにも反応がない。

「リン……まだ、ねてる……のかな？」

「大丈夫だとは思うんだが、念のため様子を見てきてもらってもいいか、アリア？」

「ん！　おまかせ！」

物音一つしないバンクベッドを心配そうに見やったヴィルの言葉に、アリアはぐっと胸を張る。

こんなド深夜に女一人と猫が眠る寝室に押し掛けられるのは、同性であるアリアくらいだ。

運転席の後ろに下ろされた梯子《はしご》に足をかけ、ひょいっとベッドの上を覗《のぞ》き込む。

「んんん……あとごじゅっぷん……」

『朕……もー、おなかいっぱぁい……』

なんとも古典的な寝言を呟《つぶや》きながら、無防備に眠る一人と一匹……。ごまみそに至っては、すっかり野生を忘れたように腹を丸出しにして眠っている。

安らかに寝息を立てる主従を起こすのも気が引けて……アリアはそのままそっと階下へ足を下ろした。

「リンも、みそちゃんも……よく、寝てた」

「そうか……それなら、このまま寝かせてやった方がいいだろうな」

「今のオレたちの生命線だもんねー」

「大事にしないといけませんよね、本当に……」

見たことをありのままに報告をすれば、リーダーはあっさりと決断を下した。一も二もなく仲間たちが肯定の意を示す。アリアも、もちろん賛成だ。

天候が大荒れの今、籠城《ろうじょう》できるこの野営車両《モーターハウス》は生命線と言ってもいい。

リンが何くれとなくメンバーを気遣ってくれるように、アリアたちだってリンを労《いたわ》りたい。日頃の感謝を伝えたいのだ。

「……それにしても、酷《ひど》い雷雨だな……風がないのが救いか」

「幸い、我が家は山からは遠いので土砂災害の心配はないとは思いますし、居住区の木には避雷の魔法もかかっています、が……。万が一の際は防災連絡の魔導放送が流れますから、それに従ってください」

「防災連絡……そんなのがあるんだ……」

聞きなれない単語だが、言葉の感じからして避難勧告や被害情報などを伝えるための魔法なのだと推測された。周囲と街から離れている分、有事の際は危険事項を里内で共有して対策に当たるために発達したのだろう。

「ふむ。何か起きた時にその放送を聞き逃すのは不味《まず》いな。誰か見張りを立てるか？」

「放送の前に、結構な音量でサイレンが流れますから。そこまで深く眠らなければ、目は覚めると思います……が、万が一のことを考えると、順番に仮眠をとるのが一番でしょうね」

「なるほど。ある意味いつも通り、って感じだね」

「ん……それがいい、かも……」

雨は酷いが、風はさほど強くない。折れた枝が飛んできたり、押《お》し潰《つぶ》されたりする心配はなさそうだ。

その上、順繰りの見張りは今まで何度も経験していることでもあるし、こんな大荒れの天気でも問題なくこなすことができるだろう。

さっさと順番を決め終わると、メンバーたちは三々五々床に就いたのだった。

第三章

【……は…………です。……ざい、わた…………の、みな……は…………とに、で……よう……】

ざらついた声で、誰かが何かを喋《しゃべ》っている。そう自覚した瞬間、すーっと瞼《まぶた》が持ち上がった。寝起きの目に、よーく見慣れた猫の尻《しり》が飛び込んでくる。

「おみそよぅ……お前の野生、どこ行った？」

もしゃもしゃと背中を撫《な》でても、ごまみそは眠りこけたまま。もう手放す気はないけど、万が一ダンジョンではぐれたりしたら生きていけるんだろうか……。

仏心を出した私が従魔の未来を憂いている間も、私を起こした何かが喋り続けている。

【……こちらは……エル……里広報です。現在……が、大量発生して……す】

ん？　んん？？？　なんかこういうの聞いたことある！　田舎《いなか》のばーちゃんちの、防災無線！

エルフの里にも、似たようなものあったんだ！

……っていうか、もわんもわんと反響しまくって聞きにくいけど、もしかして、何かが大量発生してるって言ってる？

「おみそ、起きて！　なんか大変なことが起きてるっぽい！」

『んぅ〜〜ちん、もう……おなないっぱいぃぃぃ……』

「幸せそうな夢見てるなぁ！　でも、今はちょっと現実に戻ってきて！　うぇいかっぷ！」

幸せそうに惰眠を貪《むさぼ》る猫を小脇に抱え、梯子を半ば滑るようにして階下に降りる。

慌てっぱなしの私と違って、みんなが騒いでる感じは全くない。だからてっきり、大した事態ではないのかなーなんて思ってたんだけど……。

「ヴィルさん！　さっきの放送きき、ま……し…………た……？」

自分でも、語尾がすぼんでいくのがわかった。

だって！　だってぇぇぇ！　フロントガラスにも、サイドの窓にも……なんか白いものがへばりついてるんですけど〜〜〜〜！！！　しかもコレ……生きてる……ウゴウゴしてるぅぅぅぅ！

もしかしてもしかしなくても、コレがあの放送の原因か⁉

「な……な……なんですか、これ〜〜〜〜〜〜⁉⁉⁉」

「ああ。おはよう、リン。起きたのか」

「おはよー、リンちゃん。起き抜けから元気だねぇ」

「おはよ、リン」

麦茶を飲みつつ軽く手を上げるヴィルさんと、ニコニコ顔で手を振ってくれるエドさんとアリアさん。もはや半泣きで叫ぶ私とは裏腹に、もうとっくの昔に起きていたらしいパーティメンバーはみんなけろっとしたもんだ。

……えーと……ヴィルさんたちが寛いでるってことは、重大な脅威に晒《さら》されてるわけじゃないってことなのかな？　見た感じは大惨事っぽいんだけど……。

窓の外で蠢《うごめ》く白い毛玉に興奮してるのか、カカカッとクラッキングするごまみそ。その声を聴きつつ、私もヴィルさんたちの話に加わるべくソファに腰を下ろす。

「リンもあの放送を聞いたのか？」

「ええ。なんかが大発生してるっていうのは聞こえたんですが……もしかして……」

「うん。十中八九〝コレ〟のことだろうね～」

私たちの視線の先では、けっこうな数の白いモノが蠢いたり、飛び交ったり……。

【綿毛鳥《コットンバード》　無毒
非常に小さな鳥の魔物。毒はないが、あまりに小さく食べるには向かない。

その正体は魔力の塊とも言われており、しばらくすれば大気に溶けるように消えてしまう。

攻撃性はないものの、魔力の塊だけあって周囲の魔力や魔素を高めてしまう傾向にあり、他の魔物や魔生物を招いてしまうこともある。

また、非常に小さいため、呼吸のたびに吸い込んでしまい、呼吸困難になってしまうことも……】

「こっとん、ばーど……ねぇ？」

正体見たり……じゃないけど、落ち着いて見てみればちょっと可愛《かわい》いかもしれない。真っ白な毛玉に、つぶらな黒い瞳とちっちゃな嘴《くちばし》があって……ケサランパサランとシマエナガを足して二で割った感じ。

しかも、食えるか食えないかを重点的に判断してくれる生存戦略《サバイバル》さんが【無毒】ですって！　でかい毒ガエルやデスワームですら【可食】と言い張った生存戦略《サバイバル》さんが、だよ⁉

もしやこれが〝煮ても焼いても食えないヤツ〟ってこと⁉

……いや、でも……サイズだけが問題なら、まとめてかき揚げにでもしちゃえば食べられるのでは？　でもそれだと、衣に邪魔されて綿毛部分の食感が悪くなりそうだしなぁ……。

毒はないと知って、この大量発生した生物をどうにか食材にできないか考えてたけど……ふと違和感を覚える。

「そういえば、セノンさんは……？」

みんながいるなら、セノンさんもいるかなと思ったのに……いっこうに顔が見えず、思わず首を傾《かし》げてしまう。

「ああ。セノンは実家に向かったぞ。ご母堂の様子が心配なんだそうだ」

「なるほど……こんな非常事態ですし、お身内のことが気になりますよねぇ」

「放送だと〝家の外に出ないで〟って言われてたみたいだけど、里の中の移動はできるみたいだし

……アリアが、頭を覆う網を編んだから、念のためそれを被《かぶ》ってったよ～」

「わたしが、つくりました！」

セノンさんの所在がわかって安心した私の前で、アリアさんがドヤッと胸を張る。頭を覆う網ってことは…………養蜂家みたいなカッコをしたセノンさんが、ルーシャさんとこに向かう姿を想像しちゃったよね。

確かに、この状況で外に出るなら防虫マスク被るっていうのはいい案だと思う！　呼吸のたびに、口とか鼻に綿毛鳥が入ってきそうだもん。

「それにしても、昨日まではなんともなかったですよね？　なんで綿毛鳥が一晩でこんなに大量発生しちゃったんでしょう？」

ここまで大量発生するなら、前兆みたいなものがあってもおかしくないはずなのに……昨日里の中を歩いた時には、綿毛鳥なんて見てない気がするんだよ。結構小さな生き物だけど、こんだけ白ければそれなりに目立つと思うし。

昨日まではさっぱり姿を見かけなかった生き物が、たった一晩でこんな爆発的な数になるとか、あるぅ？

いや、でも、カゲロウが一夜で大量発生して道路を埋め尽くしたとかってニュースを見たことがあるし、もしかして似たような生態なのか？　だとしたら、いったいどこで羽化なり繁殖なりしたんだろう……？

思わず考え込んだ私の耳に、ドンドンとドアを叩《たた》く音が届いた。

「ただいま戻りました。入っても大丈夫ですか？」

「ああ、戻ったか、セノン。今開ける」

「え、あ……ま、待ってください、ヴィルさん！　綿毛鳥が中に入ってくるかも！」

軽くドアを叩く音と共に、セノンさんの声がする。悠然とレバーに手をかけようとするヴィルさんに、私は慌てて駆け寄り、そのままがっしりと手首を掴《つか》む。

えーっとね……生存戦略《サバイバル》さんが反応していないから、セノンさんを装った罠《わな》……とかではないと思うんだけどもさ。何の対策もしないままドアを開けたら、あの綿毛鳥が車内に入り込むんじゃないかって思ってさぁ！

だって、外は綿毛鳥が雪みたいに舞い踊ってるんだよ!?

あれ？　でも、セノンさん、一回外出てるよね？　その時はどうしたんだろう？

車内に綿毛鳥が入り込んでいる様子はなさそうだし……もしかして、出てった時はこんなに発生してなかった、とかなのかな？

それとも、入り込んできたモノはみんなで駆除しちゃったとか……？

でもそれなら、駆除騒ぎで私も起きそうなもんだけど……。

「あ～……その件だけど、心配ないと思うよ、リンちゃん」

「……さっきも、はいって……こなかった！」

オロオロするばかりの私を安心させるようにエドさんとアリアさんがにこりと笑いかけてくれた。

「この野営車両《モーターハウス》には、リンちゃんが認めたヤツしか乗れないんでしょ？　だから、あの綿毛鳥も入ってこれないみたいなんだよねぇ」

「そう！　ほら……見てて」

「んぇぇ……」

ニコニコ笑顔でドアの方を眺めるエドさんたちにつられて、私とごまみその視線もそちらの方に向けられる。ちょうどヴィルさんが開いたドアから、セノンさんが入ってくるところだ。

……確かに……エドさんたちが言う通り、ドアは大きく開いてるのに綿毛鳥が入り込んでくる気配はまるでない。というより、セノンさんが叩き落としきれないまま髪や服のあちこちにへバりついてた綿毛鳥すら、ドアを通った途端にペイッと外に弾《はじ》かれてるんですけど！

え、え、え、え～～～～！！！！

「野営車両《モーターハウス》さん、マジで優秀すぎません？」

「リン自身のスキルなのに、そんな感想になるのか……」

ふす、と。噛《か》み殺《ころ》しきれなかったのであろうヴィルさんの笑い声が聞こえて、思わずジト目で睨《にら》んじゃったけど……私、悪くなくない？

「まったく……リンのスキル様様ですね。自宅は窓を閉めていても何匹も入り込んでいて……なかなかに大変でした」

「あぁぁ～～……こんだけいれば、ねぇ……駆除手伝ってきたの？」

「ええ。散々こき使われましたよ」

げんなりした顔で座席に座るセノンさんは、相当にお疲れのようだ。この様子だと、ルーシャさんに色々と仕事を頼まれたんだろうなぁ。

「そんな状態だったのに、気付かず寝てて申し訳ないです」

『朕もなー、起きてたらなー！　シュッシュッてしたのになー！』

うーん！　物音とかに気付いて起きられてたら、みんなの手伝いができたのに～～！　ごまみそはごまみそで、私に抱かれたまま前脚で素振りしてるし……やる気はあったんだねぇ。まぁ、遊び半分なんだろうけどもさ。

それなのに、ただただおみそと一緒にぐーすかしてたとか……これは罪深すぎるのでは？

……というか、おみそは私より鋭敏な耳やら鼻やらが備わってるんだから、ちゃんと目を覚ましなさいよ。野生どこ行った？

「いや……結果論にはなるが、こんな不可解な事態に陥ってる今、リンのスキルが生命線だ。休める時にしっかり休んでもらった方が、俺たちとしてはありがたい」

「ヴィルの言う通りです。母と話をしてきたのですが、家の中に綿毛鳥が入り込んでそりゃあもう大変でした。それと比べて、この車の中はとても過ごしやすい……」

「つまり、リンにはこの環境を維持してもらう必要がある。倒れられるわけにはいかない、ってことだ」

なるほど納得！　確かにこんな状況下じゃ、みんなで安全に引き籠《こも》れる場所は貴重だよねぇ。

それを思うと、私のスキルは籠城《ろうじょう》するにはおあつらえ向きのものだと思うんだ。この意味不明な状況がいつまで続くかわかんないけど、無限調味料と無限白米があるおかげで、長期戦にだって対応できる。そう、野営車両《モーターハウス》さんならね。

「それは……責任重大ですね！　しっかり食べて、しっかり寝ます！」

「ああ、そうしてくれると助かる」

グッと拳《こぶし》を握ってみせる私に向けられる、ヴィルさんの目はめちゃくちゃ優しかった。

こういう時、〝甘やかされてるなぁ〟って思うよ、うん。

「それじゃあ、しっかり休養をとるためにも……まずはみんなで朝ご飯食べましょうか！」

「え、ごはん⁉　きょうは、なに？」

「そうですねぇ……硬くなっちゃったパンでフレンチトースト仕込んでおいたんで、あとはベーコンかハムでも焼いて添えようかな、と」

うっかり食べるのを忘れてたバゲットを昨日発見しちゃってさぁ。寝る前に卵液に浸けておいたんだよね。

レンジにかけて中まで染み込ませるって方法もあるみたいだけど……カッチコチになった異世界パンを相手にするには、その方法だとちょっと力不足なんだよなぁ。

その点、時間をかけて浸け込んだやつは、ガチガチの異世界パンでも皮まで美味《おい》しく食べられる……というか、卵液を吸い込んでなお食感を残す皮こそが美味しい、というか……。

「情報は気になりますが、今はまずご飯を食べましょうか！」

「そうですね。まずは腹拵《はらごしら》えから始めましょう」

冷蔵庫から卵液が染み込んだパンを取り出しつつセノンさんに視線を向けると、美形エルフの柳《りゅう》眉《び》が下がる。なんか……話しにくそうだなぁ、っていうのがありありとわかる。

セノンさんの口が滑りやすくなるように、バターたっぷりで焼き上げてやろう……！

そんな良からぬことを考えつつ、私は愛用のフライパンを手に取った。

調理を開始してしまえば、出来上がるまでの行程は少ない。せいぜい、じっくりこんがり焼くために少々時間をかけたくらいだ。

「フレンチトースト……すっごく、美味しい！！！！」

「こんなに美味しかったら、いくらでも食べられちゃうよ～～！　リンちゃん、また作って！」

「作るのは構いませんけど、問題はフレンチトーストにできるほどバゲットが残るかどうかにかかってるんですよねぇ」

えー……今ー、私はー、ニッコニコのエドさんとアリアさんにー、手を取られてブンブン振られております。凄《すご》い勢いです！

……なんて……。台風の現地リポーターみたいなノリになっちゃったけど、この二人に全力で構われたら、そんな気持ちにもなろうってもんよ！　二人とも、相当フレンチトーストがお気に召したらしい。

気持ちは、わかる。バターたっぷりで焼き上げたフレンチトーストは、外はカリッと、中はトロットロに仕上がっていて……私史上最高の出来上がりだったもん！　最後に砂糖を振りかけてから焼き上げて、表面をキャラメリゼっぽくしたのも功を奏したような気がする！

そんな極上フレンチトーストのお供は、セノンさんが仕入れてきてくれた情報だ。

「母が知人と連絡を取ったらしいのですが、この状況がいつ頃始まったかがわかる住人には行き当たらなかったとのことでした。どうやら、朝になってみたらこの有り様だったようで……」

セノンさん曰《いわ》く、里の中だけで使える連絡用の魔導回路があって、ルーシャさんはそれで連絡を取り合ってるんだって。ふむふむ。有線電話……もっと言っちゃえば、複雑な糸電話みたいな仕組みなのかな？

どんな原理なんだろう？　ちょっと気になるよねぇ！

「……確かにな……俺たちも夜を通して見張りをしていたが、気が付いたのは明け方になってからだったしな……」

「綿毛鳥自体は弱い魔物なのですが、いかんせん数が多すぎて……みんな外出もままならない状態のようです」

神妙な顔のセノンさんが、大ぶりに切ったベーコンを口に運ぶ隣で、ヴィルさんが難しい顔でフレンチトーストを頬張っている。

……ふっふっふ……！　一瞬、二人の顔が緩んだの、バッチリ見たからね！　深刻な話をしている最中なのに、食べた人を笑顔にできるくらい美味しく作れていたようで何よりです。

「それじゃあ、ルーシャさんを始めとした里の住人さんたちも、ご自宅に籠城してるってことですよね？　食料とかは大丈夫なんですか？」

「ええ。エルフの里の立地上、自然災害が隣人のようなものですから。一ヶ月ほどは暮らしていけるよう、各家庭に備蓄があるはずです」

「それを聞いて、ちょっと安心しました」

生存戦略《サバイバル》さんも、綿毛鳥は放っておいてもそのうち消えるって言ってたし……。

それだけの備蓄があるなら、当面は餓死とかの心配はなさそう、かな……。もちろん、私の野営車両《モーターハウス》と違って物資に限りがあるだろうから、タイムリミットはあるだろうけどさ。

それを思えば、できるだけ早く解決に向かうに越したことはない。

「それにしたって、原因は何なんだろうね～？　こんなに大発生するのも珍しいんでしょ？」

「ええ。時々どこからともなく降ってくることもあるのですが、これほどまでに大発生したのは、母ですら初めてだそうです」

「……セノンママ、長生きしてるっぽいのに……それなのに、はじめて……なの……？」

「はい。あの見た目でそれなりの年のはずなんですが、全く記憶にないようで……古老に聞けば、また話は違うのかもしれませんがね」

うーん。長命種の代表格たるエルフ……その中でも、けっこうお年を召してるだろうルーシャさんでも知らない事態、か……。コレは面倒なことになりそうな予感！

「幸いというか、なんというか……里には魔物除《よ》けの結界が張られていますから、大部分の綿毛鳥はそこで弾かれているようです」

セノンさんの言葉に、つい窓の外に視線が向いた。ガラス越しに、しんしんと降りしきる牡丹雪《ぼたんゆき》の如《ごと》く真っ白な綿毛鳥がふわふわと宙を舞ったり、地面に積もったりしているのが見える。

「え……待ってください。弾かれてるのに、この量の綿毛鳥が入り込んでるんですか⁉」

「そういうことになりますねぇ……これでも、里の中はまだマシなんですよ。しっかり対策をすれば外を歩けますからね」

「……あ……結界が張られていない里の外は、とんでもないことになってるってことですか？」

恐る恐る切り出した私の質問に、沈鬱《ちんうつ》そうに目を伏せたセノンさんが静かに頷《うなず》いた。

「その上、有志が綿毛鳥の駆除に乗り出したらしいのですが、駆除するそばから降り積もるような状態らしくて……根絶は難しそうですね」

「これは……思った以上に大事《おおごと》なんじゃないか？　一ヶ月は備蓄があるとは聞いたが、果たしてその間に収まるかどうか……」

「確かに……現状、何もわかってないですもんねぇ」

深刻そうな顔で最後のベーコンを飲み込んだヴィルさんの言葉に、私は同意するように頷いた。

セノンさん曰く、綿毛鳥は強い魔物ではないから、駆除自体は簡単なんだそうだ。そもそも、ほっといても消えちゃうような魔物らしいし。

ただ、今回の場合、あまりに数が多すぎて、駆除の手も自然消滅も間に合ってないのが問題らしい。

「……自然の摂理の前では、人間の力なんてちっぽけだなぁって思いますよ……」

「立ち向かうには、あまりに大きすぎるものな」

フレンチトーストだけじゃ足りなそうなみんなのために、残りの冷凍ご飯を解凍して出すことにした。炊きたてじゃないのを補うために、ムラプラムの塩漬け――よーく塩の利いた梅干しみたいな味がする――を刻んで混ぜたものだ。ムラプラムの塩漬けはこっちの世界だとピクルス的な立ち位置らしくて、最初は驚かれたなぁ。

今となっては、程よい酸味が食欲をそそるらしく、パーティ内では結構好評な食べ方になってるよ。特におにぎりにすると、あっという間になくなっちゃうくらいには大好評なのよ！

言うて、塩プラムの混ぜご飯に焼いたお肉を載っけた丼も大人気なんだけどね。

…………え？　フレンチトーストの後に梅干しご飯はナシだろう、って？

細かいことはいいんだよ！　カロリーさえ摂《と》れればね！

「……………ってかさ、コレって本当に〝自然現象〟なの？」

「どういう意味だ、エド？」

「ん～～……だってさ、いくらなんでも、一晩でこんなに大量発生するもんなの？」

逸早《いちはや》く手を伸ばしたエドさんが、薄ピンクの塩プラム握りを頬張りながら首を傾《かし》げる。

……確かに……ずっと頭のどこかに引っ掛かってたことではある。

いくら向こうの世界でカゲロウの大量発生の事例があったからといっても、それは毎年恒例というか、ちょっとした周期的なものというか……何の理由もなく大量発生するようなものではなかったように思う。

突然発生した事例もあったようだけど、それも〝水がきれいになってカゲロウが住めるようになったから〟っていう理由があったみたいだし……。

「もしこれが自然現象だっていうなら、過去に何度か起きたことがありそうですけど、長く住んでるルーシャさんですら経験したことがない事態なんですよね？」

「ね？　そう考えると、人為的というか、何かしらの介入なりがあった、って考えた方が辻褄《つじつま》が合わない？」

「……エドの言うことも一理あるのですが、綿毛鳥を発生させてどんな利益が生まれるのか、というのがわからなくて……」

「あーね。こんな騒ぎを起こす動機も、メリットもないよなぁ……」

みんなでおにぎり片手に、あーでもないこーでもないと話を詰めていく。

天災か、人災か……今のところ、どちらが原因でもおかしくなさそうなんだよなぁ。

ただ、わかってることは、一刻も早くこの事態を収拾しなきゃマズイってこと。

いくら備蓄があるっていったって、外がこんな状況じゃァストレスの溜《た》まり具合が半端なかろうと思うんですよ。なにせ、こんな大量発生した綿毛鳥を一朝一夕でどうにかできるわけがなさそうだもん。

事態が長引けば長引いただけ、備蓄がどんどん減ってく恐怖と、今後の見通しがつかない不安と、外に出られない苛立《いらだ》ちと……それが全部一緒くたに襲いかかるわけでさ……そんなの、いつ爆発するかわかんないじゃん？

「ちなみに、綿毛鳥がどの辺りから湧いて出てるかーとか、その辺りの情報ってあるんですか？」

「ええ。物見によれば、祖霊木《シンボルツリー》……しかも、本家本元の祖霊木《シンボルツリー》の方から押し寄せてきているそうです」

「……なるほどな。誰かそっちを調べようとした住人はいるのか？」

「それが……綿毛鳥が大量に飛散していて、皆喉《のど》や目をやられて断念したそうです。一応、口や鼻を覆ったり、目を守ったりもしたそうなんですが……」

「まぁ、結界の中ですら、これだけ湧いてればねぇ……」

うわ……考えただけで喉と目が痒《かゆ》くなってきた！

でも、途中で撤退して正解だと思うわぁ。もしこの綿毛が肺に入ったら、病気になっちゃいそうだもん！

……だからといって、この状況を放っておくわけにもいかないよなぁ……。

「………行って、みますか？」

「リン……？」

「湧きスポットがわかってるなら、現地に行って調べるのが手っ取り早いと思うんですよ」

うん。だってこのままここで待っていても、きっと事態は好転しない。イベントの一つかもしれないし、そうじゃないかもしれないけど……それでも、現地に行ってみる価値は大いにあると思うんだ。

「それに、この綿毛鳥……消える時に魔力をまき散らすらしくて……このまま放っておいたら、その魔力目当てに他の魔物を呼び寄せちゃうかも！」

私の言葉に、みんなの間に激震が走った……ように見える。

「確かに、そうだな……このまま座して事の終息を待つというのは、いまいち俺たちの性に合わん」

「ちょっと長めの休暇のつもりだったけど……こうなった以上は仕方ないよね～」

「ん！　せかい、すくっちゃいますか……！」

ちょっと皆さんノリが良すぎません？　でも、みんなのそういうところが大好きですよ！

そうと決まれば、あとは行動あるのみ！

「とにもかくにも、そうと決まれば出発は早い方がいいですよね？　皆さんの準備が整い次第、車を出そうと思います！」

「ああ、わかった。そう時間はかからず支度ができると思う、が……セノン、御母堂に連絡はしておかなくて大丈夫か？」

「そういえばそうですね……こちらに戻る前に、私用の魔導回路を作ってもらったので、出発前に連絡しておこうと思います」

フレンチトーストにキャッキャしていたとは思えないほど、みんなキリッとした顔で準備を始めている。私ができることは、洗浄魔法をかけてもらったお皿を棚にしまって、運転席に移動するくらい、だなぁ。

こういう時の非戦闘要員って、ちょっと心苦しい感じがしちゃうなぁ。でも、きっとみんなは「そんなこと気にしなくていいよ」って思ってくれると信じてる。

だから私は、私にできることを一生懸命にやろうと思うよ！

「……未《いま》だ食文化も興きぬ忌まわしき土地だとばかり思っていましたが、こうなってみると存外に愛着があったことを思い知らされました……故郷を助ける機会を私に与えてくれて、感謝しています、リン。ありがとうございます」

「わー！　わー！　そんなに畏《かしこ》まらないでください！　私だけじゃないです！　みんな、この事態をどうにかしたいと思ってます！」

慈愛と苦悩と決意が混ざり合った、何とも言えない表情を浮かべたセノンさんにそっと手を取られた。そのまま手の甲を額に押し当てるように戴《いただ》かれ、ぴゃっと心臓が跳ねる。

美形にそういうことをされると心臓に良くないので、マジで勘弁してほしい！

「まぁまぁ、リンちゃん。リンちゃんも、準備があるなら早いとこ準備しなよ？」

「一緒に、せかい……すくうんでしょ？」

「——ッス！　世界、救わせていただきます！」

からかい混じりに左右からくっついてきたエドさんとアリアさんに腕を取られ、そのまま両手を高く掲げられる。

ちょっと男子も女子も～～！　マジメにやってよね～～！

……なんて、心の中のＪＣが顔を出したところで、思いっきり苦笑しているヴィルさんと目が合った。

んあー！　微笑《ほほえ》ましく見守られてる～～～！！！

……とにかく、ここでウダウダ言ってても始まらない！　さっさと行動に移らねば……！

エネルギー充填《じゅうてん》百二十パーセント！　ワイパー、フル稼働モード、オン！　野営車両《モーターハウス》、出ます！

…………みたいなノリで出発した…………のはいいんだけどさぁ。

里から出た途端、一気に視界が悪くなった。

「うううぅぅぅぅ……！　バチバチぶちぶちするぅぅぅぅぅ！！！！」

野営車両《モーターハウス》のワイパーがいい仕事をしてくれてるお陰でフロントガラスはきれいだけど、やっぱり大量の綿毛鳥がぶつかって何かが弾《はじ》けるような音と感触がする。タイヤからも、なにかをプチプチ踏《ふ》み潰《つぶ》してる感触がするしさぁぁぁぁ！

いったい何匹の綿毛鳥を犠牲にしているのやら……！　なんまんだぶなんまんだぶ……！

【三百メートル先、立ち往生が発生しています】

背筋を凍らせながらハンドルを握っている私の耳に、不意にナビの電子音声が届いた。

立ち往生って……この惨状の中ぁ⁉

「立ち往生⁉　セノンさんが言ってた、先遣隊の人たちですかね？」

「うーん……先行していた人員は、全員無事に帰ってきたはずですが……」

この状況下で外に出てるような人たちにふと思い当たって助手席のセノンさんに尋ねてみれば、全く予想外の答えが返ってきた。

「そうなんですか？　だとしたら、取り残された住人さん、とかですかね？　絶対ヤバいやつじゃないですかー！」

えぇぇぇぇぇぇえ！　まさかの一般里人さんとか！　ある程度防備していっただろう先遣隊の人たちよりも、確実に防御力が低そうじゃないですか！

綿毛鳥が入り込まない野営車両《モーターハウス》で駆け抜けてるだけでも事態のヤバさをありありと感じているのに、まさか生身でこの中を歩くなんて……！

い、命の危機に瀕《ひん》してるんじゃ……⁉

肌に綿毛が張り付く感覚や鼻や喉に綿毛が入り込む感覚を想像して、全身に鳥肌が立った。

それ以上にマズいと思ったのは、呼吸器にまで綿毛が入って呼吸困難になるんじゃなかろうか、ってこと！　窒息しちゃうじゃん！

「ヴィルさん！　救助者のところに着いたら、その人たちを中に入れてもいいですかねぇ？」

「この状況だし、反対はできないんだが、リンのスキルが知られることにはなるぞ？」

「んー……そこは、ほら。前にライアーさんたちを乗せた時みたいに、眠ってもらってから車に乗せればいいかなぁ、と思うんですよね」

「なるほどな。その手があったか！」

秘密保持は大事だけど、人命がかかってる時に自分のスキルがバレる心配してもなぁって思っちゃうんだもん。助けられる人を見殺しにする方が心が痛むわ！

それに、似たような状況は以前に切り抜けてますからね！

ほら。火熊《ファイアベアー》に襲われてたライアーさんたちを、街まで運んだ時のこと。あの時は、【幸運の四葉《クローバー》】のメンバーに眠ってもらって、その間に街まで運んだんだっけ。

「うおぉぉ……！　進めば進むほど、魚影ならぬ鳥影が濃くなってる気がするぅぅぅ！」

「この辺りは、広場の祖霊木《シンボルツリー》に通じる道の途中だと思うのですが……ここまで綿毛鳥が大量にいると……」

「いやぁ……周りがどうなってるのか、確認するのすら大変ですね」

ナビの指示に従って進むほどに、視界は白で埋め尽くされていく。投網を投げたら、そりゃあもうごっそり綿毛鳥が獲《と》れそうだなぁ……！

現時点でこれなんだから、外で立ち往生してる人たちは、どんなに辛《つら》い思いをしてるんだろう。

「これは……早く向かわなきゃですね！」

「リンの言うことにも一理ありますが、まずは安全を確保しながら進みましょう」

「……それもそうですね……私たちが事故っちゃったら意味ないですし……」

フロントガラスの向こうは、まごうことなき地獄絵図だった。綿毛鳥の大群がわさわさしてて、それがフロントガラスにブチ当たってきてさぁ！　幸い、バードストライクして潰れることはなかったけど……いつそうなってもおかしくない状況に、心臓はドキドキしっぱなしだ。

そんな私の隣で、顔色一つ変えずに前を見据えているセノンさんは凄《すご》いなぁと改めて思ったよ。

だんだん酷《ひど》くなる視界に思わず眉《まゆ》を顰《ひそ》めた、その途端。セノンさんがスッと前を指さした。

「リン！　おそらく、あれです！」

「ん？　ああ！　もしかして、あの塊っぽいのですか⁉」

セノンさんが指さす先……ミルク色の世界に、ポツンと青が見える。

でもそれも、無数の綿毛鳥に覆われかけていて、今にも白に呑《の》み込まれちゃいそうだ。

早く助けないと…………と、思ったんだけど……ん、んんん……？　何か、あの集団……見たことある気がするんだけど……⁉

「アレ、もしかして……アルトゥールさんたち、じゃないですか？」

「……そうだな……確かに……」

少し離れたところに野営車両《モーターハウス》を止めて、二進《にっち》も三進《さっち》もいかなくなっている一団をよく観察する。

……うん。やっぱり、どっからどう見ても【蒼穹の雫《そうきゅうしずく》】の人たちだ！

「リン、あいつらのそばに車をつけてくれるか？」

「はい、もちろんです！」

あのままじゃ、綿毛鳥が入り込んで呼吸器がヤバいことになる！

ざあっと血の気が引く間もなく、リーダーが飛ばしてくれた指示に一も二もなく飛びついた。

ハンドル操作を過《あやま》たぬよう、かといって、手遅れにならないよう。最大限のスピードで【蒼穹】さんたちの傍らに野営車両《モーターハウス》を停車させる。

「それじゃ、行くぞ！」

ドアレバーに手をかけたヴィルさんの言葉に、みんなが一斉に頷《うなず》いたかと思うと一斉に外へ飛び出した。

私ももちろん運転席から飛び降りる。

「うへぇ……羽音が響くぅぅぅ！」

「車に入れれば追い出せるとはいえ、こうも数が多いと厄介だな」

外に出た途端、みんなの悲鳴があちこちから聞こえてくる。みんな綿毛鳥を振り払いつつ、アルトゥールさんたちのもとに駆け寄っていってた。畳んだハンカチで口元を覆っているおかげか、多少呼吸は苦しいけど、口の中に羽毛が入り込んでる感じがないのが幸いかな。

「簡易的なものですが、防護結界を張っておきますね」

セノンさんのそんな声が聞こえたのと同時に、ふと周囲から綿毛鳥の圧が減った。

それでも、剥《む》き出《だ》しの肌に綿毛鳥が張り付く感覚が気持ち悪い。

「アルトゥールさん、無事ですかー‼」

「もしかして、リンさん……？」

「うわ……！　思った以上に消耗が酷そうですね！」

みんなで駆け寄ったアルトゥールさんたちは、思った以上にへバりきってるのが見てとれた。

うわ、うわ！　みんなある程度綿毛鳥の防御はしてるみたいだけど、全然追い付いてない。全身綿毛鳥にたかられて、息も絶え絶え、って感じなんだけど……！

セノンさんが結界の範囲をすかさず広げてくれたおかげで、アルトゥールさんたちにこれ以上綿毛鳥が群がることはない、はず！

「……アルトゥール……なんでこんなところにいるんだ……？」

「んー……さすがに、この状況は見逃せないなぁって……それで、祖霊木《シンボルツリー》を見に行こう……っていう話になったんだ」

「やはり、気付いたところは同じ、か……」

アルトゥールさんたちにまとわりついている綿毛鳥を追いやったりしながら、ヴィルさんがふと首を傾《かし》げた。その問いかけに、セノンさんとはまた系統の違う美形エルフが、困ったような怒ったような、なんとも言いようのない表情で肩を竦《すく》める。

リーダー同士ってこともあって、なにか通じるものがあるんだろうなぁ。アルトゥールさんの返答に、ヴィルさんが静かに頷いてた。

「……正直、声をかけてもらえて助かりました。このまま行き倒れるところだったよ……！」

「【暴食の卓《ウチ》】の飯番は心が優しくてな。助けられる命は助けたいんだそうだ」

「ふ、ふふふ！　それはそれは……僕たちは命拾いをしたんだね」

少々息が上がってはいるものの、それでもアルトゥールさんがにっこり笑ってくれた。

もうちょっと遅れてたら、危険水域に達してたかもしれない……！　万が一を想像してしまったせいか、背中にゾクリと悪寒が走った。間に合ってよかったですよ、ほんとに！

若干血色は悪いものの、それでもだいぶ精気が戻った顔で身体《からだ》にへばりついた綿毛鳥をはたくアルトゥールさんの隣の地面が、もこりと動く。

そこから顔を出したのは、こちらも見たことのある顔で……。

「う、ううう……その声……リンなのか？」

「…………………我、生存……！」

「あ、ロルフさん！　銀星《ぎんせい》さんもご無事で何よりです！」

濡《ぬ》れた犬みたいにブルブル頭を振ってるロルフさんと、無表情ながらガッツポーズをキメる銀星さん。一瞬、元気でよかった……って思ったんだけど……よくよく見れば、全体的に精気に欠けてるし、顔色もあんまり良くはない。

元気を装ってはいるけど、かなりヘバってる感じ……。……冒険者たるもの弱みを見せちゃいけないって思ってるのかもなぁ。

案の定、一見元気そうに見えたロルフさんも銀星さんも、すぐにへたり込んじゃった……。

そんな二人に手を貸しつつ、私は周囲を見回した。

「ん？　あれ？　ササさんの姿が見えないんですが……」

【蒼穹の雫】のメンバーがいるんだから、この近くにいるはずなのに……神官戦士なドワーフさんの姿が見当たらない。ササさんは、結構ゴツめの鎧を装備してたから、すぐに見つかると思ったんだけどなぁ？

生存戦略《サバイバル》さんにも反応がないって、どういうこと⁉

ヴィルさんと私で周囲を探してたら、アルトゥールさんが困ったように眉を下げた。

「……えーと、実は……ササは昨夜《ゆうべ》飲みに出かけてしまっていて、まだ戻っていないんです……」

「きっと昨日の広場で飲んだくれて、雷騒ぎに巻き込まれたんだろうって話になってなぁ」

「え、えええええええええええぇぇぇぇ⁉⁉⁉」

思いっきり眉尻《まゆじり》を下げ、ため息をつきながら口を開いたアルトゥールさんとロルフさんの言葉に、驚愕《きょうがく》の叫びが口を衝《つ》いた。

ササさん、確かにお酒が好きだと言ってたけど……。聞いた話だと凄い雷だったらしいのに、そんな天気の中でも飲んでたなんて！　ど、どんだけ～～～～⁉

というか、雷の中でも開いてるお店がよくあったなぁ。

さすがお祭り騒ぎの最中だけある…………のか？

「酒飲みに行ったササが帰ってこないなんてザラでよぉ……しかも、昨日はあの雷だろ？　収まるまでどっかで休んでると思っちまったんだよなぁ……」

「ほら、広場の店ってほとんどが仮拵《かりごしら》えの屋台だったでしょ？　ササ以外にも逃げ遅れたお客もいただろうし、そんな人たちと一緒になって避難してるんじゃないかと思ったんだ」

「迎えに行こうにも、あの雷と雨の中で無理やり外に出るのも得策じゃなかったしよぉ」

困惑が顔に出てたんだろうか。ちらりと私を見た後に、困ったように笑うアルトゥールさんと、苦虫《にがむし》を噛《か》み潰したようなロルフさん。そして、黙ってはいるけれど顔中で〝心配〟ということを伝えてくる銀星さん。

うーん……【蒼穹】メンバーの口ぶりからすると、ササさんが飲み歩くのは日常茶飯事みたいだし、雷さえなければ無事に帰ってこれてたんだろうっていうのが予想できた。ついでに言うなら、悪天候の中で【蒼穹】さんたちが外に出なかった、っていうのも、二次災害の防止っていう意味では正解だと思う。

「朝になったら帰ってくるかとも思ったのですが、まさかこんな事態になってるなんて……！」

まとわりつく綿毛鳥を振り払いつつ、悔しそうにアルトゥールさんが歯噛《はが》みする。

……なるほど。すべてにおいて、タイミングが悪かったんですねぇ……。

「ですので、僕たちの目的は、原因の調査というよりも、広場までササを探しに行くついでに祖霊木《シンボルツリー》に向かおう、っていう感じだったんです」

「なるほど……！　それじゃあ、早く見つけないとですね！」

「そういう事情なら、俺たちも手を貸そう。人手は多いに越したことはない」

「ヴィル……そしてリンさんも……！　本当にありがとうございます……！」

アルトゥールさんが頭を下げると、ロルフさんと銀星さんもペコリと頭を下げてくれた。

……いっつも思うんだけど、こっちの世界の人たち、心優しい人たち多すぎん？　私を召喚した連中を除いてですけども！　あの連中を除いてですけども！！　大事なことなので何回でも主張します！　りぴーとあふたーみー！

〝あの連中を除いてはー！！！！！〟

七代先……いや末代まで祟《たた》らんとする勢いで呪詛《じゅそ》を吐いていた、その時だ。上空から鳴き声のようなものが聞こえてきた気がした。

「……今、何か…………飛んでました、よね……？」

「飛ん、でたか……？」

「綿毛鳥が多すぎて、ちょっとよく見えなかったな」

その場にいた全員がハッと空を見上げる。大きな影が、悠々空を横切っていった……ような気がするんだけど……綿毛鳥の層が厚すぎて、何が何やらさっぱりわからない。

生存戦略《サバイバル》さんで調べようともしたけど、あまりに一瞬すぎて鑑定できなかったんだよね。疲れて幻覚でも見たのかなぁ……？

……いずれにせよ、なんか……あんま良くない感じだ。警戒を怠っちゃいけない気がする。

「――っっ……とにもかくにも、今はあんまり猶予はないですよね……！」

今立ち話をしている間も、間断なく襲ってくる綿毛鳥には閉口ものだ。ちょっと話すだけで、舞い上がった綿毛鳥が口に入ってくるんだもん。

それに、弱ってる【蒼穹】さんを外に立たせっぱなしっていうのも気が引ける。体力回復のためにも、車内で少し休んでもらった方が絶対にいいと思うんだ。

第一、このまま無理をさせたら、後々に響くじゃんか。さっきの妙な気配の件もあるし、戦力は多いに越したことはないと思うしさ。

「あの……ヴィルさん。アルトゥールさんたちに車内で休んでもらいたいと思ってるんです。なので、【幸運の四葉《クローバー》】のメンバーを運んだ時みたいに、アルトゥールさんたちには眠ってもらいたいなぁと思ってるんですけど……」

「ああ。さっき話してたものな」

「まぁ、アルトゥールさんたちが承諾してくれるかどうか、って話でもありますが……」

いくら私が望んでも、〝仲間が危機に直面してる時に、自分たちだけ寝るわけにはいかない！〟ってアルトゥールさんたちが言うかもしれないじゃん？

ただ、この条件を呑《の》んでもらえれば、徒歩で行くより迅速に目的地まで案内できるんだけどもね。

どちらを取るかはアルトゥールさんたち次第、って感じかな。

「あの……ササさんを探すお手伝いの一環として、私のスキルで皆さんを広場までお連れしたいと思ってるんです」

ヴィルさんとの密談を終えた私が恐る恐る切り出すと、アルトゥールさんたちが弾《はじ》かれたように顔を上げた。そのままがしりと手を掴《つか》まれる。

「リンさん……！　パーティ外のあなたが、どうしてそこまで……」

「袖《そで》振り合うのも他生の縁って言いますし……困った時はお互い様です」

私の頭より高いところで、空色の瞳が今にも泣きそうに歪《ゆが》んでいた。そのままどんどん透明な雫を溜《た》めていく青い瞳を見上げながら、私は意を決して口を開いた。

「えーと……ただ、大変申し訳ないお願いなのですが…………私のスキルっていうのがちょっと特殊なもので、あまり人目につかせたくないんです。なので、目的地に着くまで少し眠っていてほしくって……」

「俺としては、お前たちは信用に足るパーティだというのはわかってはいるんだが……リンのスキルは、俺たちにとっても切り札なんだ」

「それと併せて、私がスキルを持ってるってことも、できれば伏せていてもらえるとありがたいんですが……お願いできないでしょうか？」

両手を合わせてお願いを口にする私の隣で、ヴィルさんも一緒になって説得に力を貸してくれる。人命第一を掲げてはいるけど、異世界人《ワケアリ》の身としては野営車両《モーターハウス》のスキル持ちってことを広められるのはマズいわけで……。

アルトゥールさんたちはいい人だし、敵だと思ってはいないけど……。申し訳ないけど、ヴィルさんたちと違って、信頼関係が育ってるとはちょっと言い難いのが本当のところだもん。

「それはもちろんです！　他人の……まして、仲間を助けてくれると言ってくれた人のスキルを吹聴なんかしません！」

「ああ！　見損なってもらっちゃ困る！　そこまで落ちちゃいねーぞ！」

「我、絶対黙秘、了解！」

ヴィルさんの口添えも効いたんだろう。握った拳《こぶし》を胸に当てて誓ってくれたアルトゥールさんを始め、ロルフさんも銀星さんも秘密を守ってくれることを約束してくれた。口約束って言えばそうなんだけど、ちょっと心が軽くなったのも事実。

……まぁ、最悪の場合、ギルドマスターであるトーリさんに相談させてもらおう！　トップダウンは、こんな時のためにあると言っても過言ではなかろうて！　……いや、さすがにそれは言いすぎか。

「ありがとうございます、そう言っていただけると安心です……！　それじゃ……えーと、セノンさんにお願いしてきちゃいますね！」

【蒼穹《そうきゅう》】メンバーさんたちにぺこりと頭を下げて、私はセノンさんに声をかけた。

「あの……セノンさん。アルトゥールさんたちに、睡眠魔法かけてもらえますか？　以前、【幸運の四葉《クローバー》】のみんなを運んだ時みたいに、眠ったまま移動してもらおうと思いまして」

「おや。やはり野営車両《モーターハウス》で行くことにしたんですね」

「はい。なにしろ今は緊急事態ですし、少しでも消耗を避《さ》ける方がいいかと思って」

「ふふふ……リンのそういうところは、非常に好ましいと思いますよ」

楽しげに笑うセノンさんが、アルトゥールさんたちに向けて杖《つえ》を振るう。ライアーさんを眠らせたあの時を再現するように、光の粒がアルトゥールさんたちを包み込んで……一人足りない【蒼穹の雫《しずく》】さんたちが、そのままぱたりと地面に倒れ伏せた。静かに上下する胸が、生きてることを伝えてくれる。

「……よし！　このまま乗ってもらいましょうかね！」

ヴィルさんやエドさんたちが男性陣を担ぎ上げ、アリアさんが銀星さんを抱え上げている間に、野営車両《モーターハウス》を再度呼び出してアルトゥールさんたちの乗車設定をさっと済ませる。

……何の障害もなくなった車内に、続々と乗せられていくアルトゥールさんたち。結構長い時間ドアを開けっぱなしにしてるけど、綿毛鳥が中に入ってくる気配は全くないのがありがたいわぁ。

「うーん……だいぶ車内人数増えてるけど、圧迫感をあんまり感じないんだよなぁ……」

なんていうか、こう……上手《うま》く言えないんだけど、人数が増えたら増えた分だけ、体感で車内が広くなってるような気がするのよ。実際に車体が大きくなってる感じはしないから、これも空間魔法とかなんかそんなのの恩恵だと思う。

「何はともあれ、皆さん乗ったようなので出発しますね！」

「ええ。お願いします、リン。ここから里外れの広場までは一本道なので、迷うことはないと思います」

「でしたよね！　もしかしたら、ササさんも里に戻ろうとしてた可能性もあるので……皆さんもよく見ててください」

なるべく速く……でも、道の様子が観察できる程度にはゆっくりと……スピードに気を付けようと思いつつ、ゆっくりとアクセルを踏み込んだ。

こんな悪条件でも、野営車両《モーターハウス》はガタつくことなく滑るように動き出す。

綿毛鳥をロードキルしつつ、野営車両《モーターハウス》は真っ白の世界を進んでいく。

「……広場の祖霊木《シンボルツリー》は、確か本家祖霊木《シンボルツリー》の分枝なんですよね？」

「ええ、そうです。本来の祖霊木《シンボルツリー》は、里のさらに奥……あの丘の頂上に聳《そび》える木を指しています」

白く霞《かす》む空の彼方《かなた》を、セノンさんが示した。

昨日は確かに、稜線《りようせん》から突き抜けるように大きな木のシルエットが見えていたはずなのに……今はその影すら見えない。

綿毛鳥の湧きどころが本家本元の祖霊木《シンボルツリー》だっていうのは本当なんだと思う。

「原因があるとしたら、あそこまで行く必要がありそう、ですね……」

「おそらくは。ですが、今はまずササ嬢を探すことを優先しましょう」

私の不安を宥《なだ》めるように、セノンさんの声がふわりと優しくなった。

そうですね！　先が見えない不安はあるけど、まずは目の前の問題を解決していかないと！

進路上に危険がないか気を配りつつ、余裕がある時は綿毛鳥が降り積もる道の端にも視線を走らせ……ササさんの姿は見つけられなかった。

居室《キャビン》で見てくれているはずのメンバーからも声が上がらないってことは、まだ広場の方にいるのかなぁ？

「こうも白いと、距離感がつかめなくなりますね……」

「ですが、そろそろのはずです……………ほら！」

「っし！　目的地に到着、ですね！」

「降りる前に、防護結界を各個人に張っておきましょう。正直なところ、この綿毛鳥の量では気休めにしかならないと思いますが……」

綿毛鳥が分厚く降り積もった広場に、野営車両《モーターハウス》を滑り込ませる。助手席に陣取ったセノンさんが、先ほどと同様にパッと結界を張ってくれた。魔力の粒子が柔らかな光の膜になって、私たちを包み込んでくれる。

これで、外で活動するための最低限の準備ができたわけだ。ドアの前に陣取っていたヴィルさんが居室《キャビン》のドアを開けてくれて、エドさんたちと手分けしてアルトゥールさんたちを外に運び出していく。

うーん。見事な連係プレー。

私はその間に【蒼穹】さんたちの乗車設定を取り消しておくことにするかな。そうすれば、車体を出しっぱなしにしてても、アルトゥールさんたちには見えなくなるはずだし。

ついでにごまみそを抱き上げて、運転席から周りを見回してみた。昨日は確かにいろんな屋台が立ち並んでいたはずなのに……今の広場は、降りしきる綿毛鳥のせいで何がどこにあるのかもわからない状態だ。

結構な広さだったから、ここからササさんを探し出すのはなかなかに骨かもしれないな。もう少し視界がよければ、野営車両《モーターハウス》に乗ったままで探したんだけど……こうも綿毛鳥の鳥影が濃いと、ちょっとねぇ……。いくら高性能ナビがあるとはいえ、広場のあちこちにあるテーブルや屋台にぶつからず運転する自信はない。

「アル、起きろ。例の広場だ」

アルトゥールさんを起こすヴィルさんの声に、アルトゥールさんを始めとした【蒼穹】メンバーさんたちが微《かす》かな呻《うめ》き声と共に身じろぎする。

「ん…………ああ、すみません……」

「おはようございます、アルトゥールさん。少し休めました？」

「リン、さん……ええ。ずいぶんと頭がすっきりした気がします」

ヴィルさんに声をかけられて起きたアルトゥールさんがほんの一瞬目をショボつかせたけど、すぐに辺りを見回して表情を引き締める。

続いて起き出したロルフさんと銀星さんも、まだ眠気の残る目できょろきょろ周囲を見回してる。

「…………おい、マジかよ……そんな時間、経《た》ってねーだろ？　なんでもう広場に着いてるんだよ」

「一体何故⁉　我超吃驚《びっくり》！！！」

うーん。こちらのお二人も、いい反応ですね！　でも、今は時間が惜しい……っていうのはわかってるんだろう。パニックはすぐに収まって、二人ともすぐさまキリッとした表情になった。

「まずは、広場をざっと見て回りましょうか」

「そうですね……本来なら、手分けをして探しに行くのが良いのでしょうが……」

「この綿毛鳥の数ではな……」

辺り一面、ミルクを流し込んだように真っ白だ。セノンさんの結界を張ってコレなんだもん。手分け探索の重要さはわかってるつもりだけど、ちょっと外に出たくはないよねぇ……。

「！　あっちからササの匂いがするな！」

「あ……もしかしたら、あれかも！」

顔を上げて周囲の気配を探っていたロルフさんが、不意に広場の奥を指さした。気配じゃなくて、匂いを探ってたってこと？　さすが獣人さん！

目を凝らしたアルトゥールさんが示す先には……確かに……なんか、奥の一角だけ、白いのが薄くなってるような気がする！

決断まで要した時間は、瞬きの間だった。みんなで頷《うなず》き合って、白色が薄い方へ足を向ける。

「うぅ～～ん……もうのめにゃいのよ～～～～……」

広場を囲む植え込みの根元……そこにササさんはいた。木の幹に背中を預け、腕の中に酒瓶を抱きながら、半球形の透明なドームの中にすっぽり収まっている。このドームが綿毛鳥を弾いてたから、ここだけ色が薄かったのか。

「……すげぇな……この状況で寝てんのかよ……」

「ササの場合、鎧《よろい》の効果と自前の神聖結界があるからねぇ。この程度は気にならなかったのかな？」

「我、心配……損」

ササさんを取り囲む透明の膜が、神聖結界なんだろうな。どこからどう見ても無事そのものというササさんに、ロルフさんと銀星さんが呆《あき》れたように肩を竦《すく》めた。その隣でアルトゥールさんは困ったような笑みを浮かべているけど……何だかんだで、三人とも心の底からほっとしたような雰囲気を漂わせているのが一目でわかる。

【蒼穹】さんの様子に胸を撫《な》で下《お》ろしていると、ササさんの結界に突っ込んでいったロルフさんが、その両肩を掴《つか》んでガクガク揺さぶって……。傍《はた》から見てるとかなり激しく揺さぶってるように見えるけど、アレ、大丈夫なのかな？

「ロルフ！　ストップ、ストップ！　ササがまいっちゃうよ！」

……………あ。やっぱ駄目だったみたいだ。アルトゥールさんのリーダーストップがかかったわ。

不服そうにロルフさんが手を放すけど、それでもまだ寝てるササさん、逆に凄《すご》くない？

「んんん〜〜〜……うまーい……！　もういっぱーい…………」

「ササ！　ほら、起きて！」

「ううぅぅ？　あるぅぅ？？？」

今度はアルトゥールさんが優しく肩を叩《たた》きながら声をかけると……しばらくして、ササさんの瞳がゆっくり開いていく。それを見たアルトゥールさんが、ほっとしたように息を吐いた。

まだ眠いんだろう。だいぶ胡乱《うろん》げだけど……起きたササさんの顔色は悪くないし、揺さぶられた影響はなさそう、かな。

「えぇ〜〜？　何かあったの………………って！　うわ！　なんか真っ白じゃない！」

「……ササ……ようやく気付いたんだね……」

ぎゅぎゅっと眉《まゆ》を怒らせたアルトゥールさんに詰められて、ササさんもようやく事態を把握したらしい。大きな瞳が真ん丸に見開かれる。

寝起きだと、状況の把握に時間かかりますよねぇ。

「……というか、ササ。昨日はずいぶん遅くまで飲んでたみたいだけど……その時にどんな状況だったか教えてくれる？」

なるほどね。昨日の夜から今まで、外に出てたのはササさんだけだもんね。寝てたとはいえ、何かしらのヒントを貰《もら》えたらいいんだけど……。

「どんなって……広場で飲んで騒いでたら、すっごい雷が鳴って……屋台の撤収を手伝ったらワイン瓶を貰ったから、結界の中で雪見酒ならぬ雷鳴酒して……って感じ？　っていうか、なんなの、コレ？　綿毛？」

「綿毛鳥っていうモンスターだよ。見ての通り、たった一晩で大繁殖したみたいだから、ササがなにか見てないかと思って」

「えぇぇぇぇ……確かに昨日は遅くまで飲んでたけど、こんなの見なかったよぅ？」

薄気味悪いものを見るような目で、ササさんが周囲を見回した。一番遅くまで起きてそうだったササさんでもわからないなんて……！

「あ、でも……私が寝る寸前に、山の祖霊木《シンボルツリー》の周辺に雷が落ちたのは見た気がするわ」

「祖霊木《シンボルツリー》に⁉」

ササさんが何気ない様子で言った言葉に、思わずみんなで顔を見合わせた。

もしササさんの話が本当だったとしたら……ササさんが寝落ちるまで、綿毛鳥は発生してなかったってことだ。つまり、祖霊木《シンボルツリー》（本家）に雷が落ちて、ササさんが眠ってしまった後から綿毛鳥が降り始めたと考えていいだろう。

うーん。嫌すぎる符丁が揃《そろ》っちゃったな～～～！絶対に祖霊木《シンボルツリー》で何かが起きてるんじゃん！

現状の凶兆の元凶は象徴、ってことじゃん！

——って、ご機嫌な韻《ライム》を刻んでる場合じゃないんだわ！！！

「二人の話を総合するに、祖霊木《シンボルツリー》で何かが起きたとしか考えられん」

「これはもう〝現地に行け〟って言われてるようなもんですよね」

「まるで、見えない何かに導かれているような感じだな」

「え、あ……あははは……！　そう、ですねぇ！」

難しい顔で腕を組むヴィルさんがボソリと呟《つぶや》いた。私と同じことを考えてたみたいだ。

しかも、鋭い！　コレがイベントだとしたら、まさに〝神の見えざる手〟の上で踊らされてる、ってことだもんな。さすがはパーティリーダーだよ。

……それにしても、ノアさんの虎の巻には〝スチル回収イベント〟としか書かれてなかったんだけどなぁ。戦闘があるとも、里全体を巻き込む大騒動が起こるとかいう記載もなかったと記憶してるし。

それが、蓋《ふた》を開けたら綿毛鳥の大量発生とかいうイベントが起こるなんて……！

「……まさか、バグでも発生してる？」

「どうした、リン？　何かあったか？」

「え、あ……！　何でもないです！」

我知らず漏れた呟きはどんなに私が「うっかりした！」と思っても、もう取り消せない。隣のヴィルさんにしっかり拾われちゃったし！

怪訝《けげん》そうな顔で私を見下ろすヴィルさんに、平静を装いつつ手を振ってみせた。

何回でも言うけど、ヴィルさんたちは〝イベント〟の存在を知らない……というか、この世界が乙女《おとめ》ゲームがベースになってる、なんてことは全く知らないからね。もしバレたら、いろんな意味で大変なことになっちゃうっていうか……さ。

「それでね、ヴィル。今回の事態に当たって、なんだけど……幸い、ここには冒険者パーティが二組。人手としては十分だと思うんだけど……どうかな？」

「ギルドからの依頼はないが、放っておくこともできないしな」

【暴食の卓】のリーダー・ヴィルさんと、【蒼穹《そうきゅう》の雫《しずく》】のリーダー・アルトゥールさんが話をつけている間、クラッキングが止まらないおみそを撫でて落ち着かせる任務にでも就きましょうかね。

『むふー！　朕が！　朕がシュッシュッてするー！』

「はいはい。少し落ち着こうね、おみそ」

もふもふの背中を撫でてやると、逆立っていた毛が落ち着いてくる。それでもまだ完全に落ち着いたわけではないので、だいぶ大きくなったごまみそをよいしょと持ち上げて抱き締めた。

うーん。前はバスケットボールサイズだったのに。それと比べて、どっしりむっちりしてきたなあ。もふもふ感は健在だけど、重みが違う。感慨深いわぁ。

『朕、おっきくなって、もっとかっこよくなったでしょー？』

「大きくはなってるけど、カッコよく、は……どうかなぁ？」

『はーあ？　朕のいようがましたでしょ！　そうごんになったでしょ⁉』

偉容……？　荘厳……？　ちゃんと意味わかって妄言吐いてるのかなぁ、この猫は。いや、妄言だから意味なんてわかんなくたっていいのか。どう頑張っても、おみそはコメディリリーフなんだよなぁ……。

それでも、このモフモフ具合は実に素晴らしい。おみそのアレさは、コレで許されてるところがあると思うわ。

「リン！　話がまとまった。【暴食の卓】と【蒼穹の雫】……二チーム合同で事の収拾に当たることになった」

「予想以上に大事《おおごと》になってるみたいだからね。迅速な対応が必要だって判断したんだ」

「ああ、やっぱり。そうなるだろうなぁと思ってました！」

腕の中のモフモフを揺すり上げたちょうどその時。トップ会談を終えたらしいヴィルさんとアルトゥールさんからお声がかかった。

二人が下した決断は、妥当も妥当だと思う。これ以上被害が広がったら、里での生活ができなくなっちゃう。さらに言うなら、いつ周りの森に魔力目当ての魔物が現れるかわかんない、っていう時限爆弾まで孕《はら》んでるわけで……。

「……とはいえ、ギルドとかエルフの里とかに話を通さなくて大丈夫なんですか？」

「うーん……最寄りの街のギルドとエルラージュのギルドには、僕から使い魔を飛ばしたから話は通ると思うよ」

使い魔！　なんてファンタジックな単語！

そういえば……エルラージュのギルドで、メッセンジャー的なヤツがいるって話のタネに聞いた記憶があるわ！　アルトゥールさんが飛ばした使い魔も、きっとそんな感じで使われてるやつなんだろうか。

「里の方……というか、母には私の魔導回路で連絡をしておきます。綿毛鳥の魔力が濃いせいで、回線用の魔力が邪魔されてる感じがしますが……まあ大丈夫でしょう」

「ジャミングされてる感じなんですかね？　頑張ってください！」

それと併せ、セノンさんも魔導回路も、魔力の効果範囲らしくてちょっと安心しましたとも。イメージ的には、スマホの電波的な感じなのかな？

……バリサンかどうか気にしたり、少しでも電波を拾おうと本体を高いところにかざしたり……そんなことする必要があったりして……。というか、もしかして……バリサンって死語？

思わず戦慄《せんりつ》した私を余所《よそ》に、結界の端に寄ったセノンさんはさっそくルーシャさんへの連絡を試みているようだった。綿毛鳥の魔力が影響しているらしく、「聞こえていますか？」とか「聞き取れませんでしたが、なんですか？」とか……。通話の品質はかなり悪いっぽいなぁ。

それでも、ルーシャさんと限界通話を続けているうちに、どうやらこちらの言わんとしてることは通じたらしい。呼びかけを続けていたセノンさんが、「それでは」と通話を切り上げた。

「……とりあえず、こちらはコレで大丈夫です。里の者には母が連絡してくれるそうです」

「よし。これで各所への連絡もできた、ということか……」

「これで、心置きなく現地に向かえるね」

「報告しておかないと、後々大変なことに繋《つな》がりかねませんもんねぇ……」

こういう緊急事態だと、ほんの小さなことが問題に化けるかもしれないじゃん？　そんな時のためにも、何事も報連相する精神が大事、ってことよ！

各所への連絡が終わったことを受けて、二チームともに一気に探索モードと化してる。やる気は十分……というか、殺《ヤ》る気に満《み》ち溢《あふ》れているというか……。

「ん～……一緒に探索するとなると、スキルに対する方針を変えた方が良さそうですね」

「アルトゥールたちに、野営車両《モーターハウス》を公開するのか？」

「正直に言えば秘密にはしておきたいスキルではありますが、事は一刻を争うじゃないですか。それに、スキルを公言しないと言ってもらえましたし、信じようと思います」

心配そうな顔でこちらを見るヴィルさんに、グッと拳を握ってみせた。

正直、ササさんを見つけたら別れるもんだと思ってたから、さっきはアルトゥールさんたちに眠ってもらったんだけど……直前のリーダー会議で合同での探索に切り替わったでしょ？

合同探索となった以上は、ある程度はスキルを開示してないと咄嗟の時に問題になりかねないと思うんだよね。

例えば……強敵から逃げる時に野営車両《モーターハウス》を呼び出しても、警戒して乗ってもらえないとか、そもそも野営車両《モーターハウス》に驚いたことで隙ができて、敵の攻撃を喰らっちゃうとか……。一秒を争う場面で、突然スキルを暴露したことによってみんなを混乱させるなんて事態は望んでない。

そんな不幸な事故を防ぐためにも、情報を公開しようと思う。

「あの！　二チーム合同での探索することになったと伺いました。なので、本格的に調査を始める前に、改めて私のスキルを説明しておきたいんですが……お時間いただいてもいいですか？」

「え……そりゃあ、僕たちは構わないけど……リンさんはいいの？　さっきの話ぶりからすると、あまり知られたくないみたいだったけど？」

さっきのやり取りを知らないササさんを除いた【蒼穹】メンバーが、私の提案に顔を見合わせた。しばしの逡巡の後、困惑半分、こちらへの気遣い半分という顔のアルトゥールさんが、代表して口を開く。

「その気持ちもあるんですけど、黙ってる方が今回の場合、問題になるかなぁ、と思いまして」

「なるほど。リンさんがそう決断したなら、僕たちは何も言えないかな」

「ありがとうございます。それじゃあ、お話ししますね」

その気遣いをありがたく思いつつ私の気持ちを口の端に乗せると、アルトゥールさんはそれを尊重してくれた。これから重要な話をするという緊迫感が生まれてしまったところで、私は抱いていたごまみそを地面に下ろした。

いや、さすがにね……猫を抱いたまま秘密の告白をして許されるのは、大きなソファにどっしり座る悪の組織のボスか、玉座で勇者を待ち受ける魔王くらいなもんじゃろうて……。

「えーとですね……私のスキルっていうのが、モノを運ぶことに特化したスキルなんです。それこそ、大きいものも、小さいものも……結構な量の荷物を楽々運べるんですよねぇ」

「マジかぁ！　そりゃあ荷物運び《ポーター》向きのスキルだな！　おれも、運べるもんなら鍋《なべ》やら釜《かま》やら……色々と運びたいもんだぜ」

「わかります。使い慣れた道具があるだけで、調理のクオリティが違いますもんね」

その便利さが理解できたんだろう。ロルフさんが羨《うらや》ましそうな目で私を見る。

わかる。わかるよ、その気持ち！　料理に凝りだすと、際限なく道具が増えてくもんね！　ご飯の材料も結構な量になるもんね！　それがどこにでも一気に運べるとなったら……野外調理する人間にとっては、ある意味夢のスキルだよねぇ。

「なるほど。あの時僕たちを眠らせたということは…………もしかして、人物も含まれる、ということですか？」

「そうなんです。なので、先ほどは皆さんに眠っていただいたんです」

「理由把握。汝《なんじ》行動、当然」

簡単な説明だったけど、理解が及んだらしいアルトゥールさんと銀星さんもうんうん頷《うなず》いてくれた。ただ一人、先ほど合流したばかりのササさんだけが不思議そうに小首を傾《かし》げてる。

「えぇぇ！　リンちゃん、そんなスキルがあるの？」

「ええ。実はあったんです。それで、先ほどアルトゥールさんたちにもお願いしたことなんですが、私のスキルを見ても、誰にも言わないでおいてくれませんか？」

「そんなのもちろん、〝Ｙｅｓ〟って言うに決まってるじゃないのよ！　ドワーフの始祖神に誓うわ！」

にっこにこの邪気ゼロパーセントの顔で笑うササさんにぎゅっと両手を握られて、思わずズキュンとしちゃったじゃないのよさー！　我ながらちょっとチョロすぎない⁉

でも、これで心置きなく野営車両《モーターハウス》をお出しできる！　【蒼穹の雫】さんみんな纏《まと》めてごあんなーい！

「それじゃあ、改めまして御開帳ですよー！」

一度取り消した乗車設定も、再設定が可能なようだ。みんな纏めて乗車設定した途端……。

「わ、うわぁ！　な、なんだよ、この鉄の箱！」

「え、え、⁉　いきなり何コレ⁉　どうなってんの⁉」

「吃驚《びっくり》！　仰天！　摩訶不思議《まかふしぎ》！！！！」

結界の片隅に停《と》めてあった野営車両《モーターハウス》を見たロルフさんたちが目をまん丸にして叫び声を上げた。

彼らからすれば、何もないところから車体が突然現れたように見えるんだろう。本当はずっと出しっぱなしだったんだけど、乗車設定されてない人には見えないもんね。

仕様とはいえ、ちょっと驚かせすぎちゃったか……悪いことしたなぁ。

「あの、リンさん……これは……コレが、あなたのスキル、なのですか？」

「はい。野営車両《モーターハウス》っていうスキルです」

半ば呆然《ぼうぜん》としたような顔と声で、アルトゥールさんが私の方を振り向いた。恐怖と畏怖《いふ》とが入り混じったような、なんとも複雑な表情だ。そんなに怖いスキルじゃないんだけど、初見さんからしたらそうなっちゃうのかもなぁ。

さて……乗車してもらうのに、どう説得すべきか……。私がそう思案している間に、ヴィルさんが動いた。

「そう警戒しなくとも、リンのスキルは安全だ」

アルトゥールさんたちの視線を一身に浴びながら、ガラリと居室《キャビン》のドアを開け放って車内に身体《からだ》を滑り込ませた。

「そうそう！　すっごく良いスキルなんだよ～！」

「ん！　最、高！」

「私たち冒険者の夢の粋を集めたようなスキルですからねぇ」

ヴィルさんに続けと言わんばかりに、エドさんとアリアさん、そしてセノンさんが笑顔で次々乗車していく。なるほど！　百聞は一見に如《し》かず……じゃないけど、実際に乗車してみせるのって安全性をアピールするにはもってこいじゃない？

……それにしても、一連の行動を見守るアルトゥールさんの顔と言ったら……！　正統派美形がもったいない！　ロルフさんなんか顎《あご》が外れそうなくらい大口開けてこっちを見てるし。ササさんと銀星さんの女子チームは、大人し可愛《かわい》い様子でこっちを窺《うかが》ってる。女子力たっかいなぁ！

早速車内で寛ぐヴィルさんたちと、どうぞどうぞと手招く私との間で、アルトゥールさんの視線が幾度となく彷徨《さまよ》う。どのくらいそうしてたのか……ぎゅっと目を瞑《つぶ》ったアルトゥールさんが、覚悟を決めたようにクワッと目を開いた。

「わかりました……おじゃま、します」

「はい、どうぞ！」

ダメ押しにもう一度ヴィルさんを見て、私を見て……アルトゥールさんはコクリと頷いて、ややおっかなびっくりな様子で扉を潜《くぐ》った。そこへ、緊張した面持ちのロルフさんと、意を決したようなササさんと銀星さんたちが続く。

「なん、です……これ……⁉」

「す、すっげぇな……！　調理場までついてるじゃねーか！」

「わ……すごい！　中、こんなになってるのね！」

車内の様子に、アルトゥールさんたちは驚きが隠せないようだった。まぁ、外から見た大きさと中の広さの釣り合わない感、未《いま》だに私もびっくりしますもん。そんなアルトゥールさんの隣に立つロルフさんは、やっぱり野営車両《モーターハウス》のキッチンに気を惹《ひ》かれたらしい。ササさんと銀星さんは内装に目を奪われてる感じかな。

なんかもう呆然と驚愕《きょうがく》とで騒ぐことすら忘れちゃったような【蒼穹《そうきゅう》】メンバーズを、【暴食の卓】のみんなはそりゃあもう温かく見守ってる。

ええ、ええ。そうでしょうね。皆さんも、最初に乗った時はそんな感じでしたもんねぇ。気持ちはよ～～くわかるでしょうよ。

「なるほどね……君たちが遠征任務ができるようになった理由が、ようやくわかったよ」

「ん！　楽しく遠征できるのは、リンのおかげ！」

「そーだよ〜〜！　リンちゃんがいてくれるからこそ、だもんね〜」

すっかり寛いだ様子のアリアさんたちを見たアルトゥールさんが、ふ、と表情を緩める。その顔がめちゃくちゃ優しそうで……私までじぃんとしちゃった。

それに、アリアさんたちの言葉に、私としても皆さんのお役に立ててるっていうのが実感できてさぁ……。めちゃくちゃ嬉《うれ》しいんですけど！

「パーティのメンバーとこんなに相性の合う荷物運び《ポーター》が途中加入してくれるって……ある意味運命だね！」

「そうだな、間違いない。リンとの出会いは、運命だった」

「私としてもありがたいご縁でしたね！　ヴィルさんに拾ってもらえてよかったです！」

アルトゥールさんの言葉にも背中を押され、意表を突かれたように目を瞬かせるヴィルさんに向かってぐっと拳《こぶし》を握ってみせた。

実際、あの時ヴィルさんに出会えなかったら、今頃どうなってたかわかんないんだし。そんな気持ちを乗せて胸を張って笑ってみせると、ヴィルさんが何かを吹っ切ったようにふうと息を吐く。

「そうだな。俺もあの時、リンに拾ってもらえてよかった」

「え……お互いに拾い合った、ってこと？　時間ができたら、ぜひ話を聞いてみたいな」

お互いに笑いながら拳をぶつけ合う私たちを眺め、アルトゥールさんが弾《はじ》けるように声を上げて笑う。よかった。緊張は解《ほぐ》れたみたいだ。

「……さて……少し落ち着いたところで、さっそく出発しましょう！」

題ないでしょ！【蒼穹】さんが秘密を保持してくれるというのであれば、事態の解決に向けてどんどん使っても問

運転席に乗り移る私の背中に、みんなの視線の刺さること刺さること……！　でも、これからもっと凄《すご》いことが起こりますからね！

「目的地は、山の上の祖霊木《シンボルツリー》……っと……！」

「少々曲がりくねった道にはなりますが、よろしくお願いしますね、リン」

「こちらこそです！　できれば広い道であってほしいですねぇ」

「さて……道の広さはどうだったか……かなり昔なもので、記憶が……」

私がナビを弄《いじ》っていると、助手席にセノンさんが乗り込んできてくれた。地元民の道案内ほど心強いものはないよね！

検索されたルートを見る限り、分かれ道のない一本道なんだけど……セノンさんの言う通り、かなり曲がりくねっている。こりゃあ思った以上に時間がかかりそうだな。

居室《キャビン》の方では、ヴィルさんたちがアルトゥールさんたちに乗車時の注意点を伝えてくれてる声が聞こえてきた。こっちはこっちで準備があるから、ありがたい限りです。

「……よし。それじゃあ、ここからがこのスキルの真骨頂をお見せいたしますよー！」

覚悟を決めてハンドルを握ると、すっかり準備が整った居室《キャビン》に声をかける。途端に返ってくる力強い声に励まされるばっかりですよ！

よし……解決に向けて出発ですよ！

そう自分に活を入れて、ゆっくりとアクセルを踏み込んだ。途端に居室《キャビン》から上がる絶叫は、今はちょっと無視させてもらおうかな。

目指すは、山の上の本家祖霊木《シンボルツリー》。どんな謎が待ち受けてたって、こんなに心強いメンバーが揃《そろ》ってるなら絶対に解決できるでしょ！


「すっげーな、コレ！　こんな速く移動できんのか！！！」

「ロルフ！　さっきも言われたけど、大人しくしてなさいよ！」

「黙、座！」

外はミルクみたいに真っ白、中ははしゃいだ声で大騒ぎってなーんだ？　答えは……今私が運転してる野営車両《モーターハウス》だよ！

騒ぎになることは覚悟はしてたけど、まさかここまでロルフさんが興奮するなんてなー。視界が悪いせいで三十キロも出てない……というか、その程度の速度でしか走れてないんだけど、こんな鉄の塊が自走してるっていう点ではしゃいでるみたい。まぁ、車は男の浪漫、とか聞くし……仕方あるまい。

その分、ササさんとか銀星さんが止め役に回ってくれてるから、緊急停車するほどではないのが幸いって感じ。

ちなみに、アルトゥールさんは何をしているのかというと……。

「……で、…………二手に……、がいい」

「だって、ほら！　ササも銀星も見てみろよ！　凄い速さで景色が流れてくぞ！」

「ああ。それだと…………があるから……」

「もう！　【暴食の卓】のみんなから、落ち着いて座ってないと危ないって言われてるでしょうが！！！」

興奮した大きいお子様の喧騒《けんそう》の合間に漏れ聞こえてくる会話から察するに、ヴィルさんと作戦会議をしてるっぽいな。

なお、確実に日本の道交法には違反してるんだろうけど……ここ、異世界なんでね！　ちょっと目を瞑ってもろて……。

「うひぃぃぃ！　ロードキルっぷりがエグいぃぃ！」

「だ、大丈夫ですか、リン？」

「肉体的には大丈夫なんですが、精神的にけっこうキてますぅぅ！」

そして何より、今は私に周りを気にしてる余裕があんまりないんだよぉ！

相も変わらず綿毛鳥がフロントガラスにバチバチとブチ当たって弾けるし、タイヤでも踏み潰《つぶ》してるし……この感触に慣れる時なんて来るんだろうか、って感じ！

その上、極限まで視界が悪い中で曲がりくねった山道を走んなきゃいけないんだもん！　私の心労がおわかりいただけただろうか？

助手席のセノンさんが気を使ってくれるけど、それにすら気の利いた返答ができてないくらいには必死で運転してるよ！　大変申し訳ない気持ちでいっぱいだけど、事故らないよう安全運転するからそれで許してねっていうのが正直なところかな。

「セノンさん、到着まであと何キロって出てますか？」

「そうですね……あと六キロほどとなっているようですね」

「ふむふむ……このペースだと……多めに見積もって二十分くらいですかねぇ？」

セノンさんのヘルプで残りの旅路を予想しつつ、必死で真っ白な世界に目を凝らした。ロードキルとバードストライクを除けば、濃霧の中を走ってる気分だ。

……なんか、こういう怪談話のシチュエーション、あったよなぁ。視界が利きにくい中をカーナビの音声に従って車を走らせてくと、同乗者が突然「止めて！」と叫ぶ。それに慌てて車を止めると、あと数メートル進んでいたら崖《がけ》から転落していた……というような状況で……運転者が「事故にならなくてよかった」と胸を撫《な》で下ろした瞬間、カーナビから「死ねばよかったのに」と怨嗟《えんさ》に満ちた声が聞こえてくる……っていう、アレ。

そんな怪談の二の舞はごめんだと、気を引き締めてハンドルを握ってたんだけど……。

「リン、前を見てください！」

セノンさんが指さす先に、確かに何かが見える。すぐに止まれるようにスピードを緩めつつ近づいていくと、視界が悪いなりにより正確な姿が見えてきた。

「え、あ……なん、ですか……これ！！！」

「あの質感……正直見たことのないサイズ感ですが、木の根……かと思います」

「凄くぶっといですね！　まさか、本家ツリーの……？」

「……考えたくはありませんが、おそらくは……」

舗装もされてない山道を塞《ふさ》ぐように、木の根が地を這《は》っていた。どんなに頑張っても、野営車両《モーターハウス》じゃ乗り越えられないくらいの障害物になってるじゃないですかー！

車を止めてよくよく目を凝らしてみると、そんな木の根がこれから先の道路にまで侵食してるっぽいな……！

「何かあったのか、リン？」

いきなり停車したことで異変を感じたんだろう。ヴィルさんが声をかけてきた。仕切りのカウンターに手を突いて、前をよく見ようとし身体《からだ》を乗り出してくる。

「ヴィルさん。どうやら、本家ツリーの根っこが先を塞いでるようなんです」

「ああ、なるほど。確かに、あの根を乗り越えたところで、大して進めないうちにまたすぐに道が塞がれていそうだな」

「そうなんです。これじゃ、これ以上野営車両《モーターハウス》で走るのは無理だなぁ……」

乗り越えるっていっても、やり方としてはみんなで野営車両《モーターハウス》を降りる↓野営車両《モーターハウス》をしまう↓木の根を乗り越える↓また野営車両《モーターハウス》を顕現して乗り込む↓進めるところまで進む↓木の根が出たところで上記を繰り返し……みたいなことになると思うんだよね。

こんなこと、いちいちやってらんないって！

かといって、木の根を燃やしたり伐採したりしながら進む……なんていうのも現実的じゃないし。

そもそも、エルフの里の人たちが大事にしてる祖霊木《シンボルツリー》に傷をつけるなんてとんでもない、って話だしね。

「……というか、セノン。この道はいつもこんな状況なのか？」

「うぅん……どう、なんでしょう。定期的に祖霊木《シンボルツリー》の手入れは行われているようなのですが、私はその現場に居合わせたことがないので、道の状態までは……」

「そうか。これが恒常的な状態なのか、突然起きたことなのか……現状では判断ができない、ということか」

「ええ。そういうことになるかと思います。もし突発的に起きたことだというなら、この綿毛鳥の大発生とも関係がありそうなんですが……」

ヴィルさんとセノンさんの会話を横聞きしてふと思ったんだけどさ……もしこの木の根の侵食が突然起きたことだとすれば、本家ツリーのダンジョン化とかも考えられるんじゃなかろうか？ そんでもって、アルトゥールさんたちと合流した時に見た大きな影はその影響で巨大化した鳥の魔物、とか……。

我ながら、なんかありえそうなこと想像しちゃったじゃんかー！

「いずれにせよ、この先に進めないことにはどうにも…………って、んん？」

迂回路《うかい》はないものかとナビを眺めていると、少し行った先に分岐があるみたいだ。しかも、他の道路とはちょっと違うこの表記……もしかして、トンネルみたいになってる？

トンネルの中がどうなってるのかちょっとわからないけど、綿毛鳥に満ちた中を行くよりはまだマシな可能性もあるんじゃないだろうか？

「ヴィルさん！　もしかしたら、祖霊木《シンボルツリー》への抜け道があるかもしれません！」

「何っ⁉　本当か、リン！」

「はい！　ここから少し歩かなくちゃいけないし、今よりもちょっと道も細いんですが、分岐があるんです」

さらに身を乗り出すヴィルさんにも見やすいようにナビを操作して、分岐部分を拡大する。幸い、この分岐までは一本道。綿毛鳥の密度に苦しめられることはあるかと思うけど、道に迷うことはないはずだ。

トンネル内の綿毛鳥の数が少なかったら、野営車両《モーターハウス》で走れなくても多少は楽なハズ……！　それに、もしトンネルの中も綿毛鳥がいっぱいで逃げ場がなかったとしたら、元のルートに戻って歩いていけばいい話だしね。

「……よし！」

ざっとルートと考えがまとまりかけた、ちょうどその時。ザザッとナビに雑音が入る。何事？と思う間もなく……。

【コ……ノ先、※＠豁サ◆縺ォ閾●×繧ゥ驟繧戟ィ※☆デ……ス】

「…………は？」

聞こえてきたのは、電子音とは思えないしわがれた不気味な声だ。年寄りの声にも、幼児の声にも、男の声にも、女の声にも聞こえるソレが何事かを告げ、ブツリと切れる。

静寂を取り戻した車内に、私の間抜けな声が響いて……。

「……今の……いったい……？」

全員の視線がナビに集まってる。こっちの世界に来てから、摩訶不思議《まかふしぎ》なことはいっぱいあったけど……心霊方面のハプニングはノーサンキューなのよぉぉぉ！！！！

思わずおみそを抱き締めちゃって、『くるしーんだけど！』って抗議されたけど……私の精神衛生のために、今はちょっと我慢して！

い、いや、でも、セノンさんが綿毛鳥の魔力で邪魔されてるって言ってたし……きっとナビさんもそのジャミングの影響を受けたんだと思う！　絶対そう！　そうに決まってる！　そうに決まってて！！！！

今流れた謎の音声が何だったのかを誰も問うこともできないまま……真っ先に口を開いたのはヴィルさんだ。

「それでも、〝行かない〟という選択肢は、俺たちにはないんだがな」

そう。そうなんだよ！　めちゃくちゃ怖いけど、現在起きてる異変を放っておく方がもっと怖いんだよ！　だって、綿毛鳥を放置したらとんでもないことになるって予想がつくんだもん！　ヴィルさんが言う通り、行かない理由がないんだよな〜〜〜〜！

ちらりと様子を窺《うかが》った居室《キャビン》のみんなも、私と同じように覚悟を決めたような目をしてる。

「……よし…………い、行きます！」

未知なる恐怖より、現状を放置した時に起こることへの恐怖が勝った私たちは、綿毛鳥の蔓延《はびこ》る中を進むことを選択したのだった。

◆◇◆

進路は、予想通り数多《あまた》の木の根に阻まれていた。さっきみたいにセノンさんやササさんが結界を張れれば楽なんだろうけど、魔力を節約しようって話になってさ。現在、生身で進んでるよ。みんなアリアさんが作ってくれた防虫ネットを被《かぶ》って、布や何かで鼻と口を覆ってるけど、綿毛鳥が容赦なく入り込んでくる。

そんな中、分岐は思ったよりも早く見つかった。山肌に、ぽっかりと黒い洞穴が口を開けている。

「……見た限り、中に綿毛鳥が詰まってる感じはないな」

「ん。同意……ここは、静か……」

中を覗《のぞ》き込んだロルフさんとアリアさんが、私たちを手招きする。これ幸いとトンネルに飛び込むと、綿毛に汚染されていない空気に満ちていた。中は真っ暗だったけど、エドさんが魔法で明かりを出してくれたおかげで周囲が見える程度の明るさが確保できた。

洞穴の中まで綿毛鳥を持ち込まないよう、みんな揃《そろ》って入り口でまとわりついていた綿毛鳥を叩《たた》き落《お》としてるよー。

私の肩でんぺんぺと毛繕いをするおみそからも綿毛鳥を払ってあげた。ついでにもしゃもしゃと頬《ほ》っぺたを揉《も》み込むと、機嫌が良さそうにゴロゴロと喉《のど》が鳴る。

うん。こういうところは可愛《かわい》いんだよなぁ。

「それにしても……なんだろ、この洞窟《どうくつ》……？」

奥の方は暗くなってるせいで見えないけど、緩く蛇行しながら山頂に向かって道が伸びているように見える。

広さは、野営車両《モーターハウス》の大きさギリギリって感じ。走行はできないけど、休憩時の拠点にはできそうかも！

荒い壁面や天井、床のあちこちに木の根が張っていて、路面はかなり凸凹《でこぼこ》してる。

「古びちゃいるが、坑道の跡かぁ？」

「いえ。それはあり得ないかと思います。祖霊木《シンボルツリー》周辺の山で坑道を掘ったという話は聞いたことがありません」

「あー……なるほど。ご先祖様の魂が宿る場所なんでしたっけ？　ある意味で不可侵な場所ですよねぇ……」

本家ツリーの話を聞いた時、厳密に言えば違うんだろうけど、墓地とか慰霊碑に近い感じなのかなぁと思ったんだよね。〝禁足地〟ってほどではないけど、整備とか祈りを捧《ささ》げる時以外に、あまり踏み入ることを許されていない場所……みたいな感じ。残された人たちのためのモニュメントみたいなもの？

　だから、そんな場所に坑道を作ったりはしないんじゃないかなって思うんだよね。安らかに眠れそうにないじゃん？

　そして何より、エルフと坑道っていう単語が、私の中で全く結びつかないんだよなぁ。どっちかっていうと、ササさんの種族であるドワーフの方と相性が良さそうだわ。

「まったくなのよ！　この壁には人の手が加わってないように見えるもの」

「え、でも、削られたような跡があるじゃねーか」

「うーん……かなり古そうだし、風化してできたものだと思うわ。年月が作り上げたものだと思うのよ」

　ササさんとロルフさんの話を総合すると、この洞窟に人の手は加わっていないってことかぁ。地下水で浸食されてできた……っていうには、壁面も地面も乾いてるように見えるし。

　もしかして、木の根が腐ってできた跡……とか？　さすがにそれはないか。

　でも、一番の心配は……。

「コレ、途中で崩れてきたりしないですかね？」

「見る限り、年月が経《た》ってるのにかなりしっかりしてるから大丈夫だと思うのよ」

「ええ。どことなく魔法的な保護のようなものがかかっている気配もあります」

　ドワーフのササさんと地元民のセノンさんからの太鼓判か。これはかなり心強い！

　とはいえ、実際は何が起こるかわかんないからなぁ。小説より奇なことが起こるのが現実ってもんですしおすし。とりあえず、何かあった時に退避できるように、定期的な補強をしながら進めればいいんだけど……。


「あ、そうだ！　エドさん、魔法で土壁を強化しながら進めませんかね？」

「崩落防止か？　それができたら、より安全だとは思うが……どうだ、エド？」

「ん〜。そのくらいはできると思うよ〜！　任せておいて！」


当のエドさんは、アリアさんの腰を抱きつつイイ笑顔で親指を立ててくれました とも！

私の呟《つぶや》きを拾ったヴィルさんが、アリアさんとイチャイチャしてるエドさんに話を振ってくれた。

もう見慣れた光景ではあるし、幸せそうでホッコリはするけど……やはりコレは言っておかねばなるまいて……。


リア充爆発しろ！！！！


「それじゃあ空気も和んだところで、そろそろ先に進もうか？」

そんな風に私たちがキャッキャしていると、アルトゥールさんから声がかかる。まぁ、それはそう。現状打破のために来てるんだから、ここで時間潰《つぶ》してるわけにはいかないもんね。

とはいえ、さてどうやって進むのか……と思ってたんだけど、その疑問を口にする前にヴィルさんが応えてくれた。


「まずは、俺たち【暴食の卓】が先行するが、休憩ごとに先行を交替しながら進む予定だ」

「え？　交替しながら進むんですか？」

「ああ。先行パーティは索敵やらなにやらで、気を張っている時間が長くなるだろう？　どちらかに負担が偏りすぎるのは良くないからな」

言われてみれば納得だ。

ずーっと緊張しっぱなしじゃ疲れちゃうし、集中力も持たなくなりそうだもんね。交替交替で進んだ方が、より安全に進めそう！

幸い、どちらのパーティにも斥候役はいるわけだし、実力もおんなじくらいだし……なかなかいい編成なのではなかろうか？

「それじゃ、ついてきて」

冒険者って、方針が決まったらさっと動くのが美徳的な部分があるじゃん？

例に漏れず、アリアさんがまず洞窟の奥を見やりながらその場にしゃがみ込んだ。地面に両手を突いて、ちょっと小首を傾《かし》げてる。いつものように、糸で周りを探ってるんだろう。

どのくらいそうしてたのか……静かに立ち上がったアリアさんが、無言で手招きしながら先に進んでいく。それにヴィルさんが続き、真ん中には私とおみそ。エドさんとセノンさんがその後を追いかけてくる。

【蒼穹《そうきゅう》】さんの隊列はよくわかんないけど、役割的にロルフさんとササさんが前衛、アルトゥールさんと銀星さんが後衛……って感じなんじゃないかな？

「なんか、思った以上に歩きやすい環境ですね。正直、空気が悪かったりジメジメしたりしてるんじゃないかと思ってました」

「そうだな。予想以上に壁面もしっかりしているし、崩落の予兆も感じられん」

「これで、罠《わな》やら何やらがないといいんですけどね」

道は、先に進むにつれて広くしっかりしたものになってく。時々、天井から蔦《つた》みたいな木の枝みたいなモノが垂れ下がっているけど、罠ではないみたいで歩くのには支障はない。

小声でヴィルさんと言葉を交わしながら、私も生存戦略《サバイバル》さんで周囲を警戒することを忘れていない。今のところ危険を示す赤いアラートは出てないから、敵も罠もナシって感じだけど……この先もそうだとは限らないからね。

「ん、ストップ……！」

不意に、アリアさんが足を止めた。〝しー〟と唇に指を当てながら、私たちを振り返った。さすがは冒険者。【暴食】も【蒼穹】も、アリアさんの制止と同時にぴたりと足を止めた。しんと静まり返った冷たい空気の中、少し先から微《かす》かにだけど物音が聞こえる。ざくざく、って……土を掘っているような音だ。

エドさんが、光球の光量を素早く下げた。敵に気付かれないための行動なんだろうけど、暗闇の中の光って結構目立つし、今からで間に合ったかな？

「…………………トカゲ……？」

「……ずいぶん、多いな？」

「一体一体はさほど脅威ではないようですが、数の暴力という言葉がありますからね」

アリアさんの呟き通り、洞窟の先にいたのは無数のトカゲにも似た生物だった。大きさは、二リットルのペットボトルよりも少し大きいくらい、かな？　見るからにブヨブヨして、妙に白っぽい。

忌憚《きたん》なく言わせてもらえれば、手足の生えたツチノコ……みたいな……？

それが次から次へと地面から這《は》い出てきて、壁や床に這ってる木の根っこみたいなものに齧《かじ》り付いてる。さっき聞こえた土を掘る音は、このトカゲが出てくる音だったのか！

「……光に反応、なし……目が見えていない……？」

「目標が地中に棲《す》んでいるのであれば、ありえなくはありません。進化の過程で視力を失っているのかも」

「だとすると、視力以外の能力が発達している可能性もある。気を抜くなよ？」

床の一角を埋め尽くしそうなトカゲたちは、私たちには全く反応を示すことなく、根っこを齧るのに夢中なようだ。

生存戦略《サバイバル》さん曰《いわ》く、レプトニュートって言うらしい。なんでも、地中に潜んで樹液を吸いまくったり、昆虫や小動物を捕食したり……そしてなにより土地の魔力を吸ったりもするらしく、〝森枯らし〟とも呼ばれるとのこと。

ここにきて、魔力を吸う魔物が出現するなんて！　やつらにとっては、綿毛鳥のせいで魔力が充満してるエルフの森なんて、ご馳走そのものなんじゃなかろうか？

もしかして、エルフの森、実はけっこう大ピンチなのでは？

しかもこのトカゲ……複雑な生態をしててさあ……。本体が育ち切って魔力が余ると、その余剰魔力が分裂して、レプトニュートとして実体化するらしいんだ。

「マズいですよ、ヴィルさん。もしかしたら、この近くに育ち切った成体がいるかもです！」

「どういうことだ、リン?」

なるべく小さな声で話しかけたつもりなんだけど、それでも相手からしたら十分だったみたいだ。

一心不乱に木の根を齧っていたはずのレプトニュートの内の一匹が、ついっと顔を上げてこちらに顔を向ける。辛《かろ》うじて鼻と口とがわかる程度の、つるりとした顔だ。

ブヨブヨした白い皮膚で覆われたその顔の中、見えない目でこちらを見た気がした。

「あ、ヤバ! 気付かれたよ、ヴィル!」

「やはり視力がない分、音には反応しやすいようだな」

めんどくさそうなエドさんとあくまでも冷静なヴィルさんが話している間も、レプトニュートが地面から這い出してくる。あっという間にその一角を埋め尽くすほどに数を増やすと、こちらに向かって突進してきた。

ばっくり開いた口の中には鋭い牙がびっしりと生え揃っていて、太い前脚にも凶器みたいな爪が付いてる。それほど大きくはないけど、その代わり数が多いのよ!

囲まれて一斉にあの牙と爪を振るわれたら……結構シャレにならない怪我《けが》を負う可能性がある。

……まぁ、〝囲まれたら〟の話なんだけどね。

「……甘い……!」

アリアさんの袖《そで》が、ふわりと翻《ひるがえ》った。それと同時に、こちらに向かって突進していたレプトニュートたちがまとめて網で吊《つ》り上げられる。

文字通り、一網打尽。

地から足が離れじたばたと暴れるレプトニュートを、エドさんが魔法でこんがり焼き上げれば……あっという間に殲滅《せんめつ》戦は終了した。

なお、網目から零《こぼ》れ落ちたレプトニュートは、ごまみその爪の餌食兼オヤツになり果てた。猫パンチで仕留めたレプトニュートに、ごまみそが嬉々《きき》として齧《かぶ》りつく。

まぁ、グロテスクな生き物ほど珍味だとは聞くから、食べられなくはないんだろうけどさぁ。あんまり食欲をそそるビジュアルではないよね、うん。

「これでもう、普通に声を出しても良さそう……ですかね？」

「おそらくは、な」

その場にいるレプトニュートが一掃されたのを確認して、ヴィルさんに改めて声をかけた。普通に声を出しても、地面から新手が湧いてくる感じもない。

これなら、さっきの続きを話しても大丈夫かな？

「えーと……今倒したトカゲみたいなアレなんですが、一応は地竜の仲間みたいなんです」

「アレがか⁉ それにしてはずいぶんと……いや、ワームドラゴンの仲間と思えば……」

「まぁ、ビジュアルはかなり独特ですよね。でも、問題はそこじゃないんです！ 本当にヤバそうなのは、その生態なんです！」

「……待ってくれ、リン。その件は、【蒼穹】のメンバーたちも含めた全員で共有した方が良さそうだ」

私の様子から、大事《おおごと》になりそうな雰囲気を感じ取ったんだろう。ヴィルさんが【暴食】メンバーだけじゃなく、【蒼穹】さんたちに手招きをしてる。

それに気付いたアルトゥールさんたちが、スッと集まってくれて……あっという間に取り囲まれたよね！

うぅぅ……まさか、いきなりこんな大勢の前で話すことになるとは思わなかったよ！　とはいえ、このまま黙ってるってわけにもいかないもんなぁ。

だって、このレプトニュートっていう魔物、生存戦略《サバイバル》さんを読んだだけでもわかるくらいに、厄介な生態してるんだもん！

はてさて……いったいどうやって切り出すべきか……。

「正直、何から話せばいいのか思い付かないので結論から言っちゃいますけど……今倒したレプトニュートを産み出す本体が、この周辺にいます！」

「……な、何だってー⁉」

「本体、とは……どういうことなんですか？」

「あのトカゲみたいなのの親玉がいる……ってことか⁉」

うぅん！　予想通り、【暴食】と【蒼穹】とが一緒になって場《フロア》を一気に沸かせてますな。もちろん、ダメな方向で……だけど。

思わず遠い目をした私の胸元めがけて、ごまみそがジャンプで飛び込んできた。レプトニュートでさんざん遊んで満足したのか、私に抱かれたままゴロゴロ喉《のど》を鳴らしてる。そんな自由奔放の塊を抱いていると、こっちにもそのマイペースっぷりが伝染《うつ》るんだろうか？　何とな～く気が楽になったような気がしないでもない。

生存戦略《サバイバル》さんから得たにわか仕込みの知識ではあるけれど、少しでも伝わりやすいように頑張ってみますかね！

呑気《のんき》に毛繕いを始めた翼山猫《ごまみそ》には肩の上に移動してもらい、こほんと軽く咳払《せきばら》いする。

「ええとですね……説明のために、ここでは仮に本体を〝親玉ニュート〟って呼ぶことにしますが……その親玉ニュートの余剰魔力が実体化すると、レプトニュートになるみたいなんです」

まずは、想像がしやすいように仮名《かめい》でいいから定義付けて、と。その上で、片方の手で〝親玉ニュート〟という単語を。もう片方の手で〝レプトニュート〟という単語を示しながら説明を続ける。

「そして、その実体化したレプトニュートが成長して親玉ニュートになって、また新たなレプトニュートを産み出して……っていう成長サイクルを辿《たど》るらしくて」

「それは……放っておけば、爆発的に増えてしまう可能性が高いということでしょう？　里の周りの森が全滅してしまいかねません！」

「……というか、もしかしたらもう取り返しがつかないくらい繁殖してる可能性もあるよね？　さっき、ここの一角を埋め尽くす勢いで湧いて出てきてたし！」

時々ろくろを回すポーズになりつつ言葉を紡ぐと……さすがは地元民。森が危機に瀕《ひん》していることを逸早《いちはや》く察したんだろう。セノンさんとアルトゥールさんの顔色がサッと青ざめる。

綿毛鳥にだけ対処すればいいと思ってたら、実はレプトニュート含む親玉ニュートの対処もしなくちゃいけませんでしたー、とか。

どんでん返しにもほどがあるでしょ！

「……それに……森枯らしが翳っていた祖霊木《シンボルツリー》は、僕たちエルフの精神的支柱であり、ある意味では信仰の象徴だ」

「正直、故郷に対してあまり愛着はないと思っていたのですがねぇ。いざこうして手を出されたとなると…………それなりに頭にくるものですね」

うわーん！　美形エルフさんズの微笑《ほほえ》みが怖いよぉ～～！　顔は笑ってるけど、目の奥が笑ってないんだもん！　むしろ、氷点下通り越して絶対零度なんだよぉ！！！

〝なんだかんだで地元大事ですもんね！〟とか、茶化せる雰囲気じゃないしさぁ！

「森と里を守るために、早急にやるべきことは二つです」

「ああ！　綿毛鳥への対応と、親玉ニュートへの対応ってことですね？」

「そうだね。そうなるかなぁ」

真面目な顔で二本の指を立てたセノンさんに答えると、そりゃあもうにこやかな笑みが返ってきた。私の言葉の後を追っかけて頷《うなず》くアルトゥールさんも似たようなもんだ。

綿毛鳥も親玉ニュートも、ケンカ売っちゃいけないところに手を出しちゃったな。普段温厚な人ほど怒ると怖いって言うし。

こりゃあとことん相手をブチのめさないと、絶対に終わらないパターンのやつでは？

「でも、綿毛鳥も親玉ニュートも、どうやって探せばいいんでしょう？」

「それならさぁ、この近くにデカい魔力の集まりがあるかどうか探ってみるとかは？　レプトニュートが大量に発生してるのなら、それを産み出してる魔力の塊……つまり、親玉ニュートがいるはずじゃん？」

目を据わらせたまま首を傾《かし》げるセノンさんの肩を、カラッと笑うエドさんが叩《たた》いた。うぉぉ、いろんな意味でナイスアシスト！

ちょっとしたクールダウンになったかな？

確かにエドさんの言う通り、ここでレプトニュートが大量発生してるってことは、近くに本体がいるかもしれないもんね。

「あ！　だとしたら、野営車両《モーターハウス》のカーナビで探れませんかね？」

「リンさんのスキル、そんなことまでできるの？」

「えー、あー……なんというか、オプション的な感じで」

ツルリと口が滑っちゃったけど、一度飛び出た言葉は取り消せない。しかも、現在全方向に気を張ってるアルトゥールさんの前で言っちゃったら、そりゃ捕捉《ほそく》されるわ、って話よ。

あくまでにこやかに……それでも、有無を言わせぬ気迫を漂わせて私を見つめるアルトゥールさんからジリジリと視線を逸《そ》らしつつ、みんなから少し離れた場所に野営車両《モーターハウス》を召喚する。

私のスキルに関して把握してはいても、やっぱりいきなり車体が現れると驚くんだろう。【蒼穹《そうきゅう》の雫《しずく》】のメンバーが、ビクリと肩を跳ねさせる。それでも、おっかなびっくりながらも近づいてくるんだから、それだけ好奇心が旺盛《おうせい》ってことなんだろう。

「この前のカニみたいに、広域化すれば出てくるかなぁ？」

戸惑いつつワクワクしつつという顔でこちらを眺める【蒼穹】さんたちの視線を感じつつ、運転席に乗り込んでナビを起動させる……と。

地図を広域化するまでもなく、現在地に被《かぶ》るように赤い点が画面上に示されている。

「え、すぐ近くにいるってこと!?」

「なんだと!?」

私の叫び声にヴィルさんが反応するのが先だったか、はたまた【暴食の卓】メンバーが集まっている辺りの地面が崩落するのが先だったか……。

なにもできないまま、ヴィルさんたちが割れた地面に呑《の》まれていく。

「ヴィルさん！　みんなも！！！！」

「待って！　ダメだよ、リンさん！！！」

反射的にそちらに駆け出そうとした私の腕を、アルトゥールさんが掴《つか》んで止める。行動を制止された怒りが瞬間的に沸き上がって……それと同時に冷水をぶっかけられたように頭が冷えた。

……確かに、アルトゥールさんの言うことはもっともだ。

今焦って近づいて、二次被害が起きたら元も子もないんだから。こういう時こそ冷静にならなきゃ……。

……ならなきゃ…………とは、思うんだけど……。

「今動かなくて、いつ動くって言うんですかっ！」

そんなの〝今〟に決まってるでしょー！！！

込み上げる衝動のまま、アルトゥールさんに掴まれた腕を振り払った。力の差があっただろうに成功したのは、火事場のバカ力、ってヤツだろうか？

そのまま地割れに駆け寄ると、穴の縁に膝《ひざ》をついて下を覗《のぞ》き込んだ。ぽっかりと口を開けた真っ暗闇の中に、カラカラと崩れた小石が呑み込まれて消えていく。

冷水を浴びせられたように、背筋がゾワリと震え上がる。

「ヴィ、ヴィルさん……！　エドさん！　セノンさん！！！」

「リンか⁉　お前は無事だったか！」

「怪我！　皆さん怪我とかしてないですか？」

「エドとセノンの魔法のおかげで、こちらは皆無事だ！」

奈落《ならく》の底《そこ》から、聞きたくて仕方ない声が返ってきてくれた！

みんなの無事がわかって、思わず泣きたくなった。全身が安堵《あんど》に包まれて、張りつめていた緊張がほんの少し緩む。

スリスリと身体《からだ》をこすりつけてくるごまみその温《ぬく》もりが、今は心強かった。

「今、そっちには誰がいるんですか？」

「俺とセノン、エドと……【蒼穹の雫】のロルフがいるな」

「えっ⁉　ロルフがそっちに⁉」

穴の奥から返ってきた声に、アルトゥールさんが逸早く反応して駆け寄ってきた。

……そう言われてみれば、確かに。ロルフさんの姿がない！

崩落に巻き込まれたのは【暴食の卓《ウチ》】のメンバーだけだと思ってたのに！

『なーあ、なーあ。朕がピョンっておりてって、はこんであげよーかー？』

「えーと……ごまみそが下に降りて、皆さんを運ぼうかって言ってますが……どうします？」

「ごまみそくんの心遣いはありがたいのですが、こちらはこちらでさらに下への通路を発見したんです」

「そうそう！　オレらはこっちの探索をするよ～。リンちゃんが言ってた本体が、こっちにいるかもしれないし～」

〝身軽なおみそならそれも可能かも〟と思ったんだけど、返ってきたのは何とも冒険者らしい返事だった。

でも、エドさんたちの返答を聞いて、ふと思い立ったことがある。私たちがいる場所に本体らしきマークが出たけど、もしかしてアレって、深度が違ってたんじゃない？

おんなじ建物の201号室と101号室にいるような感じって言って、伝わる？

だから、ヴィルさんたちが下を探索してくれるのはとってもありがたいんだけど……。

ふと顔を上げた先では、辛《かろ》うじて落下を免れたらしいアリアさんが真っ青な顔で穴の底を覗き込んでいる。

……う、うーん……。確かに地下組の言う通り、斥候役がアリアさんからロルフさんに入れ替わっただけって考えれば、メンバー的には探索ができないってわけじゃないんだよね。戦闘にしたって、物理のヴィルさんと魔法のエドさん、補助のセノンさんに……物理・斥候のロルフさんが加わる感じだしさ。

「あの、でもアリアさんと私がそっち行って、ごまみそにロルフさん乗せて戻ってもらった方がよくないですか？」

穴の奥に向かって、私は大声を張り上げた。

いやぁ、だってさぁ。各パーティ内で最適化された戦闘時の連携とか、探索時の役割とか色々あるわけで……メンバーが入れ替わったままで探索を続けるのって、めっちゃ大変そうじゃん！

【探索&戦闘ができないわけじゃない】と、【探索&戦闘を安全かつ効率的に進められる】の違いって、結構大きいと思わない？

私らの場合、アリアさんが索敵してる間、ヴィルさんとエドさんがアリアさんに危険がないよう目を光らせてるし、何かあったらすぐ動けるようセノンさんが杖《つえ》構えてるよ？

【暴食の卓《ウチ》】だってそうなんだから、【蒼穹】さんたちだって慣れ親しんだメンバー同士でシステムを最適化してるはずじゃん？

それを思うと、このまま進むっていうわけにもいかないじゃんかよー。

それに、その……エドさんとアリアさんを引き離しておく方が重大なインシデントが起きそうじゃない？

でも、世の中ってのはそうそう上手《うま》くいかないことの方が多いわけで……。

「そうしたいのはやまやまなんだが、どうやら向こうさんが手厚い歓迎を用意してくれてるようでな。メンバーを入れ替えてる暇はなさそうだ」

「うおぉぉ！　な、なんて間の悪い……！」

「こちらはこちらで探索を続ける、リンたちは先に進んでくれ」

ヴィルさんが返す洋画めいた返答に、ザクザクと地面を掘り返すような音が微《かす》かに混ざっている。

こりゃあ確かに、大歓迎されてますなぁ！

いやしかし、まさかこんなところでヴィルさんたちと分断されるなんて！　思い返せば、仲間内で離ればなれになったことはあったけど、ヴィルさんと完全に分かれるのって、ミール様に攫《さら》われて以来？

そう思った途端、考えるより先に身体が先に動いてた。

「ヴィルさん！　五分！　いや、三分待ってください！」

穴の向こうにそう叫び、返事を待たずに野営車両《モーターハウス》へ駆け寄った。ドアを開けるのももどかしく車内に飛び込むと、冷蔵庫にしまってある行動食やらオヤツやらを、大きな袋にあるだけ詰め込む。

クッキーに、バターたっぷりのマドレーヌモドキ、ハムとチーズ入りのケークサレと……今日のご飯の予定だったおにぎらず。暇さえあれば作ってた備蓄だけど、我ながらよく作ったもんだわ。

それが終わったらナビの画面に映ってる経路をざっくりメモして……外に飛び出した勢いに乗って、メモを入れた袋を穴に投げ入れた。

「ヴィルさん、コレ！　道中、お腹空《なかす》いたら食べてください！」

「すまない、リン！　ありがとう！」

「あと、もんの凄《すご》く簡易ですけど、見える範囲の道をメモしてありますから！　役に立つかわかりませんけど！」

「うわ〜〜ん！　リンちゃん、ありがとう！　アリアのことお願いね〜〜〜！！！」

「任されました！　エドさんも気を付けてくださいねー！」

おむすびころりんならぬ、行動食ころりん、ってところかな。童話みたいに穴の中から歌が聞こえてくることはなかったけど、その代わりに嬉《うれ》しそうに弾んだ声と、涙混じりの泣き声が聞こえてきた。

うむ。無事に受け取ってもらえたようで何より。通常だったら私がご飯を作ってあげられるけど、完全別行動ってなったらそうもいかないからね。燃費の悪いみんなのことを考えたら、お腹を空かせたままにするなんてできなかったしさ。こうするのが手っ取り早いかなぁ、って。

「俺たちは俺たちで先に進む！　アルトゥール！　リンとアリアを頼んだ！」

「わかった。こちらは任されたよ。ヴィルも、ロルフのことお願いね」

「セノンが連絡を取る方法を知っているらしいから、何かあったら連絡をする」

「ああ、魔導回路を使う方法かな？　エルフの里の範疇《はんちゅう》だもんね」

リーダー同士、穴のこちらとあちらで言葉を交わし、無事に今後の方針が決まったらしい。穴の下で何かを切り払うような音がしたかと思うと、足音が遠ざかっていく。

うーん。これで、私にできることはやったと思う。あとはヴィルさんたちに任せるしかない。ヴィルさんたちなら大丈夫だとは思うけど、やっぱり一緒にいられないせいか心配事が尽きないなぁ。

「……よし。ヴィルたちも進み始めたみたいだし、僕たちも先に進まなきゃね」

足音が闇の向こうに消えていってから少しして、アルトゥールさんがゆっくり立ち上がった。

……その声を聞いて、私たちも動き始めなきゃいけないんだなぁ、って、じわじわと実感が込み上げてくる。

「ん。探索が終わるまで、よろしく」

「臨時加入、みたいな形ですが、どうぞよろしくお願いします！」

「………………事態把握……歓迎降臨！」

「臨時と言わず、ずーっといてもいいのよぅ！　女の子が増えるのは大歓迎なのよ！」

臨時と言えど冒険を共にすることになったササさんと銀星さんに頭を下げると、思った以上に大歓迎されてしまった！　無表情ながら諸手《もろて》を上げてくれる銀星さんと、キャッキャと笑いながら私たちの周りを飛び回るササさん。

うーん。こうして女子に囲まれるのは久しぶりだわぁ。

……ん？　あれ？　【蒼穹の雫】さんからロルフさんが抜けて、その代わりに私とアリアさんが臨時加入してってなると……もしかして、男性メンバーってアルトゥールさんだけってこと!?　ラノベでありがちなハーレムパーティじゃん！

『なーあ、なーあ。朕のこと、わすれてなーい？』

「あ、そうだ。おみそもいたんだわ！」

うん。おみそも含めると、ギリギリでハーレムではない、かなぁ？　いやまぁ、ごまみそを〝男性〟に含めていいのかどうかはわかんないけどさ。

でもまあとりあえず、エドさんには「大丈夫でした！」って言っておかないとな、うん。

「さて。ヴィルたちが下を探索してくれてる間に、僕たちは上を目指していかないとね」

予期せずハーレム状態になっているという自覚があるのか、ないのか……。アルトゥールさんは涼しい顔で周囲を見回す。うーん。実に冷静だなぁ。私だったら、系統の違う美人可愛《かわい》い女子に囲まれたら、ついつい興奮してしまうかもしれん。実際、今もちょっと舞い上がっちゃってる自覚はあるわけだしね。

それを思うと、ちっとも浮わついた様子がないアルトゥールさんは、そんなことに気を取られないくらい真面目にリーダーしてるんじゃなかろうか？

「……というわけで、これから早速探索に当たりたいんだけど、【暴食の卓】での斥候役はアリアさん、でいいのかな？」

「ん。あってる、です……わたしが、調べてる……ます……」

「そっか。それじゃあ、うちの斥候のロルフが抜けたことだし、こっちでも斥候役を務めてもらおうかな。あとは、言葉遣いは気にしなくてもいいから、いつも通りに喋《しゃべ》ってくれると嬉しいな」

いやぁ。実にてきぱきと仕事を回しておられる。緊張のせいかいつもよりぎこちないアリアさんにさりげなくフォローも入れてるし……アルトゥールさん、かなりできる人なんだなぁ。

というか、ヴィルさんもああ見えてかなりの気配り屋だし、周りを見れるタイプじゃないとリーダーは務まらないってことなんだろうな。

「それと、戦う時はどんな陣形で？」

「わたしが、前衛……」

「私は、ごまみそと一緒に後方待機ってところですかねぇ」

「ふむふむ……思った以上にアリアさんとロルフの共通項が多くて助かったな。この分なら、戦闘もいつもの陣形で行けそうだ」

私とアリアさんの答えを聞いたアルトゥールさんがしばし頭を捻《ひね》ったかと思うと、すぐに納得したようにポンと拳《こぶし》を打つ。どうやらアルトゥールさんの頭の中では、もうすっかり探索と戦闘における配置図や作戦が描かれているらしかった。

確かにロルフさんも前衛っぽいし、大きな配置換えとかの心配はなさそうではあるけどさ。メンツが違えば勝手も当然違ってくるっていうのに、こうも短時間で答えを出せるなんて！　頭の回転早いなぁ。

「というか、ごまみそちゃんって戦えるの？　戦闘に出せる？」

【蒼穹の雫《そうきゅうしずく》】では銀星さんが索敵時の警戒役らしく、ササさんはちょっと手持ちぶさたになってたみたいだ。ツンと澄ましたような顔で私に抱かれてるごまみそに視線を向けつつ、ササさんがこっそり話しかけてくる。

まぁ、その疑問も当然か。私としてはおみそが成獣化できることも知ってるから、その戦闘力に疑問はないけど……ササさんたちにしたら、まだ戦闘力が低い翼山猫《ウイングリユンクス》の幼体って感じなんだろうな。出会った頃のサイズを知ってる私からしたら、かなり育ってると思うんだけどねぇ。肩に乗られたり抱っこしたりしてると、その存在感を改めて実感するわ。重たくはないけど、自分のサイズ感をまだ仔猫《こねこ》だと思ってるメインクーン的な感じよ。

「うーん……かなりの戦力ではあるんですが、いかんせん私の戦闘力がゼロなもんで……専ら私の護衛役になってくれてるんです」

「そっかぁ……そうよね！　ご主人様を守るのが従魔の役目だし、リンちゃんが怪我《けが》したら大変だものね！」

「いざとなったら解き放つんで、その時は戦力としてみてやってください」

最悪、私は野営車両《モーターハウス》に逃げ込めばいいしね。人手が足りなくなった時は、猫の手に頑張ってもらおうっと。

そんなことを考えていた私の肩に、冷たい手がポムりと置かれる。もうすっかり馴染《なじ》んだ温度……アリアさんの手だ。

私がササさんと駄弁《だべ》ってる間に、アリアさんはお役目を果たしてたようだ。

「リン。そろそろ、行く、って……」

「了解です！　私の方でも、気を付けて周りを見て歩きますね」

「ん！　気を付けて、いこ！」

拳を握って気合いを入れるアリアさんに、私も親指を立ててみせる。

【蒼穹】版の隊列構成は、ササさんとロルフさんが前衛で、弓使いのアルトゥールさんが真ん中、魔法が使える銀星さんが後衛っていうのが定番らしい。うちだと中衛がいないから、ちょっと新鮮な感じがする。

ちなみに今回は、ロルフさんの穴を埋めるようにアリアさんが前衛に入り、私は真ん中に入れてもらうことになった。アルトゥールさんのお隣である。

「道は、こっち……」

アリアさんの先導で、緩い上り坂を進んでいった。進めば進むほど道幅は広く、天井も高くなっていく。野営車両《モーターハウス》が二台は優に走れるのでは……という感じになった頃……道の先がひときわ明るくなっているのが見えた。

「外だー！」

「なるほど。斜面の麓《ふもと》から、祖霊木《シンボルツリー》の近くまで続いてたのか……僕たちは、朽ちた根っこの穴を通ってきたのかもしれないね」

明かりに誘われるように外に出た私たちを待ち受けていたのは、〝見上げるほどの〟……なんて言葉じゃ足りないくらいに立派な立派な大木だ。幹の回りなんていったい何十メートルあるのかわからないくらいだ。

呆然《ぼうぜん》としたような、うっとりしたようなアルトゥールさんの言葉も「さもありなん」って感じだ。本体がこれだけ大きかったら、根っこだってそりゃあ太くなろうってもんよ！

「それにしたって、ここからどうやって登っていけばいいのかしら？」

「ん……やる気？」

「根性？」

「んもう！　そんなので登れたら、苦労はしないのよ～～！」

見るからに木登りには不向きそうな鎧《よろい》をガチャガチャいわせるササさんに、左右に陣取ったアリアさんと銀星さんが涼しい顔で答える。もしかしてこの二人、実はかなりいいコンビなのでは？　そう思っちゃうくらい、ぴったり息が合ったボケだったよ、うん。

なお、そんな二人に間髪容れずツッコめるササさんも、なかなかの瞬発力の持ち主であることは間違いないと思う。

「……そんな冗談はさておき、実際これをどう登ればいいのか………っていうかそもそもの話、祖霊木《シンボルツリー》に登ってもいいんですかね？」

キャッキャと戯れてる女性陣を横目に、改めて目の前の巨木を見上げた。

そりゃあね？　これでも昔は、木登りも崖《がけ》登りもやってた系女児でしたけど？　フェンスによじ登りつつ下の友人を引き上げ、栄養ドリンクのＣＭごっこもしましたけど？　春はフキノトウとワラビを求め、夏は木苺《きいちご》と桑の実を探し、秋はキノコとドングリを拾い集め、冬は雪合戦を嗜《たしな》みましたけども？

さすがに今は、そんな昔取った杵柄《きねづか》が役に立たないお年頃なんだよなぁ。こんなデカい木に登れるような気がしない！

私がそんなことを考えているうちに、梢《こずえ》の方が騒がしくなった。今の今まで和気藹々《わきあいあい》としていたアルトゥールさんたちが、瞬時に戦闘態勢に移行する。私も、ごまみそを引き連れて可及的速やかに転進したんだけどさ。ちょっと不思議なのは、生存戦略《サバイバル》さんからは敵性存在を忠告するアラートが出てきてないんだよなぁ？

いぶかしみつつ警戒を解かないでいると、ガサガサと枝葉が擦《こす》れ合うような派手な音と共に薄茶色の物体がどさりと目の前に降ってきた。

大きさは、野営車両《モーターハウス》とおんなじか……いや、それより大きいかもしれない。リスとハムスターを足して割ったような感じの生き物だ。

「構えて！」

アルトゥールさんの鋭い声が周囲に響く。目の前の薄茶が妙な動きをすれば、すぐさま攻撃に移るんだろう。そんな張りつめた空気が辺りを支配する……けど……。

『んきゅぅぅぅ～～～～』

こちらの緊迫感も知らず、なんとも気の抜ける声で鳴いた薄茶の物体が腹を見せるようにごろりと地面に横たわった。真っ白でふかふかの毛で覆われた腹肉が、転げた衝撃でタプタプと揺れる。

「え、えぇぇぇぇぇ……？」

すっかり困惑しきった声は、いったい誰のものだったのか……。あまりに予想外の光景に、一触即発の雰囲気にヒビが入る。

でも、これは仕方なくない？　巨大なもふもふに、目の前で腹を見せられたらさぁ……ついつい気が緩んじゃうのが人ってもんよ。それに、生存戦略《サバイバル》さんの反応は、敵意なしの青色を示してるし。

【ロディニール　巨大なげっ歯類の魔物。可食
エンシェントツリーなど、巨大な古木に好んで棲《す》むげっ歯類の魔物。魔物ではあるが、性質は非

常に温厚。

ある程度の知能があるとされ、同じ木に棲む生物と持ちつ持たれつの共生生活を営む個体もいる。

神の言葉を伝える神使として世界を飛び回ったという伝承もある】

「あの、多分コレ敵じゃないです。ロディニール？　とかいう生き物らしいですよ」

「ほんとかい、リンちゃん!?　エルフの里の伝承に出てくる、神獣の名前と一緒じゃないか……！

祖霊木《シンボルツリー》に住まう神鳥の声を、里の人たちに伝え聞かせてくれたらしいんだ」

とにもかくにもこの空気を何とかしようと声を上げた私に、真っ先に反応を示したのはアルトゥールさんだった。さすがはエルフの里の出身者。伝承には詳しいな。

っていうか、コレ、そんなご大層な存在だったの!?　てっきり、ただの太った毛玉かと思ってた。

神使なんて高貴な感じはしないけどなぁ。

……いや、でも待てよ？　そういえば、海の女神・リューシア様のお使いって、あのクッソ腹の立つシャチじゃなかった？　この世界の神様のお使い、もう少しマシなやつはいないのかねぇ？

そんな罰当たりなことを考えていたのがバレたのか、どうなのか。

地面に転がっていたロディニールが不意に身体《からだ》を起こした。段々になった柔らかそうな肉と毛の向こう側で、真っ黒で大きな丸い目がじいっとこちらを見つめている。

ピンク色の鼻先をヒクヒクと動かしながら、ソレは大きく口を開け……。

【皆の者、傾注！！！！】

鋭い前歯が覗《のぞ》く真っ赤な口から吐き出されたのは、さっきの間の抜けた声が嘘のような野太い声だった。

【吾輩《わがはい》の名はヴィヴ。祖霊木《シンボルツリー》の護り手である！】

ぱっかり開いた毛玉の口が動く様子もないのに、野太い男の声は途切れることも淀《よど》むこともなく流れてくる。声の主は祖霊木《シンボルツリー》の護り手を自称してるけど、本当なのかな？

というか、もし声の主が本当に護り手だったとして、毛玉がこうして喋ってる、ってことは……アルトゥールさんが話題に出してた「神の声を伝え聞かせる」が意味してたのって、もしかしてこういうことだったの⁉　伝道師とか宣教師的な感じなのかと思ってたら、まさかのスピーカー扱い⁉

【本来であれば、数々の試練を経て吾輩のもとへと来てもらうのが道理ではあるが、今は一刻を争う事態である。そのロディニールに乗って吾輩のもとへ来ることを許そうではないか！】

うーん。実に偉そう！

っていうか、コレに乗れって言われても……いったいどう乗れと？　某国民的アニメ映画みたいに、腹にしがみつけばいいのか？　それともまさか、かの有名なお猫様のバス的な感じで内部に乗り込める……とか？

『ヂィッ！』

そんなことを考えているうちに、目の前の毛玉ががばりと起き上がった。こうして直立されると、野営車両《モーターハウス》の屋根と同じくらいの位置に頭がある。丸まってると気が付かなかったけど、かなり大きかったんだなぁ。

あまりの展開の早さについていけず、思わずぼんやりと立ち尽くすのが精一杯の私たちに向かって、毛玉がちょいちょいと手招きをする。この誘いに乗っていいものか、スルーすべきか……。ほんの一瞬、まだ警戒心を消しきれていないみんなで顔を見合わせて……。

「いや、行こう。伝説の神獣が目の前に現れて、守護者の言葉を伝えてくれたんだ。無視するなんてできないよ」

緊張してるのかな？　硬さが残る声のアルトゥールさんを先頭に、私たちは毛玉に近づいた。ごまみそがシャーシャーしないか不安だったけど、今のところ私に抱かれて大人しくしてくれてる。

『チィッ！　ヂヂ、ヂュッッ‼』

素直に来なかった私たちがご不満だったのか、ちょっと強めに毛玉が鳴く。頬袋がプクーッと膨らんでるように見えるのは気のせいだろうか？　なーんか人間臭い毛玉だな、うん。

まだちょっとおっかなびっくりさを残したままの私たちの目の前で、毛玉は自身の腹に手を伸ばし、柔らかそうな肉をぐーっと引っ張ってみせた。何をしたいのかと見守る私たちの目の前で、突如として腹の毛皮に切れ目ができる。

「えぇぇっ⁉　お腹《なか》にぽっけ⁉　有袋類だったの⁉」

『ヂヂヂッッ！』

どこか得意気な顔をした毛玉が、『入れよ』と言わんばかりに片方の手で袋の入り口をさらに大きく広げる。

それと同時に、ぷくぷくの腕が私たちに伸ばされて……。

「うひゃあ！！！」

現役冒険者を捕まえて、あっという間にポケットにしまえてしまうその腕前……こいつ、なかなかできる！！！

それからはあっという間だった。私たちを毛皮のポッケにしまった毛玉は、木の幹にぴょんと飛びつくともの凄《すご》い勢いで登り始めた。ポッケの中の衝撃も相当だろう……と思われたが……。

「なんか……思ったよりも揺れませんね？　てっきり、ガックンガックン揺れると思ったのに」

「守護者直々に命を下されているわけだし、何かしらの加護があるのかもしれないね」

毛玉の動きはかなり激しいのに、ポッケの中で振動を感じることはほとんどない。高性能な野営車両《モーターハウス》ですら、路面の凸凹《でこぼこ》による衝撃を完全には殺しきれないっていうのに……！　この毛玉、なかなかやりおるな⁉

時々、枝を掻《か》き分《わ》けてるような音や葉擦れの音が聞こえてきたりもするけど、外の様子が全く見えないからなぁ……。どの辺を登ってるのか見当もつかないや。その点においては、運転席だけじゃなく居室《キャビン》からも外が見える野営車両《モーターハウス》が勝ってるかも。

それでも、終わりというものは必ず訪れるわけで……。

ひときわ大きく枝を掻き分ける音と、なにかを突き抜けたような衝撃の後……しばしの静寂が訪れる。

『ヂヂッッ‼』

「え、あ……うわぁ！」

そんな鳴き声と共に腕を広げた毛玉のポッケから、私たちは弾《はじ》き出された。突然のことにバランスを崩してたたらを踏んだのは私だけで、アリアさんも【蒼穹《そうきゅう》】メンバーさんたちも、みんな華麗に着地を決めている。

こういうところにバランス感覚や反射神経の差が出るんだな……ぐぬぅ。

いや、でも、私はおみそを抱いてますからぁ？　両手が使えない分、バランスを崩しやすくて当然っていうかぁ～。

『……なーあ？　朕のことで、なんかわるいことかんがえてなーい？』

「え、や、別にぃ⁉　ゼンゼンカンガエテナイヨー」

腕の中のおみそにじーっと見つめられ、私は素直に白旗をあげた。こういう時は勘が鋭いな、こいつめ！

ぷんすこしてるおみその背中を撫《な》でながら見回した周囲は、青と緑と白の世界だった。

なんかね、梢の上に広大な透明な床が敷かれてて、その上に乗ってる感じ……って言って伝わるかな？　周りの空の青も、足元に茂る枝葉の緑も、よく見える。

「うわぁ……すっごぉ……！」

同じように辺りを見回したササさんも感嘆の声を上げる。

見渡す限りの大空と、枝葉の緑と、雲の白。こんな光景、生まれて初めて見たわ……！　あちこちで詠嘆の声やため息が聞こえるのも、そりゃあ無理からぬような気がする。

……ただ問題は、雲と見紛《みまが》うがごとき綿毛鳥が、そりゃあもう大量に舞い散ってるっていう点で

もあって……。そういえば、綿毛鳥が発生してる中心点はここだった、って思い知らされる。

【よくぞ参った、冒険者たちよ！　吾輩がこの祖霊木《シンボルツリー》の護り手・ヴィヴである！】

ふわふわと周囲を漂う綿毛鳥を吹き飛ばすような大声が、ある一点から響き渡る。私たちがいる場所の少し奥……ひときわ大きな綿毛鳥のコロニーの中に、ソレはいた。

金の王冠を被《かぶ》った、ひときわ大きな純白の鳥。目と嘴《くちばし》だけが漆を塗ったように艶《つや》やかで、白のなかで照り輝いてる……なんて。こんな感じで説明すると、いかにも威容がありそうって思うでしょ？　ところがどっこい、全体のフォルムが丸いのよ。丸すぎるのよ！　冬場のシマエナガくらいに真ん丸なのよ！

バカでっかい大玉転がしのボールに、これまた大きな翼がついてる、って感じ。今は翼を収めてるから、なおさら丸っこく見える。

コレがあんな喋《しゃべ》り方してると思うと、そのギャップが凄いんだわ。というより、こんな姿だからこそ、さも偉そうに喋られても腹が立たないっていうか、何ていうか……。

え？　祖霊木《シンボルツリー》の護り手に対して、ずいぶん偉そうだな、って？　しょうがないじゃん！　海の女神様に直々にお会いしちゃったんだもん。アレを超える衝撃は、なかなかないと思うよ、うん。

だからといって、ヴィヴさんを軽んじるつもりは毛頭ない。ヴィヴさんの姿を目にするや否や、膝をついて畏《かしこ》まったアルトゥールさんに倣うように、私たちもその場に跪《ひざまず》く。

【そう畏まらずとも良い。面を上げよ】

「守護者様直々の招致、誠に光栄なことと思っております。ですが、なぜ私たちをお召しに？」

【その方らの疑問は当然である。まずは、なぜこのような事態になったか、吾輩直々に説明をしてやろう】

大エナガの許しに頭を上げると、守護鳥はぴょんぴょん飛び跳ねながら私たちのところに近づいてきた。

いや、うん。確かに飛ぶのはものっ凄いエネルギーがいるって聞いたことあるけど……あのサイズの鳥に飛び跳ねながら近づいてこられると、笑っていいのか怖がればいいのかわかんなくなるなぁ。ついでに言うなら、この鳥の場合、跳ねるよりも転がった方が速いまである。

【事の発端は、昨晩の雷の直撃を受けたことで、吾輩の魔力をまとめる魔核が吹き飛んでしまったことにある】

「魔核……ですか？」

【左様。吾輩の魔力をこの身に収めておくために欠かせぬものだ。本来であれば、この冠の中央で光り輝いておる】

白い鳥が羽先で示した冠は、確かに何かが嵌《は》まっていたらしき跡がぽっかりと残っていた。

……というか、〝魔力をこの身に収めておく〟って、この鳥言ったよねぇ？

なんだろう、嫌な予感がする。魔力を抑えておくための魔石がなくなって？　綿毛鳥は昨日から突然降り始めた上に発生源がここで？　それって、つまり……。

スンッと静まった空気をものともせず、傲岸不遜《ごうがんふそん》な白い鳥は胸を張って嘴を開く。

【その方らが〝綿毛鳥〟と呼ぶものは、吾輩から零《こぼ》れ落ちた魔力より生まれ出しものだ。先ほども、散った魔力をどうにか吾輩のもとに戻せぬか飛び回ってみたのだが、どうにも上手《うま》くいかなかった。やはり、魔核がないとコントロールができぬ】

やっぱり！　お前が元凶か～～！　そんなドヤ顔で言うことじゃないんだが～～⁉

多分、みんなの心が一つになった瞬間だと思う。目に見えない殺気というか気迫というか……そんな得体の知れない雰囲気がぶわりと沸き上がるのを感じる。

もしかして、コレを倒せば綿毛鳥騒動も収まるのでは？

でもコレ、自称が〝祖霊木の護り手《シンボルツリー》〟なんだよなぁ。万が一それが本当だった場合、非常に面倒なことになりそうじゃない？　しかも、生存戦略《サバイバル》さんのアラートは青色だから敵じゃないことは確かだし……倒す以外の方法があるのかな？

【しかも、間の悪いことに、落ちた魔核をレプトニュートが飲み込んで、あっという間に成体に……ディナロニュートになってしまってな……守護者でありながら、里を危機に巻き込むとはなんたる失態……！】

「あ、あ～～……トラブルの大渋滞～～……！」

「一つ悪いことが起こると次々に連鎖するとは聞くけど、まさかこれほどとは……」

話を総合するに、事の発端は雷によって守護者の魔核が落ちたこと。それによって魔力が暴走し、綿毛鳥が大量発生。散った魔力を取り戻そうと飛び回ってみても効果はなく、それどころかさらに大量の綿毛鳥を発生させるだけになってしまった、と。

さらには、落ちた魔核を食べたレプトニュートが魔核の力で成体のディナロニュートに急速大進化。魔核の有り余るパワーによってレプトニュートも大量に生まれてる、っていうね……。

「あの……そもそも、どうして雷の直撃を受けるような事態になったんでしょうか？」

【いや……今年の捧《ささ》げ物《もの》の酒は非常に美味《うま》くてな！　里の子らの成長具合を感じた嬉《うれ》しさも相まって、一気に何樽《たる》か干して気持ちよくなったところに雷が当たったのだ……平素であれば防げたのだろうが、とっさに防御が間に合わなかった。そこはすまないと思っている】

「確かに、今年のブドウは当たり年だったと聞いてはいますが」

半ば呆《あき》れ気味のアルトゥールさんの声に、多少は自分が悪いと思ってるんだろう。鳥もちょっとしょんぼりとしているようだ。

……というか……セノンさんが語ってくれた酒樽行方《ゆくえ》不明事件の犯人、お前だったのか！　古今東西、酒で身を滅ぼす英雄英傑は多いけど、まさか鳥までその範疇に入るとは……！

片手で顔を覆って俯《うつむ》くアルトゥールさんの様子に、鳥のしょんぼり具合もどんどん増していく。

さっきまでの傲岸不遜っぷりはどこ行った、って感じだ。

……それにしたって、大災害ドミノ倒しが過ぎるんだよなぁ！

「ん……連鎖が、ヤバい……」

「……阿鼻叫喚《あびきようかん》、大地獄……」

「厄日に厄日が重なった感じがするのよぅ！」

うへぇと顔をしかめた私のそばで女性陣が口々に呟《つぶや》くけど、全くもってその通りだわ。

【吾輩《わがはい》としても、まさかこのような事態にまで発展するとは思わなかったのだ。このまま捨て置く

わけにもいかないが、吾輩自身が動いては先ほどの二の舞……どうするか悩んでいたところに、その方らを見つけたのだ】

あ。このパターンは、もう何度も経験してる！　パーティを探索に向かわせるための流れだ。

これが出てきた以上、私たちに逆らう術《すべ》はない。古来より連綿と続く悠久の流れ……ご都合主義という名の大河に大人しく身を委ねるのが最善の策となるわけよ。下手《へた》に抵抗したところで、どうあっても探索には行かされることになるんだからさ。【「ぼうけんにいってくれるか？」↓いいえ↓「そんなことをいわず……ぼうけんにいってくれるか？」】の無限ループで体力を消耗することもなかろうと思うわけだ。

「わかりました！　僕たちで良ければお力になります！」

うん。そうだよね。アルトゥールさんならそう言うよね！

さっきまではちょっと落ち込んでたみたいだけど、里の伝承にも出てくる守護者直々にお願いされたことが嬉しいのか、今は目をキラキラさせて喜んでるみたいだ。

……これがヴィルさんなら、テンションはきっと下がったまんまだろうなぁ。なんなら、「お前の不始末が原因なんだから、少しくらいは反省を見せたらどうだ？」とか言いそう。さらにセノンさんが抉《えぐ》るような鋭い指摘でトドメを刺しそう……。

こっちに来たパーティが、素直でネアカな【蒼穹】さんたちで良かったなぁって思いますよ、本当に。

……いや、【暴食の卓《ウチ》】がひねくれててネクラってわけじゃないけど、アルトゥールさんたちに比べたら素直じゃないというか……。

でもまぁ、アルトゥールさんの決定に異はないよ。この事態をどうにか収めなきゃっていう根っこの部分は変わらないわけだし。むしろ、原因と対処法がわかったから、攻略が楽になったわけじゃん。

【魔核を飲み込んでからそう時間は経《た》っていない故、まだ身体《からだ》に馴染《なじ》みきってはいないとは思う。だがそれでも、人の攻撃を跳ね返す程度の力は得ているだろう】

ふむふむ。対処法はあるってことね。それだけが救いだなぁ。

……それにしても、飲み込んだものを吐き出させるって、いったいどうすればいいのか……って思ったんだけど……。

【ディナロニュートに出会ったら、この木の葉を飲ませると良い。ヤツの力と相反する魔力が籠《こも》っている故、吾輩の魔核を吐き出すはずだ】

そう囀《さえず》ったヴィヴさんが嘴で空を指すと、何もない空中にパッと葉っぱらしきものが現れて、慌てて差し伸べられたアルトゥールさんの掌《てのひら》にパサパサと落ちてくる。大きさは、アルトゥールさんの掌の半分くらい。濃い緑でツヤツヤしてて、葉っぱにしては分厚くて……見た目的には大きな椿《つばき》の葉っぱって感じ。それが何枚もアルトゥールさんの掌の上に重なっている。

「そんな貴重なものを、僕たちに預けていただけるんですか？　ありがとうございます……！　その信頼に応えられるよう頑張ります！」

昂《たかぶ》りを隠せない様子のアルトゥールさんが掌に木の葉を載せたまま頭を下げる。私たちも、それに合わせて頭を下げたけど……頭の中ではちょっと別のこと考えちゃったよね。

……だって、あの葉っぱを飲ませるのって、存外に難しそうな気がするんだよね。

考え付く方法としては、ディナロニュートを拘束するなり組み敷くなりして動きを封じて、無理やり開けた口に突っ込むか、魔法で操って口に放り込むかくらいのような気がするもん。

ただ、魔法で操るにしても軽すぎて空気抵抗とかに弱そうだし、接近して飲ませる方法はまかり間違えば大怪我《けが》する可能性があるわけで……。

「……うーん……あの、この葉っぱって、切ったりすり潰《つぶ》したりしたものを飲ませても大丈夫ですか？　それと、加工中に手に付いたりしても人体に影響はないですか？」

【む？　加工？　すり潰すことによって魔力が溢《あふ》れやすくなり、その分ヤツを刺激する力は強くなるのではないか？　それと、この葉は人の子らの身体に何ら害を与えるものではない。万が一口に入っても問題はなかろう】

気が付いたら口を衝《つ》いていた私の質問に、巨大な冬毛のシマエナガがもすもすと身体を揺すりながらしたり顔で答える。

よーし！　害はなさそうだし、加工しても大丈夫みたいだし。〝ないのなら、作ってしまえ葉の団子！〟作戦が使えますぞ〜〜〜〜！！！

そうと決まれば、現時点で葉っぱを授けられたのはアルトゥールさんだから、まずはそちらに許可を貰《もら》わなくちゃ。

「アルトゥールさん、アルトゥールさん。その葉っぱなんですが、扱いやすくなるように少し加工してもいいですか?」

「確かに、相手の体内に取り込ませるという面を考えれば、食事番の本領を発揮できる場ですものね。どうかお願いします」

私の突然の申し出に、アルトゥールさんはすぐに意図を察してくれたみたいだ。ただ、思ってたのとちょっと別の方向で納得されてしまった感があるな。

でも、承諾は、承諾。即刻差し出された木の葉をありがたく受け取って、ハンカチに包んでボディバッグにしまっておく。

「そっか。リンちゃんは【暴食の卓】のご飯番だもんね。口に入るものの取り扱いには慣れっこよね!」

「ん! リンのごはん、ちょー美味《おい》しい!」

「美味食事、良……!」

うーん。こっちの女子チームの認識も似たようなものだったか。

でもまあ確かに、ご飯番っていう役目を考えれば、食材の扱いには慣れてるというか、何というか……。まぁ、この木の葉を〝食材〟として扱っていいのかどうかはわかんないんだけどもさ。

ただソレを、キャッキャとはしゃぐ女性陣の前で言う気にはなれないな、うん。あの盛り上がりに水は差せないわ。女子会が楽しそうでなによりです。

【さて。久方ぶりの会話は楽しいのだが、事は一刻を争う。こうして話している間にも、ディナロニュートの身体に吾輩の魔核がどんどん馴染んでいることだろう】

「……確かに……！　馴染んでいないからこそ、この葉っぱで魔核を吐き出させることができるのでしたね」

「一刻も早くディナロニュートのところに行かなきゃいけない、ってわけですね」

キリッと表情を引き締めたデカエナガが羽を揺らすのに、こちらの空気もまたピリッと引き締まった。

事の始まりが昨日の雷だったとすると、ディナロニュートがヴィヴさんの魔核を飲み込んでから半日以上経ってる。経過時間と馴染み具合の比例関係がどうなってるのかわからないけど、それなりに馴染み始めてるんじゃなかろうか……と思うわけですよ。しかも、一回馴染み出したら加速度的に馴染み度が上がってく……なんて最悪の事態も考えられるわけで……。

メタいことを言わせてもらえるのなら、俗に言う〝時間制限イベント〟なんだろう。時間をかけるほどこちらの準備は整うけど、討伐難易度が上がってく感じの、アレ。

【諸君らに、この高さから飛び降りるのは無理だろう。吾輩のもとに参陣した時と同様に、ロディニールの背に乗って降りるといい】

『ヂヂィッッ⁉』

デカエナガの羽先が示す先では、呑気《のんき》に毛繕いしていた毛玉が突然の指名に驚いたように身体を硬直させていた。うんうん。私たちをここに運んだことで、仕事が終わったと思って油断してたんだね。

でも、こちらもこちらで伊達《だて》に伝説に名を連ねてない。すぐにキリッとした顔になったかと思うと、私たちに【乗りな】と言わんばかりに背を向けた。

来た時はロディニールの肉ポケットに収納されたけど、今度は背中に乗るの？　そりゃあね、腹毛とはまた毛質の違うスベスベした背中の毛の感触は気になるけどもさあ！

そうは言っても、ヴィヴさんが言う通り、この高さからロープなしでバンジーするわけにはいかないし、枝を伝って降りていくのも時間がかかるだろうしなぁ。やっぱり、ここはこの毛玉に乗るのがベストチョイスなんだろう。

アルトゥールさんたちと無言で目配せし合い、私たちは粛々とロディニールの背中にしがみついた。フワフワな腹毛と比べて、背中の毛はちょっと硬くてツルリとした手触りだ。

【それでは、諸君らの健闘を祈る！　この森を頼んだぞ！】

私たち全員が背中にしがみついたのを確認し、ヴィヴさんが高らかに嘴《くちばし》を打ち鳴らした。見た目はデカエナガなのに、その声は威厳に満ちててねぇ……。伝説の存在としての貫禄《かんろく》を感じたよ。

『ヂィイイイッッ！！！』

そして、ヴィヴさんの激励を聞くや否や、一声鳴いたロディニールが一気に駆け出した。あまりの急加速についていけなかった身体がガクンと仰《の》け反《ぞ》る。落とされまいと、毛をむしる勢いで必死で毛皮を掴《つか》んだ。ごまみそが爪を立ててしがみついてくるせいで、地味に背中が痛い。

大の大人を五人も乗せているとは思えない足取りで、ロディニールが駆けていく先は……。

「え、あ……うわ、待って、待って！　なんかまだ心の準備が……！！！」

絡まり合った枝がプッツリと途切れて、青一色の世界が広がっている。

え、ウソ⁉　結局紐《ひも》なしバンジーなの⁉　毛玉と一緒にフリーフォール⁉

覚悟を決める前に毛玉が中空に飛び出して……ふわりと身体が浮いたような感覚に包まれる。

……でも、それもほんの一瞬だ。

「わ、わあ！　うわぁ！！！」

「あああああああ！！！！　お、おち……おちてるうううう！！！！！」

『んみゃああ！！！　おもしろーい！！！』

涙すら吹き飛ぶ勢いで、毛玉ごと落ちていく。戸惑い半分、興奮半分のアルトゥールさんの声と、背中のごまみそがキャッキャとはしゃいでる声が聞こえるけど、それに構ってる余裕なんてない。

このままでは死ぬのでは……⁉

思わずぎゅっと目を瞑《つぶ》った途端に、ザンッと何かが擦《こす》れるような音がして、同時に柔らかなロディニールの背中に身体が叩《たた》きつけられる衝撃に襲われる。

「え、あ……枝……⁉　た、助かった……！！！」

恐る恐る目を開けると、飛び出した場所の直下に張り出した木の枝に着地したようだった。死なずに済んだ安堵《あんど》と、今さら襲ってきた恐怖で、全身にどっと汗が噴き出すのがわかる。

ちらりと上を見上げても、デカエナガがいた場所はもう見えなかった。思った以上の高さをフリーフォールしてきたらしい。

命が助かった幸福感に浸っていると、乱れた息を整える暇もなく毛玉がまたもぞりと動く。

「は？　ちょっと待って……まだ飛ぶの⁉　またバンジー⁉」

『ヂュヂュッッ！！！』

震える口から飛び出た言葉は、想像以上にか細くて……いやもう私、完全にビビってるなぁ、って思うよ、うん。しかも、ちらりとこっちを見たロディニールの目が〝頑張ってついてこいよ（キリッ！）〟って言ってるように見えてさあ。これって、私の被害妄想⁉

そこまで考えたところで、毛玉は再び宙を舞った。

「うあああああああああああ！！！！！！！」

フリーフォールの後、着地。また飛んで、着地。四肢を広げて皮膜で風を受けながら、飛んでは落ちて飛んでは落ちて……無重力からの自由落下を繰り返されるうちに、次第に意識がぼんやりしていく。

薄れていく意識の中、世界樹と呼ばれる巨大な木の上に鳥が棲《す》み、その木の幹にはげっ歯類が……そして、木の根元にはドラゴンがいる……そんなことが書かれてる神話があったなぁ、なんて。

そんなことがふと思い出された。

このゲームを作ったスタッフに、絶対マニアックな人がいたでしょう！

っていうか、もしかして……これって走馬灯ってヤツなんじゃ……？

それでも幸いだったのは、意識が完全に消失する前に地面が見えてきたことだろうか。

最後の最後の大ジャンプに、盛大に身体がガクンと跳ねて…………毛玉がようやく地面へと降り立った。毛玉が身を屈《かが》めてくれたのは、少しでも背中から降りやすいようにっていう心遣いなんだろう。

それをありがたく思いつつ、大爆笑してる膝《ひざ》を叱咤《しった》して母なる大地に足を下ろした。

「あああ……地に足がついてるって素晴らしい……！」

もうね、安定感と安心感が半端ないよぅ！！！

感激で打ち震える心を落ち着かせている間に、アルトゥールさんたちも毛玉の背中から次々に降りてきた。私たちを降ろして文字通り荷が下りたのか、毛玉はここで休むつもりらしい。

え、マジで⁉　こんな綿毛鳥に埋もれてるような状況なのに寝れるの⁉　デカエナガ……ヴィヴさんのそばにいたせいで、すっかり慣れちゃってるのかな？

畏怖《いふ》に疑問にドン引きに……様々な視線を集めたロディニールは、祖霊木《シンボルツリー》の幹を枕に、ぷうぷうと寝息を立て始めた。

そんな毛玉のすぐ近く……木の根元にぽっかりと空いた大穴は、さっきと変わらずそこに存在している。

「とりあえず、エルフの里の魔導回路を使って、セノンに連絡を取ってみるよ。その間に、リンさんは木の葉の加工をお願いしてもいいかな？」

「了解です！　さっと準備しちゃいますね！」

穴の縁から中を覗《のぞ》き込んだアルトゥールさんが、ちらりと私を振り返って声をかけてくれる。

「なんで連絡？」って思ったけど、ディナロニュートと思《おぼ》しき個体に向かってるセノンさんたちが討伐に入る前にストップかけておかないと、私たちが到着するより先に戦闘に突入しちゃうかもしれないもんね。もちろん、倒した後のディナロニュートの腹を掻《か》っ捌《さば》いてヴィヴさんの魔核を取り出すって方法もあるかもしれないけど、それよりは木の葉を食べさせて吐き出してもらう方が格段に楽じゃん？

それに、ヴィヴさんの魔核のせいでパワーアップしてるっていうんなら、それがなくなったら弱体化する可能性も高いわけでさ。その方が楽に倒せるじゃんね。

タイムアタックのことも加味した上で考えると、私たち地上組は一分一秒でも早く地下組に合流しなきゃいけない、ってことなんだよな～～～。

「よし！　それじゃあまずは、野営車両《モーターハウス》さんを召喚して、と……」

地下チームと繋《つな》がったらしいアルトゥールさんがこちらで起きた出来事を説明している間に、私は木の葉をどうにかするとしましょうか！

……といっても、そんなに難しいことをするつもりはない。刻んで潰《つぶ》したものを練った小麦粉に混ぜて団子にし、ディナロニュートのお口にシュートしてやろう、って寸法ですな。私たちが食べるわけじゃないし、熱を加えると変質しそうだし、今回は加熱はしないでおこうと思う。生草団子、的な感じ？

「んんん……見た目よりも柔らかいな？」

いざ包丁を入れてみると、思った以上に柔らかい。触った感じは分厚いけど、切った時の感触は大葉に近いかも？　サクサク切れるし、トントン叩くだけで簡単に潰れていく。匂いも思った以上に爽《さわ》やかで、なんだかハーブでも刻んでる気分だなぁ。

預かった葉っぱをペースト状に加工している間に、好奇心につられたらしいアリアさんがごまみそと共に車内に戻ってきた。

『うえぇぇぇ！　へんなにおい、するー！！！　朕のかあいいおはなが、かあいそうでしょー！』

「え、そう？　確かにハーブみたいな匂いはするけど、そんなに気になるかな？　アリアさんはわかります？」

「……ん、んん〜〜？　ハーブっぽい、っていうのは、わかる」

居室《キャビン》に入るや否や、鼻面にシワを寄せたおみそが私の足に猫パンチを繰り出してくる。葉っぱを刻んでるから、それなりに青っぽい匂いはするけど、そんなに嫌がるほど？

そう思って手を止めて匂いを嗅《か》いでみたけど、それほど変な匂いはしない。アリアさんも私と一緒で、特に不快に感じてるわけではなさそうだなぁ。

ヴィヴさんは〝ディナロニュートに効く〟って言ってたけど、もしやそれ以外にも効いちゃう種族がいるってこと？

「ですよねぇ？　おみそよぅ。そんなに嫌な匂いなら、外出て待ってる？」

『や〜〜〜〜！！！　なんで朕のことおいだそうとするの⁉　朕のおはながしんじゃうまえに、さっさとおわらせて！！！』

ごまみそのあまりの嫌がりように、親切心で声をかけたんだけど……返ってきたのが盛大な猫パンチって！　恩を仇《あだ》で返されてない？

まぁ、匂いに違和感がある程度で済んでるっぽいし、おみその言う通りさっさと作業を終わらせますかね！

「小麦粉適量と～、刻んだ葉っぱを入れて～～♪　まな板の～エキスを～、こそげ落としつつ水をい～れ～る～～♪」

鼻歌と共に適当な量の小麦粉をボウルにブチ込み、そこに刻んだ葉っぱもダイブさせる。もちろん、使ったまな板をボウルの上で濯《ゆす》ぐことで、表面にこびりついてる葉っぱのエキスも無駄なく利用することも忘れない。

決して〝エキスがもったいない！〟とかいう貧乏性が発揮されたが故の行動ではないから。ないったらないから！

「わ、わぁ……！　すっごく緑になるのね……」

「超緑……絵具……？」

「もともとの葉っぱも鮮やかな緑色でしたけど、混ぜて練っても鮮やかさを保ったままとか……私もビックリしちゃいました」

……いつもであれば、エドさんやセノンさんが私の作業を覗き込んでくるんだけど、今日はちょっと勝手が違う。ササさんと銀星さんが、好奇心で瞳を輝かせつつボウルの中を覗き込んでいる。

やられてることは同じだけど、メンツが違うと新鮮な気分。

なお、ねっちねっちと練り混ぜてるボウルの中は、銀星さんの言葉通り〝絵具チューブから出しました！〟ってくらいに鮮やかな緑色だ。食用色素なんか使ってないのに、この発色の良さは凄《すご》いと思う。

「欲を言えば、後学のために味見してみたいところですけどねぇ。ディナロニュートにどのくらいの量を飲み込ませれば効果が出るのかわからないですからね。つまみ食いするわけにはいかないのが残念です」

「ん～……確かに、それは残念……」

「そもそも味付けも何にもしてないので、私たちが食べたところで美味《おい》しいものではないと思いますけどね」

「そう、なの？」

「ええ。塩も砂糖も入れてませんし、素材の味そのままですもん」

生地を捏《こ》ねていくにつれ、潰しきれなかった葉っぱの繊維が生地に混ざっていく。鮮やかさに目を瞑《つぶ》れば、草餅そっくりと言ってもいい。

匂いも悪くないし、食欲混じりの好奇心がムクムク沸き起こるけど、ディナロ討伐という目的のためには食べるわけにはいかないんだよなぁ。

「問題は、コレをどうやって持ち運ぶか、ってことなんだけど……丸めて保存容器に入れればイケるかなぁ？」

耳たぶよりもだいぶ硬めに仕上げ緑の生地を手の中でコロコロ丸めながら、視線はちょうど良さそうな容れ物を探してキッチン内を動き回る。一瞬、昔話の黍団子《きびだんご》みたいに袋に入れて持ってってやろうかとも思ったけど、いくら打ち粉を振ったとしても、外圧で潰れて一つの塊に戻っちゃう未来しか見えなくてさあ。これは断念せざるを得ないな、って。

「アリアさん、そこの棚から、保存容器取ってもらってもいいですか？」

「ん！　保存容器って、これ？」

「まさにそれです！　ありがとうございます！」

草餅ならぬ薬草餅を量産するため離せない手の代わりを、アリアさんにお願いする。お願いと同時にさっとお目当てのものを探し出してくれるのは、さすがは斥候の眼力ですわぁ。それだけ、アリアさんもこの野営車両《モーターハウス》のキッチンでのお手伝いに慣れてくれた証拠だって思うと、感無量というかなんというか……。

じんわりと心に広がる温かな気持ちを感じつつ、アリアさんが持ってきてくれた容器に丸め終わった薬草団子を詰めていく。発酵を促すものは入れていないから、持ち運んでる間に膨らんでフカフカになってる……なんてこともないだろうし。容器の中で薬草団子が転がらないようみっちり詰めればいいかな？

「なるべく、こう……隙間なく詰めて、中で動かないようにすれば形も崩れにくくなるんじゃないかなー、と思うんですよね」

「……ほうほう」

「言うて、多少くっつくことは織り込み済みですし、ある程度の形を保ってくれるように落ち着いてくれればいいかなぁ、と」

アリアさんと言葉を交わしつつ、容器の中に薬草団子を敷き詰め、積み重ねていく。ある程度形が残ってれば、現地で丸め直す時に一から丸めるより簡単に形になるだろうしね。ぺっちゃんこになったりしなければヨシ、ってことよ。

「よし！　なんとか全部詰めた！」

「みっちり……みどり……」

容器に詰めると、より草餅感が増すなぁ。持ち運んでる間にくっつかないようにと思って打ち粉をまぶしたせいで、生地の鮮やかさが抑えられたっていうのもあると思う。

とはいえ、見た目はともかく、材料が違うから草餅とは全く別物の匂いがするけどね。

最後の一個をどうにかこうにか突っ込んで、パチンと蓋《ふた》を閉める。それをいそいそとボディバッグにしまい込んだら、私の準備は完了だ。汁気がないから、容器が縦になっても汁漏れしないのが救いかなー。

そのタイミングで、通話を終えたらしいアルトゥールさんが居室《キャビン》の入り口からひょこりと顔を覗かせる。

「こちらの方は、無事にセノンたちと通信ができたよ。休憩を兼ねて待っててくれるって」

「繋がったようで何よりです。こっちも、薬草団子の準備はできたので、いつでも出発できます！」

「祖霊木《シンボルツリー》の魔力のおかげなのか、里の中よりかえってクリアに聞こえるくらいだったよ。リンさんも、この短時間で準備してくれてありがとう。それじゃあ、早速出発しようか！」

「了解です！」

ヴィルさんもそうなんだけど、アルトゥールさんもこまめにお礼言ってくれるよね。こういう細やかな心遣いが、パーティの仲を良くしてる秘訣《ひけつ》なんだろうな。感謝の言葉を告げるのって、大事なことだと思うもん。

そんな心配りマンのアルトゥールさんの号令で、私たちは再び祖霊木《シンボルツリー》の地下に潜っていく。一度通ってるからなんとなく道はわかるし、出てくる魔物の強さもなんとなくわかってるし……行きの時より恐怖はない。

「戻り先までの経路や状況がわかる分、初見の道より安心感はあるわねぇ」

「油断禁物！　注意必要！」

「銀星の言う通りだよ、ササ。ディナロニュートの出現によって、ここら一帯が半ダンジョン化してる可能性もある。注意を払って払いすぎってことはないと思うよ」

「んもぅ！　それはわかってるのよぅ！　でも、道に迷う心配がないのは心強い、ってことを言いたかったのよぅ」

ほんの少し声を弾ませるササさんに、すぐさま銀星さんとアルトゥールさんのお小言が飛ぶ。

……ダンジョン化、かぁ。そういえば、何でもないような風景が、突然ダンジョンになっちゃうことがあるって、ヴィルさんが前に教えてくれたっけ。この間行った海底神殿も、ボスが現れたことでダンジョン化したパターンだったし、今回もそうなったとしても何ら不思議じゃないんだよなぁ。

「……ん……だいじょぶ。きをつける……！」

「お願いします、アリアさん！」

『朕もなー！　いるからなー！』

「そうね。おみそもいるもんね」

一抹の不安を抱えつつアリアさんを見つめると、〝任せろ〟という顔で胸を張ってくれた。うむ。さすがは【暴食の卓】の斥候様！　頼りになりすぎる！

もちろん私も、生存戦略《サバイバル》さんを駆使して、敵の有無やら罠《わな》の有無やらを警戒しますけどね！

それと一緒に、私の肩に乗ったごまみそがふんすふんすと翼を動かす気配も伝わってくる。【蒼《そう》穹《きゅう》】さんたちの結束も強そうだけど、私たち【暴食】チームの守りだって鉄壁ですわよ～！

………………。

………………………………。

………………なんて、気合いを入れてはみたけど、敵は出てこなかった。より正確に言うなら、〝私たちの歩みを止めさせるような敵は出てこなかった〟かな。

大きなモグラっぽい魔生物とか、ミミズのデカいのとかが出たには出たけど、みんなの敵じゃなかったんだよねぇ。出る敵出る敵、アリアさんの糸で切断されるか、ササさんの一撃で地に沈むか、アルトゥールさんの弓でハリネズミにされるか、銀星さんの魔法で消し炭にされるか……そのいずれかの命運を辿《たど》ったよ。

ヴィルさんたちと通った時にある程度を倒していたせいか、出現する回数も、遭遇する個体数もそれほど多くなかったんだもん。数で押すタイプの生態だから、数が少ないとこうも簡単に片づけられるんだなぁ。

たまーに私の方に向かってきた余波も、ごまみその猫パンチと猫引《ひ》っ掻《か》きの一撃でノックアウトされるし。お陰様で、私は安全地帯でぬくぬく過ごさせてもらいましたとも！

「……というわけで、例の床抜けのところまでやってきたんですけど……これ、どうやって降りましょうね？」

無慈悲に敵を蹴散《けち》らしつつ、私たちはさっきまでいた場所……ヴィルさんたちを呑《の》み込んだ大穴の縁に辿り着いた。魔物との遭遇はあったとはいえ、必要最低限の時間で戻ってこられたのではなかろうか。

例の穴は、自然と塞《ふさ》がることもなく大きな口を開けて私たちを待っていてくれた。穴の縁から身を乗り出して深淵《しんえん》を覗《のぞ》いても、すべてを呑み込む漆黒が眼下に広がるだけだ。

突然落ちたヴィルさんたちがどうにか無傷で降りられたんだから、事前に準備する時間がある私たちも無事に降りられるはずなんだけど……さてどうすればいいのか。

「ふっふっふ……！　わたしに、おまかせ！！！」

「アリアさん！　何かいいアイディアがあるんですか？」

「もちの、ろん！　わたしが、先に降りて網を張るから……みんなそこに落ちてくればいい！」

「え、なんですか、その面白そうな作戦！」

ドヤ顔のアリアさんが身振り手振りで話してくれた作戦に、思わず心が躍っちゃったじゃんか！

先行して地下に降りたアリアさんが張った網めがけて私たちが飛び込めば……トランポリンの如《ごと》く受け止めてくれる、って感じになるわけか。

糸を扱うのが得意な蜘蛛《くも》人さんならではの作戦だよね！

「……という感じで、アリアさんが作ってくれた網を、安全ネット代わりに飛び込むのはどうかな、っていう話なんですが、いかがでしょう?」

「なるほど。それはとても興味を引かれますね！　アリアさん。先行する貴女《あなた》の身が安全なら、お願いしてもいいですか?」

「ん。任せて……！」

スリルと浪漫を天秤《てんびん》にかけつつ生きる冒険者なら、こういう方法も好きそう……って思ったけど、ドンピシャだったよ。提案したそばからアルトゥールさんを始め【蒼穹】チームの瞳がキラキラ輝いていく。身長差女子コンビなんか、手と手を合わせながらキャッキャとはしゃいでるもん。銀星さんはロータッチ気味なのに、ササさんがハイタッチ状態なのが、ちょっと可愛《かわい》いと思っちゃった。

それを見ながら、私とアリアさんも無言でハイタッチを交わしましたとも！

景気よくパァンと音を立てた後、アリアさんがすっと穴の縁に足を向ける。

「それじゃ、行ってくる！」

グッと親指を立てたアリアさんは、自前の糸を壁に打ち込んで支点にすると、ぽっかりと空いた穴に身を躍らせた。イメージ的には、クライミングの懸垂下降ってヤツだろうか?　白い身体《からだ》が、シュウゥゥッと闇に呑まれていく。

時間にすれば、ほんの数分ってところだろう。でも、まかり間違って落ちたりしないかとか、着地したところに敵の不意打ちがあるんじゃないかとか……心配事に気を取られてたせいだろう。体感時間としては思った以上に長く感じた。

「無事、着地した！　網も張れたから、降りてきていいよ！」

だから、奈落《ならく》に思える穴の底からアリアさんの声が返ってきた時は心底安心したよね。ここからじゃ網は見えないけど、アリアさんが「張れた」って言ってるんだから、強度やらなんやらは問題ないだろう。

「それじゃあ、最初に銀星が行ってくれ。その後にササと、リンさん。そして最後に僕が飛ぶのがいいんじゃないかな」

「把握。吾《われ》、到着後、重力軽減魔法・網強化魔法使用」

「うん。そうしてもらえると助かるな。もちろん、銀星自身に魔法をかけるのも忘れないでね？」

アルトゥールさんが順繰りに私たちの顔を眺め、飛ぶ順番を決めてくれた。

アリアさんが待つ地下に銀星さんに行ってもらうことで、物理と魔法と両方の攻撃手段を揃《そろ》える。その後、銀星さんに飛ぶ時に役立つ魔法をかけてもらうことで後続の安全性をさらに確保（銀星さんも飛ぶ前に自分自身に魔法をかける）。回復＆タンク役のササさんが追加降下して地下の戦力が充実したところに戦力外メンバーの私を送り込み、その間アルトゥールさんは周囲の警戒をする、と。

まとめ役やってるだけあって、アルトゥールさん頭キレるなー！

「出撃！」

アルトゥールさんに内心拍手を送っている間に、私たちと自分自身とに何らかの魔法をかけた銀星さんが、少しのためらいもなく穴に飛び込んだ。魔力の粒子を薄《う》っすらと纏《まと》った身体が闇に呑まれるのと同時に、「何之面白〜〜〜〜！！！！」っていう弾んだ声がする。

うーん……フリーフォール系のアトラクション感覚なのかなぁ？　さすがは身体能力に優れた冒険者だわ。

「次の人……飛んで、大丈夫！」

「よし。それじゃあ、次はササだね」

「やった～！　それじゃ、行くわよ～！」

ガシャリと鎧《よろい》を鳴らして、ササさんが笑顔で飛び込んだ。「きゃっほ～！」って、めちゃくちゃ愉しそうな声が尾を引くように落ちていく。

……………うわぁ。次が私かぁ。緊張なのか、恐怖なのか……無意識に握り込んだ掌《てのひら》が、冷や汗でぬるりと滑ってるのがわかる。

穴の底から「おりてきていーよー」と声がかかって、ごまみそと一緒に穴の縁ギリギリに立つ。断崖《だんがい》絶壁に追い立てられた犯人の気分ってこんな感じなんだろうか？　こんな状況だからか、肩に乗った猫の肉球の感触ですら妙に心強く感じるわぁ。

『あんなー、いざとなったらなー、朕がせなにのせてあげるからなー！』

「そっか。そうだね。おみそがいるもんね！」

『そーだよー！　朕がいるからなー、おまかせ！』

「うむ。もし網から外れそうになったら、フォローは任せたからね、おみそ！」

ざあっと下から吹き上がってきた風が、私の前髪をふわりと揺らす。眼下には濃い闇が待ち受けているけれど、下では仲間が待っている。これ以上心強いことって、ある？

「小鳥遊倫《たかなしりん》、いきます！」

「ん！　まってる！！！」

まとわりつく恐怖心を振り払うように高らかに宣言し、私はおみそと共に闇の中に身を躍らせた。

思い返せば、今日はずいぶんと落下してばっかりじゃんね。

そんな考えが頭を掠《かす》めた次の瞬間には、弾力のあるアリアさんの網に全身を受け止められていた。

かと思うと、余った落下エネルギーの反動で網の上でバインボインと身体が弾む。

鍛えられた冒険者と違って、スキルこそあれど私の身体能力なんて一般人とほぼ同じ。下手《へた》をすれば運動不足で一般人以下って可能性もある。そんな私が、網のトランポリンの上で上手《うま》く動けるかというと……動けるわけがないんだよなぁ！

「わ、ぅあぁ！　めっちゃ弾むんですけど！　バランス感覚と体幹の筋肉のなさが悔やまれる！！！」

「大丈夫、リンちゃん？　めちゃくちゃ跳ねてたけど、目ぇ回ってない？」

「ありがとうございます。大丈夫で、す……って……」

猫らしく空中でくるりと一回転して見事に着地を決めたごまみそとは対照的に、跳ね回ってばかりで一向に体勢を立て直せない！　だが、捨てる神あれば拾う神あり。放置する神あれば助けてくれる神だっている。

陸に上がった魚のようにビチビチとのたうつ私に、すっと手が差し伸べられた。アリアさんのものかと思ったけど、それにしてはゴツすぎる。

それに、同時に聞こえてきたこの声は……。

「はぁ⁉　え、エドさん⁉　どうしてここに⁉」

「ふっふっふ！　アリアの網、すっごいでしょ？」

そこにいたのは、ドヤ顔で嫁自慢をする【暴食の卓】の同担拒否嫁強火担。後方旦那《だんな》面の権化。

モンスターハズバンド・エドさんだ。

本来であればここにいるはずのない人が、なんでここにいるんだ⁉

「だって！　アリアがこっちに来るって、セノンが言ってたからさあ。それなら、オレが迎えないわけないじゃん！」

「アリアさんの強火勢が過ぎる！！！」

「ちょっと距離はあったけど、魔法で重力とか色々と弄《いじ》って走ればちょちょいのちょいだよ！」

エドさんの言葉から察するに、重力を軽くして走りやすくした上でこっちに戻ってきた、ってことなんだろう。

愛が重い！　重すぎる‼　そんなだから、私にモンスターハズバンドって言われるんだよ、エドさんは！！！！

「いやぁ、凄《すご》かったぞ……俺たちの反対を振り切って、一目散にダッシュしてくんだからな」

「いくらアリアが心配だとはいえ、少々やりすぎでは？」

「ヴィルさん、セノンさん！　お二人とも、こちらに戻ってきてたんですね」

「いくら目印を残してたっていったって……元の場所に戻るか、フツー？　現在地で体力温存しながら合流を待つのが定石だろ？」

「ロルフさんも……えーと……まぁ、アリアさん至上主義者《エドさん》なので……」

通路の奥から現れたヴィルさんとロルフさん。息を切らしてるところを見ると、エドさんを必死で追いかけてきたんだろう。二人とも、口調に呆《あき》れが混じってるけど……ソレはまぁ、ねぇ。二人が言わんとすることはわかるよ。「〝魔力〟と〝体力〟っていう貴重なリソースを、そんなことに割くんじゃない！」って言いたくもなるよねぇ。

それに、いくら目印があるっていっても、来た道を戻るだけといっても、また敵が出てこないともかぎらないわけだし。いくらエドさんが凄腕《すごうで》の魔導士とはいえ、リスクが高すぎるもんなぁ。

「リンには野営車両《モーターハウス》があるから、俺たちが移動しても迷わず合流できると伝えたんだが……『アリアをハーレムの中に放り込んでおくわけにはいかない！』だのなんだのと言ってな」

「あー……体力とか魔力とか、色々と懸念点はあったんでしょうけど、エドさんにとってはいてもたってもいられなかったんでしょうねぇ」

モンスターハズバンド的に、アルトゥールさんが紅一点ならぬ黒一点状態になってるのは我慢できなかったんだろうね。一刻も早く迎えに行きたくて行きたくて仕方なかった結果がコレ、ってことか。

まったく……これだからモンスターハズバンドは！　でもエドさんが重いのは仕方ないと思うんだよね。

「ふふ。理由はともかく、結局みんな合流しちゃったね。せっかくの機会だし、息を整えながら今後の作戦を話し合おうか」

最後の最後に上階から降りてきたアルトゥールさんの提案に、私たちは一も二もなく頷《うなず》いた。

ようやくシャッフルメンバーから解放されたっていうのに、目的のディナロニュートのところに向かう私たちの隊列は未《いま》だにパーティ混成状態だ。地下の道は、緩い下り坂になっていた。上階よりも若干湿っぽい空気が肌に纏《まと》わりつく。

「それにしても、皆さんご無事で何よりでした！」

「幸い、出てくる魔物が例のレプトニュートばっかりだったからな。対応がわかっていたおかげで、問題なく対応できた。それより、話を聞く限りリンの方が大変だったんじゃないか？」

「いやぁ……なんだか、一生分空を飛んだ気がします」

なかなかの大所帯だけど、それが問題なくすっぽり収まる程度には通路は広い。これで地面がしっかりしてれば野営車両《モーターハウス》で駆け抜けるんだけど……。ヴィルさんたちがさっき突入した時に、地面から大量にレプトニュートが湧いたせいで、路面はデッコボッコのぼっろぼろ。これじゃいつタイヤが穴に嵌《は》まるか心配で仕方ない。

ヴィルさん曰《いわ》く、出現したレプトニュートは数こそ多かったけど、平素より連携力が低くヴィルさんチームでも問題なく倒せる程度だったらしいのが幸いだったな、うん。

「なるほど……魔核を失った守護鳥の魔力暴走が、綿毛鳥事件の原因……ということか」

「はい。そんなもんで、ディナロニュートから魔核を回収して、守護鳥に返すことが必須《ひっす》になる感じですね」

「それで、ディナロニュートから魔核を取り戻すためのお助けアイテムを神鳥様から授けられて、それをリンさんが扱いやすいように加工してくれた……っていう流れかな」

斥候役のアリアさんとロルフさん、前衛のササさんを先頭に、中央地帯にいる私とヴィルさん、アルトゥールさんは作った薬草団子の実物を見せながら今まであったことの報連相を済ませる。本当なら、報連相がてら休憩を取りたいところだけど、コレ、タイムアタックイベントなのよね。

ちなみに、出発前に野営車両《モーターハウス》のナビで確認したところ、目的地（？）であるディナロニュートはヴィルさんたちが穴に落ちる前に見た場所から動いていないように見える。ただ、場所はともかく深度まではナビじゃわかんないからなぁ。さっきと比べてもっと深い場所に移動してる可能性もあるのがなぁ……現場に行ってみないと、実情がわかんないのが難点よね。

「……なんというか、焼いたら美味《うま》そうな生地だな」

「っ、あはは！　樹上組の皆さんも、おんなじこと言ってました！　でも、残念ながら味付けしてないんで、食べても美味《おい》しくはないんですよねぇ」

さすがは食いしん坊。みんな、考えることは同じだなぁ。

「どれだけの量を食わせればいいのかはわかりませんが、最悪全部放り込んじゃえば効くでしょうからね」

「なるほどな……だとすると、ディナロニュートの気を引くチームと、薬草団子を食わせるチームに分かれた方が効率は良さそうだ」

「うーん……そうなると、決めなくちゃいけないのは〝どっちがどっちに回るか〟だよね？」

アルトゥールさんの言葉に、リーダーズの間の空気がピリッと張りつめる。

そうなるのも無理はないよねぇ。なにせ、実力のある名うての冒険者パーティが二つ揃ってるんだもん。縁の下の力持ちも大事だとは思うけど、やっぱり華々しく活躍したいって思っちゃうのも無理はないと思うんだよね。

それを踏まえた上で今回の任務の役割を考えると、やっぱり敵と直接戦うチームの方が表舞台側に見えるというか、何というか……。

あわや一触即発かと思われたけど、デキるリーダーたちはこういう場面でも優秀だった。

「それなら、こちらには薬草団子を加工したリンもいることだし、アリアの糸を使った投擲《とうてき》もできる【暴食の卓《おれたち》】が食わせる側に回るのが効率がいいだろうな」

「そうだね。【蒼穹の雫《ぼくたち》】は近接攻撃が得意なササやロルフがいるから、大口を開かせることも、魔核を吐き出させるために集中攻撃することもできると思う」

「ああ、頼んだ。悲鳴と共に、盛大に口を開けさせてくれ」

「もちろん。そっちも、ディナロニュートが腹いっぱいになるまで食らわせてやってくれよ」

ニヤリとニマリの間の顔で笑うリーダーズ会議は、踊ることもなくあっさりと終幕を迎えた。さすが、デキるリーダーは決断も早い。

【蒼穹《そうきゅう》】チームがディナロニュートを攻撃して口を開けさせ、そこに【暴食】チームが薬草団子を食らわせる。その後、【蒼穹】チームが腹部と背部を集中攻撃して吐き戻しを促し、吐き出された魔核は【暴食】チームが素早く回収……ってことで話はついたようだ。

これなら、それぞれのチームが攻撃なり給餌&回収なり、それぞれ集中できるだろうとのことだ。

ある程度話がまとまったところで、目的のディナロニュートと対峙《たいじ》すべくみんなで地下に下っていく。

「問題は、そのディナロニュートがどんな姿をしてるのか、さっぱり見当がつかないってことだよね」

「レプトニュートがヤツの幼体なんだろう？　ということは、アレが大きくなったような感じじゃないか？」

「だとすると、這《は》いつくばり系の魔物ってことかぁ……攻撃をどう当てようかな？」

リーダーズの意識は、敵の攻略法へとシフトしていった。

至るところに穴は空いているものの、地盤自体はかなりガッチリしてる。そこを踏みしめる足音と、時々ヒュッと何かが空を切るような音やらガツンと何かが地を打つような音が混じる。瞬間的に生存戦略《サバイバル》さんの警告アラートが出てすぐ消えるから、出現したそばからアリアさんの糸やササさんの得物で両断されてるんだろうと推測される。

でも、ある程度進んだ辺りから、だんだんと敵が出てくる頻度も、襲ってくる個体数も加速度的に増えてくる。

これは、もしや……！

「もう一つのターゲットに近づいてるのかもしれないね」

「この辺りで俺たちは引き返したからな。倒しきれてない個体が多いんだろう」

いよいよ、大詰めって感じかな？

とはいえ、どれだけ襲撃の頻度が増しても、個体数が増えても、実力派冒険者の合同パーティの前では風の前の塵《ちり》よりも儚《はかな》い。千切っては投げ、千切っては投げが繰り返されるうちに、だんだん流れ作業っぽい感じになってきてますなぁ。

地下に向かうにつれて、道の幅は広く、天井も高くなっていく。そんな通路が、緩くカーブしながら先に続いているところで、不意に先行している斥候ズの足がぴたりと止まった。

「……なんか、聞こえる……」

「おい、アル。この先に、何かデカいのがいそうだぜ」

こちらを振り返ったアリアさんとロルフさんの言葉に、アルトゥールさんが軽く頷いてハンドサインで「しゃがんで」と促す。息を殺してシンと静まり返った世界で、ガリガリと何かを齧《かじ》るような音が聞こえてくる。

あ〜〜〜！　確かに何かいる！　何かいますわぁ！

「わかった。それじゃあ、ここで突入前の最終ブリーフィングにしようか」

「おそらく、成体とはいえレプトニュートと同様の生態だろうから、ここからはなるべく音を立てない方がいいだろうな」

声を潜めたヴィルさんに、みんな静かに頷いた。私ももちろん、おみその口を押さえつつ首を縦に振る。

これは私の主観になるけど、けっこう良いタイムでここまで進めたと思うんだ。だから、今、ちょっとだけ作戦会議をしても大丈夫だと思う。

「だいたいは把握してるわ。私たちは、とにかくいつも通り攻撃すればいいんでしょう?」

「あとはせいぜい、魔核とやらが吐き出された時に、回収しに来たメンバーの邪魔をしなければいいんだろう?」

とはいえ、リーダーズの会話は途切れ途切れながら漏れ聞こえていたらしく、さほど時間をかけなくてもある程度のことは把握してたみたいだ。みんな、戦闘や索敵だけじゃなく、いろんなところに意識を向けてるんだなぁって、改めて思うよ。

攻撃担当【蒼穹】チームの物騒な会話を横目に、私は食わせモノ担当の【暴食】チームメンバーに向き直る。

「こちらの担当としては、ディナロニュートに団子を食わせるのはアリア、エド、俺の三人だ。セノンは補助を頼む」

「そうそう。突入する前に、実際に薬草団子に触ってもらった方が力加減がわかりやすいと思うんで、薬草団子の実物をお配りしますね」

色とりどりの瞳に見つめられつつ、私は今回の作戦の要、薬草団子を取り出した。蓋《ふた》を開けると、清涼感のある青っぽい匂いが空気に混じる。

大ジャンプやら移動の間に若干形が崩れているのをコロコロと丸め直し、ヴィルさんたちに次々に手渡していきますか。

多分、ヴィルさんたちも初めて扱うアイテムだろうから、感触や弾力を確かめてもらおうと思ってね。その方が、いざ使うとなった際のイメージがしやすかろうと思うんだよね。

「べたつかない程度の硬さにはしてありますが、投擲アイテムとしてはかなり柔らかい部類に入ると思いますので、素手で投げる時は掴《つか》む力加減に気を付けていただければ、と」

「む……確かに、力加減を間違えると、手の中で簡単に潰《つぶ》れるな」

「わたしは、糸使って投げるから……だいじょぶ！」

「風魔法かなんかを使えば、そこまで形を崩さずにみんなに渡したり、口に放り込めると思うから、オレも大丈夫かなー」

素直に受け取ってくれたメンバーたちが、口々に感想を教えてくれる。

存外に取り扱いに自信がありそうなアリアさんとエドさんに比べ、ヴィルさんは若干不安そうだ。

薬草団子自体は一般的な大福くらいの大きさだけど、ヴィルさんの手の中にあると余計に小さく見えるわぁ。ヴィルさん、素で力が強いし、いつもの武器と比べると諸々《もろもろ》の調整が必要だろうから、薬草団子はちょっと扱いにくそうだ。

「それでは私は、命中率や素早さが上がるよう気を配っておくことにしましょうか。薬草団子も無限ではありませんし、少しでもディナロニュートの口に入れたいですからね」

「ああ、任せた。それとアリアは、口から外れた団子の回収も頼んだぞ。貴重なアイテムだ。一個たりとも無駄にしたくない」

「ん！　任せて……！」

アイテムの数が限られてる以上、セノンさんの補助魔法は重要だ。バスケのリバウンドじゃないけど、ディナロニュートの口から外れて地に落ちた団子の再利用も積極的にしてもらわないといけないしね。

私の役割としては、後方地帯で薬草団子を形成し直してエドさんに渡す製造元なので、手早い作業効率が求められるな、うん。頑張ろう……！

「ちょっと思ったんだけどさあ、ある程度の数を最初から渡しておく方が、リンちゃんの手間も危険も減ってよくない？」

「私もそれは考えたんですけど、戦闘時の動きに負けて団子が潰れちゃう可能性があるなぁ、と。それなら、多少リスクはあっても、リアルタイムで作って手渡し方式にした方が効率がいい気がするんですよ」

「あ〜、まあね。ヴィルなんかは戦闘中につい握り潰しちゃいそうだもんなぁ」

「……そのくらいなら気を付けられると思うが……万が一ということもあるからな」

クスクス笑うエドさんに、ヴィルさんが拗《す》ねたように眉《まゆ》を顰《ひそ》める。

大詰め前の張りつめた空気が、ちょっぴり緩んだ気がするな、うん。

「僕らはだいたいまとまったよ。そっちはどうだい、ヴィル？」

「こちらも大まかな確認はできた。いつでも行ける」

「よし……それじゃあ、そろそろ行こうか」

みんなの顔を見回したリーダーズの合図で、私たちは静かに腰を上げた。ここからは、ディナロニュートを倒すまで後戻りはできないんだろうなぁ。

そう思うと、二手に分かれてジリジリ進むみんなの後ろ姿がやけに心強く見えるわ。

ついにぴったり壁に張りついて……首を伸ばして覗《のぞ》き込んだ奥の光景に、思わずヒュッと喉《のど》が鳴った。

「…………………っっ……！」

目の前に広がるのは、地下とは思えないほど広々としたドーム状の空間。崩落した……っていうより、人の手が加わったみたいな人工的な雰囲気がある。アルトゥールさんが「ダンジョン化してる可能性もある」って言ってたから、もしかしたらその影響かも。

そんな広々としたドームのあちこちから、太くて立派な木の根っこが飛び出してて……それを、一心不乱に齧ってるやつがいた。真っ白で寸胴なヌタウナギを丸々と太らせて、二足歩行させてるような……って言って、伝わる？　生息地が地下のせいか、レプトニュートと同じで目は退化してるみたいだ。

何が気持ち悪いって、つるりとした頭部の真ん中に十字に切れ込みが入ってて、そこがぐぱっと開くような感じの口！！！

【ディナロニュート　地竜の一種。非常に美味
レプトニュートの成体。
土地の魔素・魔力をより好んで摂取する他、エンシェントツリーの木の根を齧り、その魔力を吸い上げる。攻撃性が高く、縄張りに入り込んだ他の生き物を積極的に攻撃する傾向がある。

そうして蓄えた魔力をレプトニュートとして生み出すことができるため、魔力が豊富な土地では大発生しやすい傾向にある。なお、この個体は、魔核により急速進化したもの。

地下でその一生を終えるため、目はほとんど退化しているが、それを補うように聴覚や振動を感知する器官が発達している。

強靭かつ柔軟性に富む皮膚を持ち、打撃の衝撃を皮膚で吸収し逃がすことで、身体内部へ伝わるダメージを軽減させている。

そんな皮膚に守られた肉は柔らかく、加熱しても硬くなりにくい。個体によっては全身に程よく脂が乗っており、どんな調理法にも向く】

さっきから聞こえてたガリガリっていう音は、こいつが祖霊木《シンボルツリー》の根っこを齧ってる音だったのか！　ガリボリと音を立てて木の根を齧るたびに、ブヨッとした質感の皮膚がブルブル揺れる。

「見ろ、リン。ヤツの尻尾《しっぽ》から、どんどんレプトニュートが生まれてる」

「うわぁ……！　どうやって増えてるのかと思ったら、ああやって増えるんですね」

思わず硬直した私のそばでヴィルさんが顎《あご》をしゃくりながらディナロニュートを指し示す。

増えるっていうからどうやって増えるんだろう、って思ったらさあ……尻尾の先っぽがボロボロと零《こぼ》れて落ちてって、それが落ちるそばからレプトニュートになって地面に潜ってくんだよ！

ディナロニュートの余剰魔力からレプトニュートが生まれるっていうのはわかってたけど、改めて目の当たりにすると単性生殖感が凄《すご》いな⁉

「…………………！」

「…………！」

驚く私たちを余所目《よそめ》に、アルトゥールさんたちが目礼をしてホールの中になだれ込んだ。

戦闘開始だ！

「こっち向きなさいよ、このデカブツ！！！」

ディナロニュートの前に、真っ先に躍り出たのはササさんだった。得物を片手に、腹の底までビリビリと震えるような大音声を上げる。

これは……！　諸々のゲームでよく見るやつ！　ターゲットを自分に固定させるためのスキルじゃない⁉

果たして、今まで夢中で木の根を齧っていたディナロニュートが、見えないはずの目をグリンと巡らせてササさんを捉《とら》える気配がする。

【GYAOOOoooOOooo！！！！】

「トカゲモドキなんて、ちっとも怖くないのよ！！！！」

「オラッッ！　こっちにもいること忘れんな！！！！」

太短い首を振り回して咆哮《ほうこう》を上げるディナロニュートに、ササさんは果敢に駆けていく。その隣に並ぶのは、ガチンガチンと拳《こぶし》を打ち鳴らし合うロルフさん。

瞬きの間に肉薄した二人が、それぞれの得物を――ロルフさんは自身の拳を――ディナロニュートに叩《たた》き込《こ》んだ。

ビシャ、とも、ドシャ、とも……どちらともとれる、鈍く重たい音が周囲に響く。

これは決まった！　と思ったのに、攻撃の手を休めないササさんとロルフさんの表情は硬い。

「――っっ、こいつ、面倒なのよ！　とっても丈夫な水袋を殴ってる感じなの‼」

「肉の中まで攻撃が届いてる感じがしねぇ！　力が分散する！！！」

半ば悲鳴じみた声が、二人の口から迸《ほとばし》った。

二人がかりで滅多打ちしてるっていうのに、ディナロニュートがよろめいたりひるんだりしてる様子がまるでないんだけど！

魔核で強化されてるっていうのもあるかもだけど、あまりに頑丈すぎるような気がするんですけどー！　確かに生存戦略《サバイバル》さんに『強靭かつ柔軟性のある皮膚が云々《うんぬん》……』って記載があったけど、あんなに威力のありそうな攻撃が効いてないとか、そんなのあるぅ⁉

……あ、でも待てよ？　ササさんの武器は重さを利用して〝圧切する〟に近い使い方をするわけだし、拳が攻撃手段のロルフさんは言わずもがなだ。生存戦略《サバイバル》さんの記載を鑑みるなら、もしかして、ディナロニュートとササさんたちの相性って、かなり悪いんじゃ……⁉

「…………なるほど？　打撃系に耐性があるのかな？　二人はスキルを使った攻撃に切り替えて。僕と銀星で援護する」

「標的・照準・補足・発動！　標的・照準・補足・発動！」

そんな状況でも、アルトゥールさんはあくまで冷静だった。状況を分析しつつ、二人に当てないよう矢を放ちながら、適宜指示を出す……って。マルチタスクが過ぎない？

【GUGYA……GYAAAAAAAA！！！】

アルトゥールさんの矢が刺さると、ディナロニュートの口から濁った悲鳴が迸る。うん、こっちは効いてるみたい。

「リン。戦況が気になるのはわかるが、俺たちもそろそろ準備を始めるぞ」

「ッ、了解です！」

ディナロニュートに五月雨《さみだれ》の如《ごと》く降り注ぐ矢と、銀星さんが魔法で呼び出した真っ黒な触手の如き影が足元から突如出現して、ディナロニュートに絡みついていく様子を眺める私の意識を引き戻したのはヴィルさんの鋭い声だった。

そうだ！　アルトゥールさんたちも気になるけど、私たちも準備を始めないと……！

「ほらほらァ！　余所見しないで、こっちを見なさいよトカゲモドキっ！」

ササさんが折に触れてディナロニュートの意識を引き付けてくれるけど、少しでも目立たないようドームの壁際で薬草団子を丸め始めることにした。多少くっついてるだけで形は保ってるから、手間はそんなでもない。丸め直しては積み、丸め直しては積み……時々、攫《さら》い損ねて転がった団子にごまみそが猫パンチを仕掛けるけど、その寸前で拾って丸め直すのを繰り返す。

「飢狼咬牙拳《がろうこうがけん》！」

「ホーリースラッシュ！！！」

「んぇえ？」

突然聞こえてきたササさんとロルフさんの声に、思わず間の抜けた声が出た。

薄《う》っすら赤みを帯びたロルフさんの拳と、真珠色の光を帯びたササさんの得物が叩き込まれたのが目に入る。

【GYUAAaaaAAAAaaaAAAA！！！】

途端に、さっきの効かなさ具合が嘘みたいにディナロニュートが悲鳴と共に身を捩《よじ》った。これは確実に効いてる感じじゃん！

もしかして特殊攻撃でも使ってるんだろうか？　ほら。得物に魔力を纏《まと》わせて攻撃するとか、そういう系統のヤツ！

「あいつらも、だいぶ攻撃のコツを掴んできたようだし……そろそろ来るだろうな」

「ですね！　かなり効いてるように見えます！」

団子を丸める手だけは止めずに、刻一刻と苛烈《かれつ》を極める戦場を眺める。ササさんとロルフさんの特殊攻撃と、アルトゥールさんの矢の雨で怯《ひる》んだところに、蔦《つた》のように絡みついて口を開けさせせようとする銀星さんの魔法。

見る間に疲弊していくディナロニュートの口が、次第に大きく開き始めた。悲鳴とも咆哮ともつかない声が漏れ出る頻度も増えてきてる。

「それでは、そろそろ命中率補正と素早さ向上の魔法をかけておきますね」

私たちの出番も近いことを察したセノンさんがシャラリと杖《つえ》を振るうと、柔らかな光の膜が私たちを包み込んだ。そのそばからエドさんが魔法で、積み上がった薬草団子をヒョイヒョイ掻《か》っ攫ってみんなに渡してくれる。

それに合わせ、薬草団子を携えたアリアさんとヴィルさんが、攻撃チームの邪魔にならない程度の場所までじりじりと間合いを狭めていく。ディナロニュートの攻撃は届きにくく、かといって投《とう》擲《てき》物はギリギリ届きそう、っていう絶妙な位置取りだ。

「ミーティアシュート‼」

「幻影魔法・縛影黒縄！」

【GUGA、GYUIIIiiiIIIIiIIIii‼】

アルトゥールさんの声と共に、光の尾を引きながら矢の雨が降り注ぐ。その威力に、思わず仰《の》け反《ぞ》り後ずさったディナロニュートの身体《からだ》に黒い縄状のモノが絡みつき、絞め上げながら、その口元をこじ開けていく。

木の根を齧《かじ》るには鋭さが必要なんだろうか？　徐々に開いていく真っ赤な口の中には、草食のくせに肉食獣のような白く鋭い牙がぞろりと並んでる。

【GYA、GUGYA……GAAAAaaaaAAAaaAa】

「いいよ、ヴィル！　今だ！」

「わかってる！　腹いっぱい食わせてやるさ！」

アルトゥールさんの裂帛《れっぱく》の声と同時に、ヴィルさんとアリアさんが手の中の薬草団子をディナロニュートの口めがけて投げ入れる。こうして見てると、素手で投げてるヴィルさんも結構な確率で口に放り込めてるけど、口元ギリギリまで糸で持ってってそのまま突っ込めるアリアさんの成功率が半端ない。ついでに、バスケのリバウンドの要領でヴィルさんが外した団子を素早く回収して、改めてディナロニュートの口に突っ込む手腕は見事としか言いようがないな。

薬草団子が少なくなっていくのに比例して、ディナロニュートの動きがどんどん弱っていく。それでも、まだ、決定打には至っていないのがね、もう！　もどかしいやら恐ろしいやら……！

「あー、そうだ！　お団子だけじゃ、喉に詰まっちゃうかもしれないもんなー！　そろそろ水が欲しい頃だろ？」

作った薬草団子が、ほとんど底を尽きかけた頃合いだろうか？

不意にエドさんの声がしたかと思うと、次の瞬間、ディナロニュートの頭上に水の塊が現れた。

その声に釣られるようにエドさんを仰ぎ見ると、それはもう愉しげな顔で笑ってるじゃあないですか！

……あ、これはもしかして……！

「一気に胃の中まで流し込んでやるよぉ！！！！」

弾《はじ》けるような声と共に、エドさんの手が降り下ろされる。刹那《せつな》、水の塊はどぶりとディナロニュートの口の中に流れ込んでって……白い喉がゴクリと大きく蠢《うごめ》いた。

途端に真っ白な巨体がビシリと硬直し、苦しむようにじたばたと身悶《みもだ》え始める。

【UGYA、GYAHAAAAaaaAAaaAAA！！！】

「やった！　飲み込んだ！！！　そんでもって効いてる！！！！」

「ダメ押しはまかせてほしいのよ〜！」

「オラッ！　さっさと吐き出せよォ！」

思わずガッツポーズをした私の声に、それぞれ得物と拳を振りかぶったササさんとロルフさんの声が被《かぶ》った。今にも地面に頽《くずお》れそうなディナロニュートの身体に銀星さんの魔法が絡みつき、ビクビクと不規則に痙攣《けいれん》する腹が露《あらわ》になるように縫い留めている。

そこに、ササさんの得物と、ロルフさんの拳が吸い込まれるように叩き込まれた。ズシャアッと、最初の攻撃時とは比べ物にならない芯《しん》の通った音が周囲に響く。

【GYA、GYA……GUGYUuuUUuuu……】

棒立ちで硬直するディナロニュートの腹がボコボコと蠢いたかと思うと、拳大の真っ赤な石がその口から勢いよく吐き出された。

「アリア！」

「ん！　任せて！」

間髪容れずに飛んできたヴィルさんの指示の下、アリアさんの糸で絡め取られた魔核は白い繊手に納まった。そのままこちらに戻ってくるアリアさんを匿《かくま》うために、私もすかさず野営車両《モーターハウス》を召喚する。認識阻害がかかってるから、大事なアイテムを抱えたアリアさんをディナロニュートの目から隠すにはちょうどいいかな、と思って。

大きく開けた居室《キャビン》の扉にアリアさんが飛び込んでくるのと、ディナロニュートに変化が訪れるのと、どっちが早かったのか……。

【GYAU……GYA、GA……】

魔核を吐き出した次の瞬間から、風船から空気が抜けるようにディナロニュートの身体がみるみる萎《しぼ》み、細くなっていく。

「魔核を飲み込むことで急速に成長した個体だから、要になってる魔核がなくなるとその身体を維持できないんだね。ササ、ロルフ！　今がチャンスだ！　ありったけの力で叩き込め！」

「おうよ！　任せとけ！」

「さっさと倒すわよ～～～！！！」

「銀星も、もうひと踏ん張りしてね！　一緒に頑張ろっか！」

「把握！　我大丈夫！　超元気！」

沸きに沸いた【蒼穹《そうきゆう》】チームの攻撃は、萎んでいくディナロニュートの崩壊を加速度的に後押しした。ササさんの得物が。ロルフさんの一撃が。アルトゥールさんの弓が。銀星さんの魔法が。当たれば当たった分だけ、萎み切り色もくすんだ地竜の身体がボロボロと崩れ落ち、レプトニュートになることもなく地面に溶けて消えていく。

「……ホントに、ただのレプトニュートが魔核で強化されてただけ、だったんだね」

「なんていうか、見合う力を持たない〝ハリボテ〟だったっていう感じがしますよね」

開きっぱなしの居室《キャビン》ドアからひょっこり顔を出したアリアさんの言葉が、しんみりと胸に染みた。

いきなり異世界に連れてこられて、野営車両《モーターハウス》に生存戦略《サバイバル》なんてめっちゃくちゃお得なスキルを授けられて……本来の実力に見合わない異能に胡坐《あぐら》をかいて調子に乗ってたら、私もあのディナロニュートみたいにボロクズみたいになる未来もあったんだろうか……？

……まぁ、これでもね、一応パーティのみんなに尽力できるよう心掛けてはいるのでね！　新作料理の開発とか、できる限りの努力はしてるつもりなのでね！

ああなることはない……と、思いたい！

『なーあ！　朕じょーぶだけど、そんなにぎゅーってされたら、いたくないこともないのー！』

「あ。ごめん、おみそ！　なんかついつい力が入っちゃった」

感傷的な感情に浸るあまり、縋《すが》るように手近にいたおみそを抱き締めてたみたいだ。ちょっぴりご不満そうな猫に、もふりと翼で抗議されちゃったよね。いやぁ、申し訳ない。

でも、そんな内省と決意をしている間に、ササさんとロルフさんの渾身《こんしん》の一撃が、辛《かろ》うじて残っているディナロニュートを滅多打ちにする。

「これで、最後だァッッ！！！」

牙を剥《む》き出して笑うロルフさんの拳《こぶし》が、最後に残った肉体を貫いて……次の瞬間。ボロボロの地竜は黒い霞《かすみ》のような粒子となって周囲の空気に溶けて消えていった。

「……やった、か？」

「…………………やった、みたい……ですね……！」

野営車両《モーターハウス》から降りてきたアリアさんが放ったフラグじみた言葉に、一瞬身構えたけど……ディナロニュートが復活する様子は全くない。フラグも無事にクラッシュしたみたいだ。よかったぁ！

【蒼穹】チームがディナロニュートがいた辺りを調べてるけど、ドロップ品はあったのかな？　もしあったとしたら、二チームで分けやすいものだといいなぁ。

「とにかく、みんなのところに向かいましょうか。みんな、魔核のことが気になってると思うので」

「ん。そうだね。いっしょに、行こ？」

『朕も！　朕もいっしょにいくー！』

一仕事終えた安堵《あんど》と達成感のせいだろうか？　検分を続ける一団のもとに向かう足取りは、想像している以上に軽い。

二人と一匹で連れ立ってアルトゥールさんたちのもとに着く頃には、ヴィルさんたちも同じように参集していた。ディナロニュートがいた辺りを調べていた面々が、顔を上げてこちらを見止める。

「アリアさんも、リンさんも、ご無事で何よりです。それがディナロニュートが吐き出した魔核ですね？　無事に回収してくれてよかった！」

「アルトゥールさんもたちもお疲れさまでした！　戦闘、凄《すご》かったです！」

戦闘に際する労《ねぎら》いや、感謝の言葉。実際に戦った時に感じたことや、そばから見ていた時に感じたことのすり合わせ。大きな肉の塊以外のめぼしいドロップ品が見つからなかったが、これはやはりただのレプトニュートがイレギュラーで成長したせいじゃないか、という考察ｅｔｃ……。

戦闘後の高揚と安堵感に包まれた大所帯での感想戦が一段落すると、話題は自然と今回唯一の獲得アイテムと言ってもいい魔核へと移る。

「戦ってる最中はほんの一瞬しか見えなかったけど、すっごくきれいね！　宝石とは全く違う輝きを感じるわ！」

「おれは宝石のこととかはよくわかんねーけど、ササが言う通り、なんか、こう……並々ならねー雰囲気があるような気がする」

地下資源のことに一家言ありそうなササさんが魔核を見て感想を述べれば、ロルフさんが顎《あご》をさすりながらうんうん頷《うなず》く。

実際、ヴィヴさんの魔核、本当にきれいなんだよ。持ってるアリアさんの指が透けて見えるくらいに澄んでるのに、色味はあくまで鮮やかだ。ササさんたちが言う尋常ならざる輝きや雰囲気っていうのはよくわかんないけど……ちらりと眺めた生存戦略《サバイバル》さんでもこれでもかーってほどに称えられてるんだよね。

そりゃ、確かにこれを飲み込んだら、どんな雑魚《ざこ》でも強くなれるだろうなぁ、って思うわ。

「……それにしても、こうして魔核を無事に手に入れたってことは……今からまた地上に戻って、祖霊木《シンボルツリー》を登らなくちゃいけないってことかぁ」

お届け物をするまでが冒険なんだけど、そのための行程を思うと非常に頭が痛い。後方支援しかしていない私が言うのもアレなんだけど、戦闘後のみんなはかなり疲れてると思うんだよなぁ。

【その必要はないのである！】

沈んだ気分を吹き飛ばすような一喝が、ドーム中にビリビリ響く。ハウリングが起きてないのが不思議なくらいの大音量だ。

「この声……ヴィヴさん⁉」

【いかにも、その通り！　そなたらの働きにより、祖霊木《シンボルツリー》の隅々にまで吾輩《わがはい》の力を巡らせられる程度の制御は取り戻せた！　感謝するぞ！】

天井から降り注ぐのは、祖霊木《シンボルツリー》の梢《こずえ》で出会った巨大エナガ……ヴィヴさんの声で間違いない。その言いようから察するに、ディナロニュートの体内から魔核が解き放たれたおかげで暴走が少し収まったんだろう。

果たして、それを裏付けるように、私たちのすぐそばに突如光の円柱が現れた。それは、ヴィヴさんの羽の色と同じ真っ白で、ドームの天井を貫くようにまっすぐに上まで伸びている。

「あの、もしや、これは……」

【うむ。この光に飛び込めば、吾輩のもとに瞬く間に着くであろう。一刻も早く参集せよ！】

震える声で尋ねるアルトゥールさんに答えたのは、相も変わらず尊大な巨大エナガの声。でも、その声が語る内容は実に壮大だ。

要は、ヴィヴさんのいる場所まで直通のエレベーターみたいなものを作った、ってことでしょ？　魔核を完全に取り戻したわけじゃないのに、こんなものを一瞬で構築できるなんて！　ヴィヴさん、あの見た目に反してかなりの実力者だったんだな……！

水を打ったように、ドームの中が静まり返る。生唾《なまつば》を飲み込む音すら聞こえちゃいそうだ。

「これは……行くしかない、よね？　神鳥様直々のご命令だよ⁉」

静寂を破ったのは、感極まったようなアルトゥールさんだ。薄《う》っすらと頬を紅潮させて、歓喜と感激に瞳を輝かせてる。最初にヴィヴさんと邂逅《かいこう》した時から思ってたけど、アルトゥールさんってけっこうエルフの里の伝承とか好きなんだと思う。

「確かに、今から地上に戻って祖霊木《シンボルツリー》を登って……という手間を省略できるのであれば、利用しない手はないでしょうね」

一方で、あくまでも冷静なのはセノンさんだ。そもそもヴィヴさんの話をした時も「守護鳥の伝承は知っていましたが、本当に実在してたんですね」とあっさり言って終わりだったし。

この差はいったいなんだろうなぁ？　まさか、里のご飯の許容範囲具合が反映されてる……とか言わないよね？　セノンさんだって里を大事には思ってるみたいだし、そんなことはないと思うけど……。

「いずれにせよ、その魔核を届けるまで綿毛鳥の騒動は収まらないのだろう？　一刻も早く到着できるというなら、遠慮なく使わせてもらおうか」

リーダーズのもう片方であるヴィルさんも同意したことで、行動方針は決定した。

興奮が隠せないアルトゥールさんを筆頭に、【蒼穹】チームと【暴食】チームが光の円柱をぐるりと取り囲む。

「それじゃあ、僕から行ってくるね！」

弾んだ声でそう宣言し、アルトゥールさんが光の中に飛び込んだ。瞬間、ピカッと閃光《せんこう》が目を焼くが、それが収まった頃にはアルトゥールさんの姿は光の中から消えている。

ヴィヴさんの言葉を信じるなら、今頃あの梢の頂上に到達してる、ってことで……。

「それじゃあ、次は私が行くわよー！」

「いや、次はおれだって！　アルトゥール一人にしちゃおけないだろ？」

「次、我！　我！」

「待て待て待て待て！　焦る気持ちはわかるし、光の中から一瞬でいなくなっているが、次々飛び込んだら到着した先でぶつかるかもしれないだろう？　少し時間をおいてから飛び込む方がいい」

アルトゥールさんの興奮が移ったのか、先行したリーダーの身を案じているのか。【蒼穹】チームは気が急《せ》いているようだった。

わあっと光の柱に飛び込もうとする三人を、ヴィルさんが慌てて押しとどめる。

一人が行ってから一分ほど待ち、次の人が中に入る。

そんな安全策を講じつつ、一人ずつ順番に、お行儀よく光に飛び込んでいく。

気が付けば、その場に残っているのは殿《しんがり》を務めると宣言したヴィルさんと私とごまみそだけ。

「リンとごまみそは……一緒で大丈夫か。離れないよう、しっかり抱いてるといい」

「了解！　万が一にも離れないよう、しっかり抱っこしておきます！」

『んね〜〜〜！　ぎゅーってされると、朕くるしい〜〜！』

「一瞬だから、我慢して」

ヴィルさんの指示でだいぶ大きく育った翼山猫《ウイングリュンクス》を抱え直すと、それはもう不満そうな……それでいて、どことなく嬉《うれ》しそうに甘えた声で猫が鳴く。なんだかんだ言って、おみその根っこは甘えん坊だ。

べちんべちんと揺れる尻尾《しっぽ》で太腿《ふともも》やら腕を叩《たた》かれながら、私は光の柱に飛び込んだ。

「────っっっ！！！」

ほんの一瞬、身体《からだ》を押さえつけられるような力が加わった。耳元でゴウッと音がする。腕の中の猫がビクリと跳ねたような感触が伝わってくる。

咄嗟《とっさ》に瞑《つぶ》った目が再び開いた時、私とごまみそは見たことのある空間に運ばれていた。先に飛んだメンバーが揃《そろ》ってこちらを見ている。

刹那《せつな》の出来事に思わず呆《ほう》けてしまったけど、これからヴィルさんもこちらに来るわけだし、いつまでも光の中にいるわけにはいかない。光の柱から抜け出して、足早に先行メンバーのもとに駆け寄った。「おかえり！」と迎えてくれたアリアさんの隣で待っていると、ちょっとしてからヴィルさんも光の柱から現れて……あの時は地下と樹上とで分かれていたパーティが、今度は全員、守護鳥の前に集まった。

ぽってりと丸いデカエナガが、嬉しそうな様子でわさわさと丸い身体を揺さぶった。

【そなたらの働き、心から感謝する。そなたらの尽力のおかげで、こうして魔核が再び吾輩のもとへと戻ってきた】

「……あ……！」

弾んだエナガが囀《さえず》ると、アリアさんの手の中から真っ赤な魔核が勝手にふわりと浮き上がった。

それは、ヴィヴさんの前でくるくると回転を始め……真っ赤な球体となった頃合いですうっと金の王冠に吸い込まれていく。

途端に、光の柱なんて比べ物にならないくらい強い光がエナガの身体から迸《ほとばし》った。どれだけきつく目を瞑っても、あまりの光の強さに瞼《まぶた》の上からでも網膜が焼かれそう！

それなのに、目が痛くなったりしないのが不思議というか、幸いというか……。

【我が名はヴィヴ！　祖霊木《シンボルツリー》の守護鳥にして、森の子らを守りし者！】

光の奔流にもみくちゃにされる中、先ほどよりも深みを増した声が辺りに響く。相変わらず偉そうだな、なんて考えているうちに、光はさらに輝きを増して……唐突にフッと消え去った。目を瞑っていても真っ白だった世界が、ようやく闇に包まれる。

恐る恐る目を開くと、まず目に飛び込んできたのは圧倒的な白さ。

「うわ！　これまた、大きくなって……！」

今までのヴィヴさんも結構な大きさだったけど、今はもう視界を埋め尽くさんばかりに大きくなってる。しかも、大きくなってもまん丸なシルエットは変わってなくてさあ……空気でパンパンに膨らんだキャラクターの中に、子どもが入って遊べる遊具があるでしょ？　なんだかそれを見てるみたい。

そんな球体の上で、真っ赤な宝石が嵌《は》まった王冠が、陽光を反射してキラリと煌《きら》めいた。

【そなたらには、心の底から礼を言うぞ。その恩に釣り合うかどうかはわからんが、これから先も祖霊木《シンボルツリー》と森の子らを末永く見守ることを約束しよう】

「それは……なんて光栄な……！」

「里の守りが増えるのは……その……とても、ありがたいこと、です……」

真っ黒な目で私たちを見つめながら嬉しそうに囀る超巨大エナガの宣誓に、アルトゥールさんがビクリと身体を震わせる。セノンさんも、口ではあんなこと言っているけど……口元は嬉しそうに綻《ほころ》んでるんだよなぁ。

そっか。そうだよね。この二人にしてみれば、故郷の護りが強化されたようなものだもんね。そりゃ嬉しいに決まってるか。

【さて。魔核が戻った以上、散らばった吾輩の魔力をそのままにしておくこともできん。そろそろ我が身に戻してくることにしよう】

「ああ……ありがとうございます！　里の皆も、待ち望んでいるでしょう！」

「そうですね……あの綿毛鳥の数では、日常生活を送るのも一苦労しそうですし……。里の者も非常に喜ぶと思います」

エルフ二人の期待を——そのうちの一人はちょっと捻《ひね》くれてるけど——一身に受けて、翼を羽ばたかせたヴィヴさんがふわりと宙に浮き上がった。まさかの垂直上昇である。

まん丸な巨体と比べると、その翼はずいぶんと小さく見える。それでよくあの巨体を浮かせられるなぁ、と思ったけど……ごまみそもそうだけど、魔力があればなんとかなるんだっけ？

【それではな、人の子よ。皆、息災で過ごすとよい】

優しく慈しみ深い声と共にばさりと大きく翼が一打ちされたかと思うと、あの巨体に見合わぬスピードで巨体が空を駆けていく。

遮るものがない梢の上からは、真っ白に染まった白い森の上をヴィヴさんが飛び回ると、綿毛鳥が白い光となって巨大エナガに吸い込まれていくのがよく見える。

ヴィヴさんが空を舞えば舞うほど、地上の白が舞い上げられ、吸い込まれて、緑が面白いように増えていくんだけど！

これで、里の一大事も一件落着、って感じですかね？

「これは……なんとも壮観ですね」

「凄《すご》い光景だよね……まさか、伝説の存在に生きてる間に会えた上、里を救ってもらえるなんてさ」

危機に瀕《ひん》したエルフの里が目に見えて救われていく様を、アルトゥールさんとセノンさんが見守っている。ちらりと盗み見たその顔は、どちらも穏やかで晴れやかだ。

悠々と大空を飛ぶヴィヴさんに向けて、光の雨が昇っていく。なんとも幻想的な光景ではあるんだけど……。

「……そういえば……。私たち、ここからどうやって帰ればいいんでしょうね……？」

「………………あ……」

私たちが地上に戻るにはどうすればいいのかがふと頭を過《よぎ》って……気が付いた時には、それが口から零《こぼ》れてた。

隣のアリアさんもそれに気付いたらしく、お互いにポカンと口を開けたまま見つめ合う。

最初はあの光の柱に飛び込めばいいものとばかり思ってたけど、ヴィヴさんが特に何か言及してたわけじゃないし……。となると、あれの行き先は地下ドームのまま……行き来できる場所は変わってない可能性が高いんだよなぁ。

もちろん、あの光の柱で地下に戻って、そこから地上まで歩くっていう手もあるから、帰れないわけじゃないいんだけどね。

……最短最速と思われる方法は、できることならしばらく味わいたくはないしなぁ。まぁ、私たちを地上に送り届けた後、木の根元で眠りこけてたから、まだここに戻ってはいないんじゃないかなー、とは思うん……だけ、ど……。

『ヂヂヂッッ！！！！』

「ひぃっっ！！！」

背後から、今は一番聞きたくない声がする。背中にドッと冷や汗が流れる。

「嗚呼《ああ》！　毛玉、戻！」

「もしかして、また私たちのこと乗せてくれるの？」

恐る恐る振り向いた先で、例の毛玉がひこひこと鼻を動かしていた。

フリーフォールがトラウマになっていないらしい銀星さんとササさんが、わぁっと歓声を上げてその毛玉に抱き着いていた。その一方で、フリーフォール帰還を知らない地下組は、突然現れた毛玉を不思議そうな顔で眺めている。

「あなたも戻ってきてくださったんですね。もしかして、僕たちをまた送ってくれるんですか？」

『ヂィッ！　ヂヂヂッッ！！！』

周囲の光景からこちらへと意識が向いたアルトゥールさんが、毛玉を見止めてぱぁっと顔を輝かせる。どうやらアルトゥールさんも、フリーフォールがトラウマにならなかった勢みたいだ。

……っていうか、もしかして……アレがお腹《なか》いっぱいになってるのって、私だけなんじゃなかろうか……？

「大丈夫か、リン？　だいぶ顔色が悪いが……あの毛玉が関係してるのか？」

よっぽど挙動不審だったんだろう。私を気遣ってか、ヴィルさんが毛玉に聞こえないよう声を潜めて聞いてる。

「ヴィルさん……関係してるというか、何というか……あの毛玉に乗ってのフリーフォールを思い出しただけです」

「フリーフォール……？　まさか、アレに乗って飛び降りた、っていうことか？」

「ですです。命に別状はなかったんですが……その……もうしばらくは、味わいたくはないなぁ、って」

ヴィルさんの顔が一瞬引き攣《つ》ったのを、私は見逃さなかったぞー！

良かった……仲間がいた、と……思ったんだけど……。

「諦《あきら》めろ、リン。あの毛玉の様子だと、また同じような手で、俺たちを地上に戻すつもりだぞ」

「うえぇぇぇ……」

気の毒そうな目で私を見るヴィルさんが指さす先には、背中にメンバーを乗せた毛玉がふこふこと得意げに鼻面を動かしている。

距離を取るように無意識に後ずさった私を追いかけるように一歩前に出た毛玉は、キュルンとした目でこちらをじいっと見つめてくる。

あああ……結局、ダイナミックフォールから逃れられないのかぁぁぁ……！

「もう……もう……フリーフォールはお腹いっぱいなのに～～～～！！！」

「腹を括《くく》れ、リン。アレからは逃れられそうにないぞ」

『あんなー、朕がいっしょだからなー。だいじょうぶだからなー』

嘆く私の背中を撫《な》でるヴィルさんの掌《てのひら》の温《ぬく》もりと、お気楽な猫の肉球の柔らかさが、ささくれ立った心にじんわりと染み入った。

エピローグ

聞きなれない賑《にぎ》やかな楽器の音と歌声と……それに合わせて楽しそうに踊る人々。あるところでは若い男女が愉しそうに談笑している横を、親子連れと思われる一家が屋台の食べ物を片手に歩いている。

視線を動かせば、道の端に簡易的な屋台が並んでいて、あちこちの木の枝には魔法のランタンが飾られてて、実に華やかだ。

二週間前まで、一面が綿毛鳥に覆われていたとは思えない光景じゃない？

「それでは……綿毛鳥の騒動と、ディナロニュート騒動の終息を祝して……乾杯！！！」

明るく弾むアルトゥールさんの音頭と共に、ガチンと木製マグを打ち合わせる音が響いた。

乾杯後のマグを傾けると、トロッとした甘く冷たい果実水が喉《のど》の奥に流れ込む。

今日は、綿毛鳥騒動のせいで延期されてたエルフの里の祭りの日であり……私たち【暴食の卓】と【蒼穹《そうきゅう》の雫《しずく》】の打ち上げパーティの日だ。〝せっかくだからお祭り広場の一角に料理を持ち込んで、みんなで賑やかにやろう〟っていう話になったんだよね。

なもんで、祭り会場の端っこに設置された大人数向けのテーブルが、本日の打ち上げ会場だ。なお、席順としては長辺の片方に【暴食】メンバーが。その対面に【蒼穹】メンバーが座り、お誕生日席に私とロルフさんがそれぞれ陣取っている。

なお、おみそは私の足元で与えられた生肉に夢中になってた。『うまー！』って言いながら齧《かじ》り付いてるから、本猫的には満足のようだ。

「いやぁ……それにしても、凄い賑わいだね。前回の祭りから、装飾も豪華になってるし」

「綿毛鳥の騒動があったというだけでも話題が尽きないのに、祖霊木《シンボルツリー》の守護鳥までもが姿を現したからでしょうね。里の者のはしゃぎ具合が半端ないですよ」

賑わうお祭り広場をぐるりと見渡すアルトゥールさんと、半ば呆《あき》れたように肩を竦《すく》めるセノンさん。私は今日が初めてだからよくわからないけど、今年のお祭りは例年以上に大盛況らしい。

元々里長《さとおさ》の代替わりも兼ねていつもより盛大にやる予定だったのが、セノンさんが言うように、里の大ピンチが起きた後に伝説の存在が現れて事態を収束させてくれたとか……そりゃあ〝熱狂〟なんて言葉じゃ収まらないくらい盛り上がるに決まってる。

お祭りが延期されたのだって、「翌日に復旧はできるだろうけど、守護鳥様へ感謝を捧《ささ》げるためにもっと盛大にしたい！　だからもっと日数が欲しい！！！」っていう意見が大多数を占めたせいだもんな。

「その割に、事件に関わったオレたちに誰も注目していないのがありがたいよねぇ。賑やかなのは嫌いじゃないけど、祭り上げられるのは勘弁してほしいもんな」

「ん……わかる……！」

あっという間に木製マグの中身を空にしたエドさんがしみじみと呟《つぶや》いた。

そう。守護鳥様の出現に沸くエルフの里だけど、その一方で私たちに向けられる視線はほとんどない。

それもこれも、守護鳥様事件にガッチリ関わったことを全力で隠蔽《いんぺい》したおかげである。

だって！　万が一本当のことを何もかも喋《しゃべ》ったら、里の住民総出でもみくちゃにされてたと思うもん！　そういうのは、私たち誰も望まなかったんだよね。

「みんなで考えた設定も良かったのでは、と思いますよ。〝何とか祖霊木《シンボルツリー》まで辿《たど》り着《つ》いたら、ちょうど梢《こずえ》から守護鳥が飛び立つところだった〟という、ね」

「それと併せて、セノンのご母堂が根回ししてくれたんだろう？」

「ええ。私たちはあくまでも里の見回りしかしてない、ということになっています」

珍しくアルトゥールさんが意味ありげな顔で笑うのに、セノンさんがそれはもうあくどい顔で応える。美形の悪い笑みは迫力あるな〜〜〜。

里に戻った私たちを涙ながらに出迎えたルーシャさんは色々聞いてきたけど、みんなで考えた設定を徹底的に通させていただいた。真実を話さない申し訳ない気持ちや後ろめたさもあったけど……そこは、まぁ……。リスクを回避することに注力させていただいた、ということでね。

幸い、ルーシャさんもそれを信じてくれたし、里の人たちも〝あの状況で見回りをしてくれただけでもありがたい！〟っていうことで納得もしてくれたし。〝間近で守護鳥様を見かけた〟ということで一時期里内で話題にはなったけど、概ね私たちの想定した範囲内に収まってくれたと思う。

さらに、里の集まりのたびにルーシャさんが〝私たちはあんまり関わってはいない〟ということを広めてくれたおかげで、今はもうすっかり落ち着いてる。

「……いやぁ……終わり良ければ全て良し、って感じですね！」

私たちが座るテーブルのすぐ横を、キャッキャと笑う子供たちが手を繋《つな》ぎながら駆け抜けていくのを眺めつつ、ついそんな言葉が口を衝《つ》いた。実に賑やかで、平和なお祭りの風景。これを見るためなら、あの過酷なフリーフォールを受け入れた甲斐《かい》もあろう、ってもんよ。

「ふ、ふふふ。そうですね。正直なところ、あまり愛着を感じられない故郷ですが……それでも、母や知人たちが平穏な日々を過ごせると思えば……悪い気持ちではありません」

「セノン……お前、そんな物言いしかできないのか？」

「おや。私はいつもこんな感じですが？」

二杯目のマグに手を伸ばすセノンさんは、口調こそツンツンしてるけど、その顔はとっても穏やかだ。

んも～……素直じゃないんだから。なんだかんだ言って、故郷は捨てきれないんだろうね。

「さて。平和を実感できたところで……今回のメインイベントに移ろうか！」

満面の笑みでマグを置いたアルトゥールさんが、私とロルフさんの顔を交互に眺めやった。もちろん、他のみんなもキラキラした目で私たちを見てる。

「おうよ！　腕によりをかけたぜ！」

「できる限りのことをさせていただきましたよー！」

期待に満ち満ちた視線を全身に受けながら、私は用意してきた大きな保存容器を。ロルフさんも覆いのかかった重そうな大皿を。それぞれドドンとテーブルの上に載せる。途端に、香ばしいスパイスの香りやら、焼けた肉の匂いやら……胃袋を刺激する匂いが周囲に立ち込めた。

お互いにどんな料理を作ってきたのかわからないが、この時点で確実に美味《おい》しそうだ。

今日は、打ち上げは打ち上げだけど、それぞれのパーティのご飯番がメイン一品を持ち寄る形式の打ち上げなのだ！

「メインの材料は、ドロップしたディナロニュートのお肉なのよね？」

「ですです！　大きな塊で落ちたので、それを二等分してそれぞれに料理しようって」

メインの材料だけ同じものを使って、あとは自由に調理しようっていう、何とも楽しい企画だったわけですよ！

実際、相手が何作るのかわかんなくて、こんな感じの料理を作るのかな？　それとも、こんな感じかな？　なんて、想像しながら作業するのがすっごく楽しかったよ！

「さて？　【暴食の卓】の飯番は、いったい何を作ってきたんだ？」

「それを言うなら、【蒼穹の雫】のご飯番さんが作る料理も気になります！」

私の持ってきた料理を、ロルフさんがキラキラした目で見つめてる。きっと私も、同じような目でロルフさんの料理を見てるんだろう。なにせ、料理を作る人間ってのは、他の人が作る料理の味に飢えてるもんであるからしてね。だから、今回の持ち込み打ち上げは、そういう面でもめちゃくちゃ楽しみだったんだよね。

「……それじゃ」

「いざ、御開帳、ってことで！」

目配せし合った私とロルフさんは、タイミングを合わせて一斉に覆いを外した。閉じ込められていた湯気と香りが、ぶわっと周囲の空気と混ざり合う。

「うわぁ！　リンちゃんのも美味しそうだけど、ロルフさんのも美味しそう！」

「ありがとうございます。ディナロニュートの角煮です！」

「おれのは、ディナロニュート肉のスパイス焼きだぜ！」

「すごーい！　炙《あぶ》り肉に……煮込み肉？　おんなじお肉から作られたなんて信じられない！」

一気に歓声に包まれたテーブルの上には、食欲をそそる焼き目が付いた炙り塊肉と、こっくりぽってり煮込まれた塊肉がその全貌《ぜんぼう》を現した。

炙り肉はロルフさん作。ディナロニュートの角煮は私作。ササさんも驚いてたけど、どっちもディナロニュートのドロップ肉から作られてる。調理開始した時は料理法が被《かぶ》るかなー、なんて心配してたけどさ。炙りと煮込みなんて、ある意味真逆の方法で調理された料理が出てくるとは！　こういうところも面白いよね。

おんなじ部位のお肉なのに調理法が違ったのは、ドロップした肉が肩ロースみたいに赤身と脂身とがいい感じに混ざり合った部分だったからこその奇跡だと思う。焼いてよし、煮込んでよしの万能選手だったんだもん！

実際、ロルフさんが塊肉を食べやすそうな大きさにスライスしてくれてるんだけど、ナイフが動くたびに透明な肉汁がじゅわっと溢《あふ》れてね……見てるだけでも、もうたまらんのよ！

「マジかぁ！　まさか煮込みになって出てくるとは思わなかったぜ」

「分けてもらった部分、脂身と赤身のバランスがすっごくよくて！　煮込んでも美味しくなりそうだなーって思ったんですよね」

「それはおれの担当部位も同じだったけどよォ。バランスがいいからこそ、焼いた時に肉汁と脂がいい感じになるんじゃないかと思ったんだよな！」

料理する者同士、どうしてもキャッキャと話題が弾む。周りが置いてけぼりになってるような気もするけど、そこはちょっと許してほしい。久しぶりのお料理談義なんだよぉぉ～～……！

いやぁ、ロルフさんの言うことも、すっごくわかるんだ。あのお肉なら、適度な歯応えがありつつ、噛《か》んだ途端に肉汁が溢れるジューシーな感じに仕上げられると思う。そんなお肉を、付け合わせの焼き野菜と一緒に頬張ったら……お口の中が天国と化すのは間違いないんじゃなかろうか。

それなのに、なんで私が角煮を選んだか、っていうと……これはもう単純に、その時に私が角煮の口だったから。これに尽きる。

そりゃ、日々の食事の際は栄養バランスとか色々と考えるけど、今日は打ち上げなわけで？　私が食べたいものを作ったところで問題なかろうと思うわけですよ！

ついでに言うなら、異世界生まれ異世界育ちのロルフさんが作る料理は、きっと純異世界風の料理になるだろうなぁっていう思いがあったんだ。それなら私は、醤油《しょうゆ》やらみりんやら……地球産調味料をふんだんに使った料理の方が、差別化できるかなぁ、って。

「確かに……焼いたお肉も美味しいかなぁとは思ったんですが……個人的に、甘辛～く煮込んだお肉をふかふかの具なし饅頭《まんじゅう》に挟んで食べたら美味しそうだなぁ、って思ったんですよねぇ」

そんなことを言いながら、私はテーブルの上に具なしの蒸し饅頭と薬味とをデデンと積み上げた。

〝一品持ち寄り〟とのルールからはちょっと逸脱するかな、っていう思いが頭を掠《かす》めたけど、挟んで食べるまでが一品だから！　物言いがついた時は、そう主張させていただこう。

でも、ついついドヤッてしまった私の前で、ロルフさんもまたニヤリと唇を吊《つ》り上《あ》げて……。

「それを言うなら、おれの方もこの肉をポケットパンで挟んで食おうと思ってたんだ！　似たようなこと考えるもんだな」

売り言葉に買い言葉……というわけじゃないんだろうけど、ロルフさんの方も負けじと厚めの平パンが山と載った皿をテーブルに追加する。茶色味がかってる生地の色からして、もしかして全粒粉を使ってるのかな？

こりゃあ実食が楽しみだわ！

作った私たちだけじゃなく、料理を見せつけられたまま〝お預け〟を強いられてる他の面々の視線が、今回の仕切り……アルトゥールさんのもとに集中する。キラキラなんて可愛《かわい》いものじゃなく、もはやギラギラとしか言いようのない視線を受け止めた美貌《びぼう》のエルフが、莞爾《かんじ》と微笑《ほほえ》む。

「両方とも、とっても美味しそうだね！　それじゃあ、いただこうか！」

「ん！　待ってた！」

「待侘！　最早我慢無理！」

「糧を賜れたことに感謝します！」

鶴の一声ならぬリーダーの一声に、テーブルの各辺から一斉に怒号が飛んだ。それは食前の祈りであったり、お預け後の歓喜の叫びだったり……いずれにせよ、私たちが作った料理を待ちわびた故のものと思うと、嬉《うれ》しさとこそばゆさが胸中を支配する。

「ねぇ、リンちゃん。これはどうやって食べればいいのかしら？」

「ああ。この蒸し饅頭を二つに割って、お肉と薬味のネギを挟んで、バクッと齧《かじ》り付いてくださ い！　好みで辛子……辛みの強いマスタードをつけても美味しいですよ」

「ねぇねぇ、ロルフさん。これって、ソースとかは必要ない感じ？」

「肉自体にがっつり味付けしてるんだが、もし物足りねーなら特製ソースをかけてくれ！」

興味津々、という顔で蒸し饅頭を手に取ったササさんに角煮饅頭の作り方を説明してる向かいでは、ロルフさんがエドさんに肉サンドの作り方を教えている。エドさんの隣のアリアさんはお肉だけの味を確かめているみたいだし、銀星さんはどちらから食べようか未《いま》だに迷っているようだ。

各々が自分流に食事を楽しむおかげで、一気にテーブルが賑《にぎ》やかになった。みんなみんな、楽しそうに、幸せそうに笑っている。

うんうん。冒険後の打ち上げは、こうでなくっちゃ！

「なにコレ、おいっしい！　初めて食べる味だけど、これは絶対お酒に合う～！」

「えー！　この肉詰めサンドやばぁ！　モチモチの生地と、肉の食感が絶妙なんだけど！」

自らの手で仕上げた角煮饅頭と肉サンドを頬張ったササさんとエドさんが、口の中のものを飲み込むや否や快哉《かいさい》を叫んでくれる。感想を叫んだあとは、夢中で残りを平らげていく様子もまた嬉しい。

その反応だけで、作り手としては嬉しさで胸がいっぱいですよ！

「このスパイスの加減が絶妙ですね！　刺激的なところが後を引きます。これに比べたら、エルフの里の料理なんて……うぅぅぅ……」

「それを言ったらお終《しま》いだよ、セノン。里の料理だって、伝統のある由緒正しいものなんだから」

……時々闇を感じる会話が聞こえたのは気のせい、ってことにしておこうかな！

セノンさんが咽《むせ》び泣《な》いてるのも、きっと幻聴だろう……。

「さ、さてと！　それじゃ私も、ロルフさんの肉サンドいただきますね！」

「おう！　おれも、リンのカクニ？　貰《もら》うとするぜ！」

ワイワイ盛り上がる他メンバーを横目に、お互いに視線を交錯させた私とロルフさんも、それぞれが作った料理に手を伸ばした。

「ポケットパンってどんなのかと思ったんですが、中が空洞になってるんですね。具材を詰めるだけなのは、便利でいいですね」

「ああ、ソレな。おふくろが作り方を教えてくれた、ウチの秘伝なんだ。配合は秘密だけど、作った生地を一晩寝かすのがコツ……ってのは教えてやるよ。っつーか、この肉……こんなにでかいのに、よくこんなに柔らかく煮込めたな」

「優しく煮込んで、冷まして、またじんわりと煮込んで、冷まして……っていう工程を繰り返したんです。ぶっちゃけ、調理工程より、つまみ食いをしたがる人たちの手から守るのが大変でしたねえ……」

「あ～～……わかる。あるよな～～～」

手に取ったポケットパンは、向こうの世界でいうところのピタパンに近いものだった。手で半分に割ると、ポケットという名前通り、ぽっかりと中が空洞になっている。

いかにも〝何か詰めてください！〟と主張するようなその空洞に、見るからに真っ赤に染まった炙り肉をみっちみちに詰めていく。ついでに、さらに相盛りされてる焼きタマネギと焼きトマトも一緒に入れて、と。特製ソースも気になるけど……味はついてるって言ってたから、まずはそのまま食べてみようかなー、って。

料理人あるあるを語るロルフさんはロルフさんで、割った具なし饅頭に濃い飴色《あめいろ》に染まった肉片を挟み、恐る恐る辛子を塗りつけていた。

「よし……いただきます！」

「天の慈しみに感謝して、心と身体《からだ》の糧とせんことを」

食前の祈りもそこそこに、私は手の中の肉サンドに齧り付いた。まず、強いスパイスの香りが口いっぱいにブワッと広がる。次いで、ビリビリとした刺激が舌を刺したかと思うと、濃厚な旨味《うまみ》たっぷりの肉汁と脂で慰められて……。これはなんて酷《ひど》いマッチポンプ！　口の中が熱くて痛いくらいなのに、もう次の一口が食べたくて仕方がない！

焼かれてなおシャキシャキ感が残るタマネギと、甘さを増して蕩《とろ》けるトマトがまたいいアクセントなのよ！

そして何より、ほとんど肉しか挟んでないのにクドさとか重さがほとんどないの！

「肉サンド、超ヤべぇですね！　お肉たっぷりなのに、いくらでも食べられちゃいそうです！」

スライスされたとはいえ、炙り肉はぎゅむぎゅむと適度な歯応えがある。それを噛みしめるたびに、中からエキスが溢れてきて……スパイスの濃さと、肉の旨味とが釣り合ってるんだよ。多分、これ以上スパイスが利いてたら辛くて食べにくいし、かといってスパイスの量が少なかったら肉の濃厚さに味が負けちゃうと思う。

なんて絶妙なバランス！

私も砂漠で炙り肉サンドを作ったけど、こうして食べるとロルフさんの炙り肉は本場の異世界感がより強い感じ。私が滅多に使わないスパイスとかハーブがふんだんに使われてて、異国感溢れる香りがプンプンする。口に入れるまでは、ちょっぴり躊躇《ちゅうちょ》しちゃうかもしれないけど……。

「んあ～！　香辛料の風味とお肉の風味が合わさると、全然違和感なく食べられるー！　美味《おい》しい！」

口に入れた瞬間に、その違和感が一気に美味しさに変換されるのよ！

むしろ、香辛料のパンチがあるからこそ美味しい、というか……。

「このカクニとかいうのもヤバいな！　舌でも潰《つぶ》せるくらい柔らかいのにちゃんと歯応えが残ってて、噛むと旨味が溢れてくる！　そして何より、味付けに使われてる調味料……食いなれない味だが、妙に癖になるっつーか……」

感激しきって肉サンドを食べる私の前で、ロルフさんの方も角煮饅頭を気に入ってくれたみたいだ。

口にした瞬間、ぼわっと尻尾《しっぽ》の毛が膨らんだかと思うと、あとはもう貪《むさぼ》るように大口を開けてぺろりと食べちゃってる。そうかと思うと、まだ残ってる饅頭と角煮に手を伸ばして、今度はネギも辛子も多めに挟んで食べるつもりらしい。

こりゃ、私も早いとこ取り分けておかないと、自分で作った料理を食いっぱぐれちゃう！

「んん〜〜！　我ながらいい塩梅《あんばい》に煮上がったなぁ！　ちゃんと食感が残ってる！」

バラ肉を使ったトロトロ柔らかな角煮と比べると、若干硬めな仕上がりではある。でもその分、肉を噛みしめる感じとか、肉と肉の間に入り込んでる脂身がトロッと溶ける感覚とかがよくわかるんだぁ。

エルフの里の朝市で見つけたシャキシャキのネギ――によく似た野菜――の千切りと一緒に食べると、爽《さわ》やかな辛みと食感が加わって、舌の根に纏《まと》わりつく脂が洗い流されていく感じがする。

私がそんな自画自賛をしている間、しばし無言で角煮の味を確認していたロルフさんがふと顔を上げた。視線の先にいるのは銀星さんだ。

「……おい、銀星。お前の故郷……大陸の方に、風味がよく似た調味料がなかったか？」

「有。懐。故郷味似」

「え……こっちの世界にも、お醤油ってあるんですか？」

思いもかけない会話が聞こえ、私は思わず声を上げた。

てっきり、醤油なんて異世界食材だとばっかり思ってたのに！　まさか、こっちの世界でも手に

入る可能性がある、ってこと⁉

「ショーユ……？　我呼〝生抽〟・〝老抽〟」

「しぇんちょんに、らおちょん……？」

片手に角煮饅頭を、もう片方の手に肉サンドを持った銀星さんは、私の興奮とは裏腹にあくまでも冷静だ。

……ま、そりゃそうだよね。私にとっては、〝こっちの世界じゃ手に入らないと思ってた調味料〟だけど、銀星さんにとっては故郷で普通に流通してるものなんだろうし。

えぇぇ……でも、こうなったら、異世界産醤油の味、試してみたくなっちゃうなぁ！

「いいですねぇ。いつか、銀星さんの故郷にも足を延ばしてみたいです」

「我故郷良所。一度来々。歓迎降臨」

両手に食べ物を持ったままっていう食いしん坊スタイルだけど、美人さんの笑顔は心に効く。かなり効く。

アリアさんで慣れたと思ってたんだけど、また違う系統の美人さんにやられるとな～～～心の準備が足りないんだよな～～～！

「ええ？　リンちゃん、銀星の故郷に行くの？　私たちも行ったことあるけど、面白いものだらけの場所よ？」

「だめ！　リンがいくのは、わたしのうちが、先！　ね？　ママに、占ってもらお？」

「そういえば、アリアさんママは占い師さんなんでしたっけ？　そんな話、道中でしましたもんね」

私たちの会話が聞こえていたのか、ササさんとアリアさんも歓談に加わってきた。

〝どこかに行きたい〟なんて内容だったせいかな？　誕生日席の私の隣というか、斜め前に座るアリアさんが、私の手をぎゅうっと握りながらじいっとこちらを見つめてくる。

んあ～～！　慣れたと思ったけど、やっぱり美人さんのあざと可愛《かわい》いお顔は心に響く！

「う～ん。ロルフの料理も、リンさんの料理も、どっちもめちゃくちゃ美味しいね！　二人の料理を毎日食べられたら幸せだろうなぁ。リンさんを、うちに移籍させる気はないかい？」

「気持ちはわからなくもないが、ウチの飯番はやらんぞ。第一、それを言い出したら、俺たちだってお前のところの飯番を引き抜く権利があるだろう」

……えぇぇ……アリアさんたちだけじゃなく、リーダーズの方からも不穏な会話が聞こえるんだが？

　思わずそちらに顔を向けると、肉サンドを持ったアルトゥールさんと角煮饅頭を頬張るヴィルさんが薄ら笑いを浮かべて話し込んでいるのが目に入る。

「うーん……ロルフはご飯係でもあるけど、僕たちのところの敏腕斥候だし……引き抜かれたら困るなぁ」

「リンだって、ウチの大事な荷物運《ポーター》びだ」

　表面上はにこやかに……でも、その内面でバッチバチに火花を飛ばし合ってるとか……ご飯の消化が悪くなりますよ！

　それでも、食べるスピードが落ちる気配がないのはさすがというか、何というか……。むしろ、このくらいの神経じゃないと、パーティリーダーは務まらないのかも？

……とはいえ、このリーダーズの冷戦も、アリアさんのオネダリも、私が立場を宣言するまで終わらない気がする。

「や。私はあくまで、【暴食の卓】の一員なんで。アリアさんちはもちろん、銀星さんの故郷も皆さんにお願いして連れてってもらう気満々でしたよ！」

私がそう宣言した途端、ヴィルさんとアリアさんが心なしかドヤッたように見えたのは錯覚か何かだろうか。

スカウトしてもらえるほど期待されてるのが嬉しくない、って言ったらウソになるけど……私の居場所は、もう【暴食の卓】の中なんだよなぁ。

「やった！　それじゃ、これからもずっと……わたしたちと、一緒にいよ！」

「オレたち、もう、リンちゃんのご飯じゃないと満足できない身体にされちゃったからな～～」

「この責任は、ちゃんと取っていただかないと困りますからねぇ」

顔を綻《ほころ》ばせるアリアさんに抱き着かれるわ、エドさんとセノンさんから冗談交じりに満面の笑みを向けられるわ……。人によっては〝重い〟と言う人もいるかもしれないけど、突然異世界に放り出された私にとってはその重さがありがたい。

「……ということで、これからも頼むぞ、リン」

「了解です！　皆さんのＱＯＬの維持・向上は任せてください！」

珍しくにまりとあくどい笑みを私に向けるヴィルさんに、こちらもグッと親指を立てて応える。

アルトゥールさんを始め、【蒼穹《そうきゅう》】チームのみんなの視線が生ぬるいような気もするけど……もうね、ソレは甘んじて受け止めようと思うよ、うん。

『なんかなー、むつかしいおはなし、してるー？』

「いや、そこまで難しい話はしてない……と、思うわ」

自分の分を食べ終わった猫が、ぴょんと膝《ひざ》に飛び乗ってきた。しばしの間ちょうどいい場所を探すように足で踏み踏みしていたけれど……ようやく収まりがいい場所を見つけたのか、私の膝の上で香箱を組む。

ご機嫌そうに喉《のど》を鳴らす猫を膝に乗せながら、私はまだ山ほど皿に載っている炙《あぶ》り肉に手を伸ばした。

「いやぁ……こっちの世界にもお醤油《しょうゆ》があることもわかったし。まだ見ぬ異世界食材とか、探しに行きたいなぁ」

『あんなー、なんかよくわかんないけどなー、朕もいるからなー』

「そうだね。おみそも、みんなもいるもんね」

まだ行ったことのない場所に思いを馳《は》せる。その旅路には、【暴食の卓】のみんなも一緒なのは間違いない。

聖女問題とか、フラグ潰しとか……色々と問題は山積みだけど、みんな一緒なら怖くない。膝の上でゴロゴロと喉を鳴らす猫の温《ぬく》もりを感じつつ、そんなことをしんみりと思っていた……ん、だけど……。

「わぁここがエルフの里なのね！」

不意に、そんな風に弾んだ女の子の声がした。それに応えるように、何人かの男の人の声もする。

なんだか賑《にぎ》やかだな……と思って、ふとそっちに視線を向けて、思わず身体が固まった。

「…………うそ、でしょ……⁉」

視線の先にいたのは、忘れたくても忘れられない顔。

あの時は途方に暮れて泣きそうだった女の子と、こちらを蔑《さげす》み見下すような目で見てきた王子様。

小生意気そうな魔法使いに、お堅そうな騎士様に……こいつら、聖女召喚の時にあの広間にいたやつらでは⁉

見つからないよう慌てて視線を逸《そ》らし、髪の毛を隠すようにフードを被《かぶ》る。

「……どうした、リン？　大丈夫か？」

心配そうに声をかけてくるヴィルさんの言葉すら、今はどこか遠くに聞こえる。

私の波乱万丈な生活は、まだまだ続きそうだ。

あとがき

お久しぶりです、米織《よねおり》です。この度は、本作をお手に取ってくださり誠にありがとうございます！

皆様が応援してくださったおかげで、こうして六巻を刊行することができました。本当に、本当にありがとうございます！

B's-LOG COMIC様から刊行されているコミック版『捨てられ聖女の異世界ごはん旅』もご好評をいただいていると伺って、担当してくださっている小神奈々《こがみなな》先生には頭が上がりません！　素敵な世界を描いてくださったことに深く感謝しております。

今作では、切磋琢磨《せっさたくま》できる同期チーム【蒼穹の雫《そうきゅうのしずく》】を出すことができ、非常に満足です。なかなか個性の強い面々が揃《そろ》ったなぁ、と（笑）。【暴食】チームと【蒼穹】チームには、これからも仲良く冒険を楽しんでほしい気持ちでいっぱいです。

その上、とうとう聖女ちゃん陣営の姿も見え隠れし始めて……異世界物見遊山の旅も、なかなか盛り上がってきたのではないか、と思います。

今回も素敵な挿絵を描いてくださった仁藤《にとう》あかね先生。挫《くじ》けるたびに励まし、応援してくださいました編集のW様。そして、いつも作品を読んでくださる読者の皆様に、この場をお借りしてお礼申し上げます。

今後も楽しい旅を書き続けられるよう、私も尽力していくつもりです。引き続き、応援していただけましたらとてもとても嬉《うれ》しいです！

また七巻でお会いできることを祈っております。

カドカワBOOKS

捨《す》てられ聖女《せいじょ》の異世界《いせかい》ごはん旅《たび》6
隠《かく》れスキルでキャンピングカーを召喚《しょうかん》しました

2024年5月10日　初版発行

著者／米織《よねおり》

発行者／山下直久

発行／株式会社KADOKAWA

〒102-8177
東京都千代田区富士見2-13-3
電話／0570-002-301（ナビダイヤル）

編集／カドカワBOOKS編集部

印刷所／大日本印刷

製本所／大日本印刷

本書の無断複製（コピー、スキャン、デジタル化等）並びに
無断複製物の譲渡及び配信は、著作権法上での例外を除き禁じられています。
また、本書を代行業者等の第三者に依頼して複製する行為は、
たとえ個人や家庭内での利用であっても一切認められておりません。

※定価（または価格）はカバーに表示してあります。

●お問い合わせ
https://www.kadokawa.co.jp/（「お問い合わせ」へお進みください）
※内容によっては、お答えできない場合があります。
※サポートは日本国内のみとさせていただきます。
※Japanese text only

©Yoneori, Akane Nitou 2024
Printed in Japan
ISBN 978-4-04-075420-8 C0093